엄마에서 나로,
리부트

엄마에서 나로, 리부트

발행일	2024년 4월 23일		
지은이	한회아, 김수지, 김은성, 김은정, 안은정, 여진미, 장미희, 장연애, 정은숙, 조예령		
펴낸이	손형국		
펴낸곳	(주)북랩		
편집인	선일영	편집	김은수, 배진용, 김다빈, 김부경
디자인	이현수, 김민하, 임진형, 안유경, 한수희	제작	박기성, 구성우, 이창영, 배상진
마케팅	김회란, 박진관		
출판등록	2004. 12. 1(제2012-000051호)		
주소	서울특별시 금천구 가산디지털 1로 168, 우림라이온스밸리 B동 B113~115호, C동 B101호		
홈페이지	www.book.co.kr		
전화번호	(02)2026-5777	팩스	(02)3159-9637

ISBN   979-11-7224-081-3 03810 (종이책)   979-11-7224-082-0 05810 (전자책)

(주)북랩 성공출판의 파트너

북랩 홈페이지와 패밀리 사이트에서 다양한 출판 솔루션을 만나 보세요!

홈페이지 book.co.kr   •   **블로그** blog.naver.com/essaybook   •   **출판문의** book@book.co.kr

---

작가 연락처 문의 ▸ ask.book.co.kr

작가 연락처는 개인정보이므로 북랩에서 알려드릴 수 없습니다.

책으로 깨어나는 인생 ✦

엄마에서 나로,
리부트

한희아
김수지
김은성
김은정
안은정
여진미
장미희
장연애
정은숙
조예령

지음

 북랩

내 인생의 터닝포인트는 책으로부터 시작되었다

책을 쓰는 건 남의 일인 줄만 알았다. 특별한 능력, 타고난 재주가 있는 사람만 작가가 된다고 생각했다. 하루하루 이리저리 치여 살다 보니 언감생심, 한때 꿈꿨던 작가라는 타이틀은 이제 물 건너간 줄만 알았다. 그저 남들처럼 직장 다니다가 결혼하고 아이 낳고, 아무런 목적도 없이 표류하듯 살아왔다. 그런데 어느 순간부터 인생의 방향이 달라졌다. 마음먹은 대로 움직였다. 포기했던 지난날에 과감히 도전장을 내밀었더니 할 수 있게 되었다. 간절히 바라니 실제로 이뤄졌다. 변화의 중심에는 다시 책이 있었다.

책은 친구였다. 아빠가 들려주시던 옛날이야기에 매료되었던 초등학생 때부터, 중년의 나이가 된 지금까지 나는 늘 책에 둘러싸여 있었다. 결혼하고 먹고 살기 바빠지면서 책을 펼치기는 쉽지 않았다. 책을 펼쳐 볼 시간이 없었다는 표현이 더 맞겠다.

맞벌이하며 세 아이를 키웠다. 살림은 빠듯했고 어쩌다가 목돈이 생기면 사전 공부 없이 무턱대고 투자했다. 공부하지 않은 투자는 혹독한 대가가 뒤따르게 마련이다. 노력 없이 요행을 바랐던 투자로 여러 번 실패를 경험했다. 뒷감당을 하기 위해 직장에 나가 죽어라 일했지만 밑 빠진 독에 물 붓기였다. 살림은 더 쪼들리고 궁핍해졌다. 그 상황에서 책을 읽는 건 사치였다. 하루하루 피곤했고 마음의 여유도 없었다. 책보다는 시시각각 나를 현혹하는 SNS나 드라마가 재미있었다. 그렇게 잠시나마 현실을 잊을 수 있었지만, 이내 공허함과 허무함이 밀려왔다.

매일 똑같은 생활이 반복되었다. 변화 없는 일상에 매이다 보니 내 미래는 없었다. 주어진 삶이니 그냥 살아가는 것이었고 내가 해야 하는 일이니 그저 할 수밖에 없었다. 남편도 비슷한 생각을 하고 있었다. 목이 탔다. 우리에게는 심한 갈증을 해갈할 수 있는 뭔가가 필요했다. 역시나 해답은 책이었다.

어느 날, 우연히 서점에 간 남편은 인생을 송두리째 바꾼 인생 책을 만나게 되었다. 수백 명에 달하는 사람들의 이야기를 읽으면서, 꿈을 실현한 사람들은 책을 읽는 방법이 남다르다는 사실을 발견하고 놀라워했다. 그들은 맹목적으로 책을 읽은 게 아니라 자신의 문제와 고민을 연결하여 읽고 삶에 적용시켰다. 그때부터 남편은 전략적인 독서를 하며 점점 변해갔다. 남편의 변화는 나에게도 긍정적인 영향을 미쳤다. 남편과 함께 책을 읽으며 새로운 분야에 서서히 눈을 뜨게 되었다. 내 인생의 터닝포인트가 되는 시작점이었다.

나로 살겠다고 선언한 순간 또 다른 세상이 펼쳐진다

남편의 소개로 알게 된 자기 계발 커뮤니티에서 나처럼 더 나은 삶을 살고 싶어 하는 엄마들을 만났다. 그들의 삶도 나와 별반 다르지 않았다. 한때 아름다운 꿈을 꿨고 하고 싶은 것도, 갖고 있는 능력도 있었을 거다. 하지만 각박한 세상 속에서 하고 싶은 것을 억누른 채 현실에 안주하며 살 수밖에 없었다. 그런 그들 역시 변화를 원하고 노력하고 있었다. 누군가의 아내, 며느리, 딸, 엄마가 아닌 나로 살며 경제적인 자유를 꿈꾸고 부자가 되기를 열망하고 있었던 거다. 같은 목표를 가진 우리는 그저 서로를 응원했다.

우리들에겐 독서와 글쓰기를 좋아한다는 공통점도 있었다. 일면식도 없었던 온라인 세계 속 사람들 사이에 책이라는 연결고리가 생겼다. 글로 소통하며 서로를 응원하고 지지를 해주니 자존감이 높아지고 자신감도 얻었다. 격려에 힘입어 그동안 안주했던 삶에서 탈피하여 다시 시작하고 싶다는 마음도 생겼다. 그렇게 마음먹은 지 얼마 지나지 않아 열 명의 엄마들이 글이라는 매개체로 한자리에 모였다. 억눌려 있던 자신을 세상 밖으로 끄집어내어 변화하기를 갈망하는 10명의 작가, 육아와 일을 병행하면서도 독서와 글쓰기를 손에서 놓지 않고 매일매일 의미 있는 삶의 페이지를 쓰고 있는 엄마들이었다.

이 책에는 엄마가 아닌 '나'로 살겠다고 세상 앞에 과감히 리부트(Reboot)를 선언한 열 명의 엄마 작가들의 성장 스토리가 담겨 있다. 잊고 싶었던 과거의 자신과 대면하기도 하고 때론 자신의 치부를 드러내기도 한다. 누구에게도 털어놓지 못했던 개인사를 가감 없이 꺼내기도 했다. 그들이 이렇게 솔직할 수 있었던 것은 그 과거에서 벗어나 더 나아지려고 노력하고 있기 때문이다. 책을 읽으면서 경험한 통찰과 깨달음으로 이전과는 다른 삶을 꿈꾸고 있는 이유이기도 하다. 작가들의 삶의 여정을 따라가다 보면 힘들었던 과거에서 벗어나 당당히 꿈을 찾고 온전한 내가 되는 과정을 만날 수 있다. 힘들고 어려울 때 책이 어떻게 삶으로 스며들었고, 삶에 영향을 미쳤는지 그 사소하지만 강력한 이야기를 따라가다 보면 저절로 공감하게 될 것이다.

인간은 누구나 더 나은 삶을 꿈꾼다. 조금이라도 더 행복하고 이상적인 삶을 기대한다. 다양한 것들에 눈을 돌리며 그동안 하지 않았던 일을 시도해보기도 한다. 선택에는 기회비용이 따르는 법, 도전에는 반드시 대가를 지불할 수밖에 없다. 그런 면에서 봤을 때 책은 비용이 가장 저렴하면서도 큰 효과를 볼 수 있는 가성비 최고의 도구다. 책은 막연했던 꿈을 현실로 만드는 법을 알려줬다. 행복하겠다고 마음먹으면 행복할 수 있다는 것을 책에서 배웠다. 실행에 옮긴다면 내가 바라는 이상적인 삶을 살 수도 있단 것을 깨달았다. 책을 읽으니 인생에 많은 변화와 기회들이 찾아왔다. 처음 책을 읽을 때만 해도 이런 날이 올 것이라 전혀 예상하지 못했다. 어느새 책은 삶에 차곡차곡 쌓여 내적 성숙은 물론 외적 성장도 가져다주었다.

이 책에 담긴 이야기들이 힘들고 갑갑한 시절을 보내고 있을지 모를 누군가에게 응원과 도전이 되었으면 좋겠다. 책 읽는 방법을 찾는 사람들에게는 눈높이에 맞는 지침서가 되길 바란다. 지극히 평범한 삶을 살던 엄마들이 '나'로 살겠다고 선언한 순간, 또 다른 세상이 펼쳐진 것처럼 당신도 그럴 수 있다. 이 책이 좋은 신호탄이 되어 당신의 삶에도 작은 변화가 생기길 마음 다해 응원한다.

한희아(날마다꿈샘)

차례

제1장

그래, 나에게도
꿈이 있었지

①

꿈은 이루어진다? 꿈이 이루어졌다!

· 한희아 ·

"꿈은 이루어진다!"

2002년 대한민국을 떠들썩하게 만들었던 월드컵 4강 신화의 주역 우리 축구 대표팀의 구호이다. 아직도 많은 이들에게 회자될 정도로 우리 생활 전반에 숨어들었던 이 구호를 한동안 잊고 살았다.

어릴 때부터 책 읽기와 글쓰기를 좋아했던 나는 한때 작가를 꿈꿨다. 입담이 좋았던 아빠는 옛날이야기를 실타래처럼 풀어헤쳐 맛깔나게 전달해 주는 능력이 탁월했다. 그런 아빠의 구성진 이야기가 좋아 한번 듣고도 계속 이야기해 달라고 졸랐다. 애지중지 사랑했던 막내딸의 부탁에 아빠의 입은 마치 모터가 달린 듯 쉴 새 없이 움직였다. 어떤 날은 아빠의 무릎에 앉아서, 때론 아빠 손을 잡고 산책을 하면서 귀를 쫑긋하며 아빠의 이야기에 빠져들곤 했다.

그때부터였을 거다. 아빠가 들려주는 이야기는 과연 누가 만들었을까, 아빠는 어떻게 저 많은 이야기를 알고 있고, 어린 나의 혼을 쏙 빼

놓을 정도로 저렇게 재미나게 이야기해 주실까, 궁금하고 호기심이 생겨났던 게.

그래서 어느 날 아빠에게 질문을 했다.

"아빠는 이 이야기들을 어떻게 다 알게 됐어?"

그랬더니 아빠는 껄껄껄 웃으시면서

"그건 말이지. 다 책에 들어있던 내용들이야."

"어떤 책인데?"

호기심이 가득한 눈으로 폭풍 질문을 해대는 나에게 아빠는 책 몇 권을 추천해 주셨다. 하지만 그 시절 가난한 농사꾼이셨던 아빠는 나에게 변변한 책 한 권을 사 줄 돈이 없으셨다. 그래서 나는 학교 도서관과 마을 회관에 있던 자그마한 문고에서 열심히 책을 빌려 읽기 시작했다.

중고등학교 시절 국어책에서 봐왔던 〈허생전〉 〈호질〉 〈양반전〉 〈열하일기〉 등 숱한 작품을 써서 조선의 명문장가로 이름을 날린 박지원은 어릴 때 책만 보면 졸음이 쏟아져 책과는 담을 쌓고 지내던 아이였다. 여러 훈장님들이 모두 그를 포기하고 떠날 정도로 집안의 문제아였지만 처삼촌 덕분에 그는 책의 세계에 눈을 떴다. 처삼촌은 어릴 적 우리 아빠처럼 박지원에게 흥미진진한 옛날이야기를 들려주었고 그 이야기에 빠져든 박지원은 그때부터 중국의 역사책이며 영웅담, 인물 이야기를 정신없이 읽으며 책과 친해지게 되었다. 바로 나처럼 말이다.

아빠의 이야기 속에서 마음껏 뛰놀던 나는 자라면서 문학작품을 낭독해 주는 국어 선생님의 낭랑한 목소리가 좋아 국어 시간에는 선생님과 눈을 맞추며 열심히 들었고, 국어 공부만큼은 늘 열심히 할 정도로 그 과목을 좋아하게 되었다. 대학도 자연스럽게 국문과로 진학을 했다.

하지만 웬걸, 글 좀 쓴다는 날고 기는 아이들이 전국 각지에서 몰려든 통에 동기들 사이에서 나의 글쓰기 실력은 그냥 평범한 수준에 지나지 않았다. 한때나마 품었던 작가의 꿈은 비교 의식에 사로잡혀 점점 희미해져 갔고 졸업과 동시에 직장 생활과 결혼 생활에 치여 언젠가부터 그 꿈은 아예 기억 저편으로 사라져 버렸다. 글은 가끔 힘든 일이 있을 때 나만이 볼 수 있는 종이 일기장에 쓰는 게 전부였다.

아이 셋을 낳고 워킹맘으로 정신없이 살아가던 나는 2년 전 건강에 적신호가 켜졌다. 밤늦게까지 야근하고 집안일과 아이들을 챙기며 눈코 뜰 새 없이 바쁘게 살아오다 보니 미처 나를 돌볼 겨를이 없었던 거다. 건강에 이상이 생겼다는 것은 쉬라는 신호이다. 일단은 일을 반으로 줄였다. 직장에서 맡고 있었던 주임 역할도 내려놨다. 내가 모든 걸 도맡아 하려던 책임감과 업무 과중으로 인한 스트레스에서 벗어나니 차츰 몸이 정상 컨디션으로 회복하기 시작했다. '일' 중심에서 탈피하고 나니 비로소 '내'가 보였다. 더 이상 일에 치여 나를 혹사하는 삶을 살아서는 안 된다는 생각이 들었다. 시간을 내어 내 몸과 마음을 회복시키는 데 투자하기로 했다.

22년 12월, 30~40 여성을 대상으로 하는 독서 모임을 시작으로, 23년 6월에는 자기 계발 커뮤니티에서 글쓰기 강의를 듣게 되었다. 그때부터 그동안 잠자고 있던 나의 글쓰기 본능이 스멀스멀 올라오기 시작했다. 어느 날 글쓰기 소재를 찾다가 책장 구석 칸을 장식하고 있는 일기장들이 내 레이더망에 잡혔다. 초등학교 시절부터 지금까지 소장해 온 일기장이 어느새 20권을 훌쩍 넘기고 있었다. 먼지를 툴툴 털어내고 아무 일기장이나 하나 꺼내 읽어보았다. 내친김에 다른 일기장도 펼쳐보았다. 어린 시절 나와 학창 시절 나, 20대, 30대와 40대를 거치는 최근에 이르기까지 일기장 속의 나는 한결같이 글 속에서 살았고 글 쓰는 걸 참 좋아하고 있었다. 내가 이렇게 글을 놓지 않고 쓸 수 있었던 것은 초등학교 시절부터 책을 읽고 지금까지 일기를 계속 써왔기 때문이라는 걸 깨닫는 순간이었다.

22년 12월 독서 모임 후기를 처음 공유하면서 블로그라는 글쓰기 플랫폼을 알게 되었다. 평소 내가 가고 싶은 여행지나 맛집 정보를 찾을 때 주로 블로그를 애용했다. 그동안은 내가 직접 블로그에 내 글을 작성하겠다는 생각은 전혀 해보지 않았고 아예 관심 밖이었다. 그런데 독서 모임을 통해 블로그의 중요성을 알게 되었다. 독서 모임을 주도했던 스태프와 함께 참여했던 동료들 대부분이 블로그를 운영하고 있었다. 블로그를 통해서 새로운 일이 많이 생기고 삶이 변화됐다는 이야기도 해주었다. 한 동료는 나의 문학적이고 감성적인 글은 많은 사람들이 좋아해 줄 거라며 당장 시작해도 될 것 같다며 글쓰기를 독려했다.

그때부터 나는 블로그와 관련된 책과 강의, 영상들을 찾아 틈틈이 공부하고 메모하며 자료들을 수집하기 시작했다. 그 후 글 쓰는 공간이 일기장에서 블로그로 옮겨져 왔다. 블로그와 관련된 글로 책을 출간한 어떤 작가는 7년간 블로그에 글만 썼을 뿐인데 블로그를 통해 6가지 직업을 얻었다고 한다. 글이 쌓여 콘텐츠가 되고, 콘텐츠가 쌓이면 커리어가 된다는 말을 현실화시킨 단적인 예였다. 그때 불현듯 잊혔던 나의 꿈이 생각났다. '아, 예전의 나는 작가가 되고 싶어 했었지.' 거기까지 생각이 미치자 갑자기 블로그에 글을 쓰는 일이 즐거워졌다. 매일 기록하고 다듬는 과정 자체가 특별한 경험이었고 의미 있는 시간이었다.

어느 날, 엄마들의 성장을 돕는 글쓰기 커뮤니티에서 블로그 100일 글쓰기 희망자 모집 공지가 올라왔다. 처음에는 '과연 매일 글을 쓸 수 있을까.'하고 주저했지만 나를 시험대에 세워보기로 했다. 100일의 여정이 결코 쉽지만은 않았다. 가정 대소사와 갑작스러운 일정에 위태로울 때도 있었지만 나는 여행지에서도, 장례를 치르고 있는 순간까지도 글쓰기를 손에서 놓지 않았다. 여행지에서는 그곳에서 보고 듣고 느낀 것들을, 장례를 치를 때는 내 안에 있는 슬픔을 글에 쏟아 넣었다. 소소한 일상부터 특별한 경험까지 쓸 수 있는 소재는 다 끌어다가 100일을 꽉꽉 채워 넣었다. 이 경험은 내 인생의 전환점을 만들어 주기에 충분했다.

어린이집 교사를 하면서 아이들에게 책 읽어주는 것을 참 좋아했다. 책 속에 나오는 등장인물의 목소리를 변조해 가며 실감 나게 책을 읽어주면 아이들은 숨죽이며 내 이야기에 초집중한다. 하나라도 놓칠세라 초롱초롱한 눈망울로 경청하는 아이들의 모습은 흡사 어린 시절 아빠 이야기에 매료되었던 나를 연상케 한다. 아빠가 나에게 뿌린 씨앗을 나는 이렇게 꽃 피우고 있다. 그렇게 나는 직장에서 아이들과 동료들에게 책을 권하는 책 전도사가 되었다.

오늘도 나는 책을 읽고 하루의 일상을 기록으로 남긴다. 글을 쓰며 희로애락을 경험하고 살아있음을 느낀다. 특별해서 기록하는 것이 아니라 기록하니 특별해졌다. 글을 쓰는 동안은 이미 나는 작가였다. 지금까지 그래왔듯 나의 글쓰기는 계속 이어질 것이다. 이렇게 결심하고 나니 잊혔던 구호가 생각이 났다.

"꿈은 이루어진다?" 아니, "꿈이 이루어졌다!"

2

글을 쓰다 보니 나의 꿈이 생겨난다

· 김수지 ·

대학교 3학년 1학기를 마친 어느 날, 유독 취업과 미래에 대한 고민이 깊었다. 졸업이 다가올수록 동기들은 하나둘 취업 시장으로 향했다. 아무런 결정도 하지 못한 채 허송세월 보냈다가는 이도 저도 안 되겠다 싶은 나머지 휴학을 하기로 했다. 부모님도 만류하셨지만 무작정 노량진으로 떠났다. 공무원 시험이라도 준비하고 있지 않으면 불안했기 때문이다. 내가 한 선택이건만 서울 땅에서 버티기란 여간 어려운 일이 아니었다. 다행히 외갓집이 서울이라 고시원 생활은 면했다 하더라도 수험생활은 만만치 않았다. 노량진은 사람으로 넘쳐났다. 내가 말붙일 곳은 없었다. 삼삼오오 짝을 지어 식당으로 내려가는 사람들을 보며 혼자 터벅터벅 계단을 걸었다. 벽을 보고 먹는 밥은 돌멩이를 씹는 듯했다. 달리는 지하철에 몸을 던져버리는 상상을 한두 번 한 게 아니었다. 그럴 때마다 서울 보낸 딸 걱정에 수시로 문자 보내시는 부모님이 떠올랐다. 어떻게 온 서울인데 이렇게 시간만 보낼 수는 없겠다 싶었다. 공부에 힘을 써도 모자랄 판국에 세월 좋게 내 감정에만 빠져들 때가 아니었다. 통신사에 전화해 수신 거부 서비스 신청부터 했다. 발신만 가능하게 묶어두고 세상과 연락을 끊었다.

수강 신청할 때면 전쟁이 따로 없다. 좋은 자리를 맡기 위해 해도 뜨기 전 5시에 집을 나선다. 지하철 첫차가 5시 30분에 온다는 것도 몰랐던 사실이다. 학원 앞에 도착하면 전투 시작이다. 성곽처럼 시커먼 머리가 줄을 길게 서 있다. 겨울 점퍼를 입고 목도리를 칭칭 싸맨 건 비단 나 혼자만이 아니었다. 한날한시 같은 꿈을 품고 수업을 기다린다. 강의장 문이 열리면 둑 터지듯 우르르 몰려가 저마다 자리를 잡고 앉는다. 잔뜩 껴입은 날씨가 무색하게 겉옷을 하나둘씩 벗지 않으면 안 될 만큼 교실 안은 뜨거웠다. 에어컨을 틀까 생각했을 정도다. 총 5과목을 공부해야 했다. 기본서를 최소 여덟 번 이상은 돌려봤다. 처음 읽을 때는 시간도 오래 걸리고 이해하기 어려웠다. 노트 한가득 빼곡하게 필기하기 바빴다. 자꾸 반복해서 읽으니 받아들이는 속도도 점점 빨라졌다. 처음 모의고사를 보고 난 후, 잔인하게 걸려있는 성적표 대자보는 내 이름을 끝자락에 걸어줬다. 공부하면 할수록, 모의고사를 보면 볼수록 끝에 걸린 내 이름은 점점 앞자리로 올라왔다.

5개월이 지났을 무렵 이제 공부에 조금 감을 잡아 노량진 생활을 청산했다. 집으로 돌아와 엄마 집밥을 먹으니 그동안 고군분투했던 마음이 풀려 눈물부터 나왔다. 사서 생고생이었나 싶었지만 그 덕분에 집에서 4개월여를 더 공부해 지금 사는 곳의 지방공무원이 되었다.

　직장만 구하면 모든 일이 술술 풀릴 줄 알았다. 멋진 일이 펼쳐질 것이란 희망을 품고 공무원 시험을 준비했다. 고생 끝에 낙이 온다는 말은 명언 집에서만 존재하던가. 사회생활은 내가 생각한 대로 흘러가지 않았다. 드라마에서나 나오는 이야기였나 보다. 내가 맞닥뜨린 현실 속 직장은 야생을 방불케 했다. 내가 움직이지 않으면 아무도 나 대신에 내 일을 처리해 주지 않았다. 나에게 주어진 일은 잘해야 본전이었으며, 그 이상을 할 수 있는 사람이어야 했다. 더 이상 응석받이 공무원 수험생이 아니었다. 멋진 일만 펼쳐질 것으로 생각한 것과 다르게 흘러간 직장 생활에서 유일하게 지금의 남편만이 내 마음을 잡아주었다. 자료 준비를 제대로 하지 못해 상사에게 크게 혼날 일이 생겼을 때 어느샌가 마법사처럼 나타나 나를 도와주었다. 평생 이 사람과 함께라면 이보다 더한 직장 생활도 잘해 낼 자신이 생겼다. 결혼하고 싶다며 남편을 소개하자 부모님은 크게 반대하셨다. 연고지를 떠나 아무도 없는 곳에서 신혼생활을 해야 하는 내가 걱정되었기 때문이다. 헤쳐 나가겠다 약속하고 결혼한 지 어느덧 17년 차다.

　결혼하고 나서 2년 후 첫째 아이가 태어났다. 첫째 아이 때는 휴직을 하지 못했다. 당시에 어머님이 흔쾌히 봐주신다고 했고, 나도 얼른 목돈을 모아 좀 더 넓은 집으로 이사를 가고 싶었다. 그래서 아이가 아기 때 크는 모습을 내 눈 속에 많이 담지 못한 것, 더 많이 안아주지 못한

점은 항상 마음에 걸린다. 첫째 아이에게는 엄마가 어쩔 수 없어 너의 아기 때는 함께 하지 못했지만, 언제나 너를 많이 생각했다고 말하고 싶다. 가끔 지금도 여전히 사랑에 목말라하는 녀석을 보면 한없이 미안하다. 언젠가는 내 마음을 알아주기를 간절히 바랄 뿐이다. 그 당시 육아와 일의 병행은 정말 힘든 일이었다. 평일에는 어머님이 봐주셨지만, 주말에 아기가 우리 집으로 오면 아기와 나는 서로 적응하느라 힘들었다. 집안일은 집안일대로 서툴렀기에 그 당시엔 남편과 다투기도 많이 다퉜다. 지금은 이렇게 담담히 글로 쓸 수 있지만 그때의 나는 회사 일도 집안일도 감당하기 힘들어서 나를 돌볼 겨를 따위는 없었다. 육아와 일 사이에 시행착오를 거치며 직장생활을 한 지도 20년이 되어 간다. 같은 직장을 20년 동안 다닌다는 것이 얼마나 힘든 일인지 예전엔 몰랐는데 내가 그 당사자가 되고 나니 힘듦을 느낀다. 간혹 젊은 사람들에게 입사한 지 20년이 되었다고 말하면 모두 깜짝 놀란다. 요즘 트렌드가 한곳에서 오래 머물기가 아니라 다양한 N잡러를 지향하며 조건에 맞게 이직하는 것이기 때문이다. 하지만 예전의 나는 이직이라는 단어는 생각하지도 못하였다. 입사한 지 얼마 안 돼서는 일을 배우느라 헤매었고, 일이 조금 능숙해지자 나의 역량보다 더 큰 일을 줘서 한동안 스트레스를 많이 받았었다.

시간이 흘러 승진을 앞두고 있을 무렵에는 승진의 결과는 나의 역량이나 일의 무게 등은 고려하지 않는다는 차가운 현실을 마주하였다. 그때부터 이대로 이렇게 한 직장에 머물러야 하느냐는 회의감에 밤새 잠을 이루지 못한 날도 많이 있었다. '그만두고 싶다. 다 때려치우고 싶다.' 일을 하면 할수록 더 많은 일을 하게 되는 이런 말도 안 되는 시스템에서 벗어나고 싶다고 하루 종일 틈날 때마다 되뇌었다. 그런데 나의 현실은 어떠한가? 꿀벌이 꿀을 끊지 못하듯, 나는 한 달에 한 번 돌아오는 월급의 단맛을 끊을 수가 없었다. 게다가 무리해서 집을 이사하는 바람에 나의 부채 상환액은 내 월급을 넘어섰고, 나날이 커가는 아이들의 교육비며 생활비를 남편 혼자 벌어오는 월급으로는 도저히 감당할 수가 없었다.

이사를 만류하는 남편을 몇 날 며칠을 설득해 내가 저지른 일이었다. 어떻게든 내가 책임을 져야 했다.

그러기에 우선 '퇴사'라는 단어는 내 호주머니에 넣어두기로 마음먹었다. 가끔 사표를 멋지게 던지는 내 모습을 상상하며 혼자 피식거리며 웃을 때도 있지만 그건 아직 어디까지나 상상이다. 계속 회사에 다니기로 한 이상 마음먹은 것이 하나 있다. 나의 생활을 '기록'하기로 말이다. 회사 생활을 하다 보면 힘든 일이 발생하거나 또는 나의 일상에서 별의별 에피소드가 다 생긴다. 기록하다 보면 스스로 마음이 조금씩 가라앉는다. 그리고 어떻게 해결해야 할지 상황을 객관적으로 볼 수 있게 되었다. 후에 다시 나의 기록을 보았을 때 전보다 성장한 나를 스스로 칭찬해 준다.

나의 기록은 내가 평생 꿈꿔왔던 '작가'로의 삶에 한 발짝 다가서게 해주었다. 회사 사람들은 아무도 모르는 나의 또 다른 캐릭터. 오프라인상에서의 나는 조용한 일개미지만 온라인상에서는 나의 글을 사랑해 주는 사람이 있는 그런 활기찬 삶을 살고 있다.

 남몰래 글을 쓰면서 삶을 대하는 태도가 달라졌다. 마지못해 회사 다닐 때와 달리 신명 난다. 온라인에서 나에 대해 알지 못하는 사람들과 글 쓰며 소통했다. 온라인 세계는 답답하기만 했던 일상에서 잠시 벗어날 수 있는 도피처였다. 불과 1년 전만 해도 상상조차 하지 않았다. 책을 읽고 기록하고 싶은 마음을 따랐을 뿐이다. 기록은 이내 곧 글로 변했다. 글은 작가라는 또 다른 꿈을 내게 안겨줬다. 글을 쓰다 보니 일상이 달리 보였다. 아니, 행복하다. 책을 읽고 기록만 하던 내가 이제 글을 쓰는 작가를 꿈꾸다니! 가끔 상상한다. 가까운 미래, 가슴 속에 품기만 했던 사표를 과감히 던지고 나오는 나를.

3

바쁘게 살아온 내 삶 속에 나는 없었다

· 김은성 ·

"언니 나 화장실 가고 싶어." 초등학교 4학년 때 살던 집 화장실은 대문 밖에 있었다. 화장실을 혼자 가기가 무서웠던 나는 쌍둥이 언니에게 도움을 요청해 함께 화장실을 가곤 했다. 나에게 언니가 있다는 사실이 매우 든든했다. 어린 시절 우리 가족은 형편이 어려워 단칸방에 산 적도 있었다. 7살 때 집안 사정상 언니와 나는 가족과 떨어져 외할머니 집에서 일 년간 살았다. 부모님은 오빠만 데리고 다른 곳에서 사셨다. 주말이면 언니와 손을 잡고 부모님이 계시는 곳으로 갔다. 비슷하게 생긴 어린아이 둘이 보호자 없이 버스를 타면 기사님도 신기하게 쳐다보시곤 하였다. 엄마는 지금도 이 시절의 이야기를 하면 눈물을 흘리신다. 함께 살 형편이 되지 않아 미안했고, 그 당시 우리들의 헝클어신 머리와 꾀죄죄한 모습에 마음이 아프셨다고 했다. 우리 가족은 중학생이 될 때까지 일 년에 한 번씩 이사를 했다. 우리들이 매우 시끄러웠기에 주인이 집을 비워달라고 했기 때문이다.

과거를 되돌아보니 엄마의 삶이 얼마나 힘들었을까 하는 생각이 든다. 우리 형편에 맞는 저렴한 집을 구하는 것이 쉽지 않았을 것이다. 엄마는 싫은 기색 없이 혼자 모든 걸 다 하셨다. 집을 구할 때에도 우리들의 안전을 위해 큰길 주변의 집을 찾으셨다. 매번 이사하는 날이면 평소와 다름없이 아빠는 출근을 하셨고 우리들은 학교를 갔다. 학교를 마치고 이사 간 집으로 가면 모든 정리가 마무리되어 있었다. 옛날에는 포장 이사가 많지 않았던 시절이라 이사 전날 엄마는 신문지에 미리 그릇들을 싸 놓으셨다. 이사 준비를 혼자 다 하셨다. 이사를 많이 했다는 사실도 고등학교 원서를 쓸 때 제출한 주민등록초본을 보고 알았다. 친구들은 한 장에 몇 줄로 끝났던 주민등록초본이 나는 3장이나 빽빽하게 기재되어 있었다.

매년 이사를 하면서 이사 준비부터 정리까지 많은 일들을 혼자 다 하셨던 엄마의 고된 삶을 생각하니 가슴이 짠하다. 그때는 어렸기에 아무것도 몰랐던 천진난만한 아이였다. 언니와 나는 집 근처 놀이터에서 놀면서 하루를 보낸 적이 많다. 아빠는 항상 늦은 시간에 퇴근하셨고 엄마 또한 살림에 보탬이 되고자 일을 하셨다. 두 분 다 모두 바쁘셨기에 부모님의 부재를 우리 형제들이 서로 채워주었다. 언니가 항상 내 옆에 있어 주었기에 어린 시절에 다행히 외로움은 느끼지 못했다. 친구들도 집으로 초대해 함께 놀 정도로 가난에 대해서도 부끄럽게 생각해 본 적이 없었다. 밝고 씩씩하게 자랐다. 바쁘신 부모님이셨지만 운동회나 졸업식 등 행사가 있으면 친척들을 모두 초대했다. 경제적인 여유는 없었지만 마음은 항상 풍요로웠다. 이로 인해 어릴 적부터 불평불만보다는 현재에 감사하며 만족할 줄 아는 삶의 태도를 가질 수 있었다.

고등학교는 이과를 나왔지만, 취업이 잘 되는 학과를 찾아 인문계열로 대학을 진학하였다. 대학에서도 장학금을 받거나 아르바이트를 통해 생활비를 보탰다. 내가 좋아하는 꿈을 찾기보단 졸업과 동시에 취업을 했다. 월급을 받으면 용돈을 제외하고 부모님께 다 드렸다. 그게 당연한 일이라 생각했다. 첫 직장은 인턴에 수습 과정이 있어 월급이 적었다. 직원에 대한 복지혜택도 매우 부족했다. 나는 이곳에서 2년 정도 실무 지식과 경험을 쌓았다. 부족함을 채우고 싶어 더 나은 직장으로 이직했다. 첫 직장을 그만두기로 결심했을 때 현재의 직장을 다니는 게 좋을 것 같다는 주변의 부정적인 시선도 있었지만, 나는 신경 쓰지 않았다. 울산에 있는 회사로 취직하여 부산에서 울산으로 매일 출퇴근을 하였다. 입사 초기에는 늦은 시간까지 야근할 때가 많아 12시가 넘어 집에 도착하곤 했다. 그 당시 남자 친구였던 신랑은 매일 장거리를 출퇴근하는 나를 안쓰럽게 생각하였다. 대출을 받아 직장 근처에 작은 집을 구해주며 같이 살자고 하였다. 그렇게 우리는 그해 겨울에 결혼하고 그곳을 신혼집으로 살게 되었다.

친정에 있던 내 짐들을 옮기던 날 엄마와 언니는 내가 살 신혼집에 와서 눈물을 흘렸다. 남들은 신혼집을 아파트나 좋은 곳에서 시작하는데 나는 방 하나인 원룸에서 시작을 하니 마음이 아팠다고 했다. 다가구 주택의 일층 보일러실 옆에 있던 작은 집이 나의 신혼집이었다. 일층이었지만 벽이 있어 창문 밖을 제대로 볼 수 없었다. 당사자인 나는 전혀 슬프지 않았다. 회사와의 출퇴근 거리가 가까워졌다. 도보로 15분이었다. 줄어든 출퇴근 시간에 감사했고 평생 함께할 동반자가 생긴 사실에 즐겁기만 하였다. 양가 어른들의 도움 없이 결혼 준비를 하였다. 맞벌이를 하며 부모님의 경제적 지원 없이 지금까지 잘 살아왔다. 불만 없이 현재에 감사함을 지닌 채 생활한 덕분이다.

결혼 3개월 차에 임신하였고 다행히 입덧은 하지 않았다. 만삭일 때 신랑은 2달 정도 체코에 출장을 갔다. 혼자였지만 무섭거나 외롭지는 않았다. 회사 일이 바빴기에 퇴근하고 집에 와서는 바로 뻗어 잠이 들었다. 바쁜 회사 생활로 육아휴직은 생각할 수도 없었다. 첫째를 출산하고 3개월 출산휴가만 쓰고 다시 회사로 복직을 하였다. 아이 육아를 위해서 첫째가 태어난 뒤로 시어머님과 합가를 했다. 아이를 돌봐주시는 어머님 덕분에 야근과 휴일 근무를 해도 마음을 놓을 수가 있었다. 그랬기에 더 열심히 일했는지 모른다. 내가 있는 자리에서 최선을 다하며 살아왔다. 첫째가 5개월이 되었을 때 둘째를 임신하게 되었다. 14개월 차이의 두 딸을 둔 직장맘이 되어 더 정신없는 일상을 보냈다. 집과 회사를 반복하며 하루를 계획적으로 보내기보다 하루하루를 쳐내기에 바빴다.

결혼 17년 차, 바쁘게 살아온 시간 속에 나는 없었다. 무엇을 좋아하는지조차 쉽게 떠오르지 않았다. 텅 빈 것 같았다. 아이들이 좋아하는 것은 꿰뚫고 있었으면서 정작 나는 무엇을 좋아하는지 찾아볼 생각조차 안 했다. 평소 함께 있어 주지 못한다는 미안함에 쉬는 날이면 아이들 위주로 시간을 보냈다. 엄마는 그래야 한다고 생각했다. 순간 많은 일을 해 오셨던 엄마의 모습이 겹쳐 보인다. 엄마의 40대와 나의 40대가 별반 달라 보이지 않는다. 나는 무엇을 위해 여태껏 달려온 걸까? 내가 좋아하는 건 뭐였지? 나는 어떤 삶을 그리고 있었던 것일까? 한 번도 나에게 물어본 적이 없었다. 우리 엄마가 그러했던 것처럼. 이제는 물어봐야겠다. 바쁘게 살아온 내 삶 속에 내가 없었기 때문에 이제는 달라져 보려 한다. 나를 설레게 할 무언가를 찾아보려 한다. 40대에도 꿈을 찾고 나아갈 수 있다는 것을 그때의 엄마에게도, 지금의 나에게도 말해주는 이 하나 없었으니까.

4

이제는 꿈이 있는 엄마입니다

· 김은정 ·

  꿈은 없었다. 삶은 고속도로 터널 속에 있는 것 같았다. 언제 끝날지 미리 안다면 얼마나 좋을까? 터널 길이는 빠져나와야 알 수 있다. 언제쯤 밝은 순간이 올지 생각하곤 했다.

  밤에 엄마가 퇴근할 때쯤이면 집으로 전화가 왔다. "언제 와?", "두 시간 뒤에 갈게. 먼저 자.", "응. 빨리 와." 또 친구들과 술 한잔하고 오겠다고 했다. 머리끝에 걸린 잠은 나를 꿈속으로 밀어 넣지 못하고 눈 뜨게 했다. 일찍 들어오라고 기도했다. 고요한 새벽에는 집 밖에서 나는 작은 소리도 잘 들린다. 비틀비틀 걷는 소리가 들려오면 심장이 두근거린다. 대문 열리는 소리가 나고 거친 숨소리가 들린다. 방 안을 채우는 술 냄새. 형광등을 켜는 엄마의 눈을 보고 싶지 않다. 목소리는 단단히 화가 나 있다. 이어서 동생들의 크고 작은 울음소리가 터지기 시작한다. "할머니한테 전화 걸어." 엄마는 소리지른다. 어쩔 수 없이 전화번호를 누르고 조그맣게 말한다. 엄마 손에 전화기를 쥐어 주자 아빠와 인생을 향한 거친 저주가 이어졌다. 악에 받친 울음소리는 새벽 공기 속으로 퍼졌다. 이 소리를 들을 만한 사람들의 얼굴을 떠올렸다. 양쪽 이웃집 사람들, 건너편 같은 반 남학생, 그 옆집에 사는 성질 사나운 아줌마. 며칠 동안 마음이 시커멓게 가라앉아서 멍하니 학교에 오가기만 했다.

식당 쉬는 날, 엄마가 텃밭에서 싱싱한 오이를 따서 내 손에 건네주었다. 아삭아삭 깨물어 먹었다. "맛있제?" 하고 물어보던 목소리. 입 안에 퍼지던 싱싱한 맛. 나란히 앉아 먹을 때 쬐었던 아침 햇볕. 엄마는 요리 솜씨가 좋아 진미채, 콩조림 등 반찬 이것저것 해서 냉장고 가득 채워 놓으셨다. 먹고 싶은 반찬을 꺼내 우리끼리 밥을 차려 먹었다. 불판에 돼지고기 주물럭 올려 지글지글 구워주기도 했다. 상추 위에 금방 한 밥 올리고 고기 얹어 쌈을 쌌다. 입 속에 넣으면 볼이 터질 만큼 큰 쌈이었는데 그 크기만큼 행복한 날이었다. 퇴근이 늦어진다고 말했다가 시간 맞춰 집에 오기도 했다. 이벤트 같았다. 이런 날이 많아지는 게 내 꿈이었다.

부모님이 싸우거나, 엄마가 술에 취했을 때, 어른 없이 우리끼리 집을 지킬 때 간절히 상상했다. 진짜 엄마 아빠는 따로 있을 거라고. 우리를 여기 두고 잠시 어디 갔을 거라고. 곧 데리러 올 거라고. 아니면 부모님이 연기를 하는 게 아닐까 생각했다. 우리 가족이 가난하지 않게 해달라고, 적어도 엄마가 술을 마시지 않게 해달라고 간절히 기도했다. 이 꿈은 학창 시절 내내 이루어지지 않았다.

나는 내향적인 아이였다. 상상하길 좋아했다. 책을 자주 읽었다. 책은 다른 세상을 보여주고 빠져들게 했다. 온기 없는 집과 달리 책 속 세상은 환상적이었다. 거위의 등을 타고 여행하는 삽화에 나를 그려 넣었다. 피터 팬을 따라 네버랜드로 갔던 웬디 대신 내가 날아올랐다. 웬디는 집으로 돌아갔지만 나는 돌아오고 싶지 않았다. 안네의 일기장을 훔쳐 읽으며 그녀에게 편지를 썼다. 위인전을 읽으면 죄책감에 사로잡히기도 했다. 이들은 힘든 상황을 극복해서 위대한 사람이 되었는데 나는 왜 밝고 씩씩하지 못한지 생각했다. 초등학교 4학년 때 손닿는 대로 읽었다. 반 친구들은 나에게 '책벌레'라는 별명을 붙여주었다. 별명이 꽤 마음에 들었고, 자부심도 느꼈다. 그때부터 책 읽고 편지와 일기 쓰며 아무도 모르는 나만의 세계를 만들기 시작했다. 그 속에서는 내가 주인공이었고 원하는 대로 생각하고 행동할 수 있었다. 책 속 세상이 현실이 된 기분이었다.

현실의 나는 감정을 느끼지 않아야 했다. 날 보호하기 위해 벽을 세웠다. 따뜻한 마음, 공감하는 마음 대신 무심하고 차가운 인상으로 나를 방어했다. 엄마는 날 앉혀놓고 남편 복 없고, 돈복도 없다고 하소연하면서 엉엉 울곤 했다. 그러다가 내가 아무 반응이 없자 '바늘로 찔러도 피 한 방울 나지 않을 년'이라고 했다. 중학생이었던 나는 들리지 않는 것처럼 무심하게 앉아 있었다.

"부자가 되게 해주세요.", "엄마가 술 먹지 않게 해주세요.", "엄마가 오래 살게 해주세요." 그 외에 다른 꿈도 꾸었을 텐데, 기억나지 않는다.

고등학생 때에도 '나는 왜 꿈이 없을까. 무엇을 하고 싶지?' 고민했다. 간절히 누군가가 이끌어 주길 바랐다. 그 누군가는 더 나은 어른이었지만, 부모님은 아니었다. 집에서 멀리 떨어져 살고 싶었다.

동생들 챙기고 집안일 하던 습관이 꿈으로 이어졌을까? 누군가를 돕는 직업으로 하루를 뿌듯하게 살고 싶다는 생각은 어느 날부턴가 교사라는 직업을 목표로 하게 했다. 그때의 나는 보람 있는 인생을 살고 싶었다. 학생을 가르치며 뿌듯함을 느끼기도 하고 감정의 탈진을 느끼기도 했다. 기간제 교사로 6년을 일했다.

삼십이 넘어 마음의 벽을 허물기 시작했다. 교보문고에 깔린 책을 우연히 읽게 된 계기로, 치유 워크숍을 1년 동안 다녔다. 상담가의 안내로 의식의 흐름을 따라가는 등 탐색하기 시작했다. 어린 나의 감정을 받아들이고 보듬으려 애썼다. 노트에 쓰고 휘갈기고 대화하고 그림을 그렸다. 검은색 볼펜이 자주 닳았다. 그때부터 마음의 벽을 허물고 나를 만났다.

주부로 사는 지금, 처음 딛는 길에 서 있는 듯 서툰 기분이다. 하지만 예전보다 단단하다. 아이들 곁에 있는 엄마가 되고 싶다. 엄마 역할뿐 아니라 나의 꿈도 펼치고 싶다. 어느 책에서 꿈을 명사로 말하지 말고 동사로 말하라는 글을 읽은 적이 있다. 변치 않고 좋아하는 게 뭘까 생각해 보았다. 다행히 오랫동안 생각할 필요가 없었다. 슬플 내, 원망을 느낄 때, 기분 전환이 필요할 때 곁에는 노트가 있었다. 노트에 온갖 감정과 생각을 썼다. 무엇이든 쓰는 게 좋았다. 변함없이 찾을 게 있다는 건 숨 쉴 구멍이 되어 준다. 앞으로의 꿈은 책 읽고 글 쓰는 삶을 사는 것이다. 지금은 좋아하는 책 읽고 글 써서 온라인에서 소통 중이다. SNS에 올린 글이 공감받거나 도움이 된다는 댓글을 읽을 때 기쁘다. 글로 누군가에게 작은 영향을 주고 함께 성장하고 싶은 마음이 커졌다.

꿈다운 꿈을 가진 적이 없다. 현실에 쫓겨 벗어나기 위한 꿈만 생각하며 살았다. 어린 시절 꿈이란 사치였다. 엄마가 된 지금도 가끔 터널 속 서성이던 내가 떠오른다. 이제는 안다. 그때와 지금의 나는 많이 다르다는 것을. 그때의 나에게는 없었던 책을 만나며 조금씩 달라졌다. 꿈이 없던 나와 달리 아이들은 자신의 꿈을 마음껏 가졌으면 좋겠다. 훗날 아이의 기억 속에 자기 삶에 애정을 갖고 한 단계씩 성장한 엄마로 남아 있으면 한다. 소소한 일상을 가치 있게 살아간 엄마로 떠올려 준다면 나는 꿈을 이루었다고 말할 수 있을 것 같다. 엄마가 되고 나서야 비로소 날 위한 꿈을 하나씩 찾아가는 중이다. 이제는 꿈이 있는 엄마라 말할 수 있다. 꿈다운 꿈을 가진, 그런 엄마 말이다.

5

없는게 아니야, 발견하지 못한 것뿐

• 안은정 •

꿈을 묻는 질문에 늘 자신 없었다. 장래 희망란에 의미 없이 선생님이라고 썼다. 집안 형편이 좋지 않았기 때문이다. 무엇이 되고 싶다기보다 빨리 돈을 벌고 싶었다. 학교 끝나고 집에 오니 TV, 냉장고, 옷장 등집안 물건에 빨간 압류딱지가 붙어있기도 했다. '쾅쾅쾅' 문 두드리며정기적으로 돈 받으러 오는 사람도 있었다. 오로지 지금의 형편에서 벗어날 생각뿐이었다. 내가 무엇을 잘하고, 관심 있는지는 중요하지 않았다. 취업만을 생각했다. 대기업에 입사해 지금의 남편을 만나 결혼하고, 세 아이 낳아 키우면서도 계속 일했다. 학비부터 결혼자금까지 모두 알아서 하는 큰딸의 모습에 부모님은 늘 미안해하셨다. 육아와 일을 병행하는 게 쉽지 않았다. 함께 출퇴근하는 남편이 있어 그나마 버틸 수 있었다. 그러나 갑자기, 예기치 못한 삶의 변화가 찾아왔다.

남편에게 이직 제안이 들어왔다. 다른 분야로 확장을 꿈꾸던 차에 잘된 일이었지만, 나에게는 고된 삶의 시작이었다. 사는 천안이 아니라

인천인 것, 어린 세 아이가 있다는 것, 함께 돈을 벌어야 하는 상황이라 내가 퇴사할 수 없다는 게 걸림돌이었다. 한순간 주말부부, 세 아이 육아, 직장 생활까지 모두 내 몫이 되었다. 알람 소리에 힘겹게 일어나 출근과 식사 준비를 마치고 초등학교 4학년 아들, 학교에 갓 입학한 딸, 5살 막내를 차례로 깨웠다. 큰아이와 둘째는 쉽게 일어났다. 막내는 매번 사투를 벌여야 했다. 두 아이와 대충 인사하고 셋째와 차로 향했다. 선생님보다 유치원 주차장에 먼저 도착했다. 차 안에서 창밖과 시계를 수시로 확인했다. 저 멀리 선생님이 보이면 황급히 내려 아이를 맡기고 돌아섰다. 정신없이 운전대를 잡고 회사로 향하는 길. 입술이 바짝바짝 타고 속이 쓰라렸다.

삶이 빛없는 암흑과도 같았다. 간절히 쉬고 싶었다. 회사에서 쉴 새 없이 키보드를 두드려 손가락 마디마디가 아팠다. 모니터를 뚫어지게 쳐다보느라 눈이 따끔거렸다. 지금도 궂은 날씨엔 관절이 아프고, 그때 생긴 화장실 참는 버릇을 아직도 못 고쳤다. 무슨 일이 있어도 오후 5시까지 중요한 일을 끝마쳐야 했다. 쥐 죽은 듯 조용한 사무실에서 퇴근하겠다는 말 한마디가 왜 그리도 힘든지. 눈치 주는 사람도 없는데, 혼자 일어나는 건 매번 적응이 안 됐다. 집에서 엄마만 기다리고 있을 세 아이를 생각했다. 회사만 나오면 속이 후련할 것 같아도 막상 그렇지 않았다. 꽉 막힌 퇴근길을 뚫고 집에 가려면 한숨부터 났다. 지친 몸을 이끌고 집에 가면 세 아이와 엉망인 집이 날 맞이했다. 현관 앞 여기저기 나뒹구는 운동화, 화장실 앞 널브러진 수건, 뒤집힌 장난감 바구니와 옷가지들. 정신없는 물건을 뒤로하고 서둘러 저녁밥부터 차렸다. 아이들이 밥 먹는 사이 방을 오가며 치우기 바빴다. 방학은 더 큰 산이었다. 두 아이는 방학 동안 학교에 친구들이 없다며 돌봄교실에 안 가고 싶어 했다. 그 마음도 이해됐다. 방학 동안이라도 푹 자게 두고 싶었다. 평소보다 한 시간 일찍 일어나 점심 도시락과 떡볶이, 과일, 핫도그 등 놀면서 먹을 간식을 종류별로 만들어 식탁 위에 깔아놓고 출근했다.

정신없이 회사에서 일하다 보면 깊은숨이 안 쉬어지곤 했다. 짧게 '헉헉' 댔다. 화장실로 가 작은 창문을 열어 두고 바깥바람을 쐬면 좀 나아졌다. 창밖의 나무 한 그루를 우두커니 서서 한참을 바라보곤 했다. 새순 돋고, 푸른 잎 나고, 노란 잎 떨어지는 모습을 보며 바뀌는 계절을 실감했다.

대기업이라 연봉과 복지혜택이 좋았다. 대신, 존재가치를 증명해야 했다. 정기적으로 받는 고과를 보며 돼지고기 등급을 나타내는 표시 같다고 생각했다. 알파벳 하나에 기분이 오르락내리락했다. 회사에서 삼삼오오 모이면 대화는 한결같았다. 언제 이곳을 나갈 수 있을지 한탄과 푸념의 말이거나, 드라마 예능 등 연예인 얘기, 자식, 시댁, 상사, 투자 등 자랑 아니면 뒷담화였다. 주로 좋은 소리보다 불평불만이 많았다. 가랑비에 옷 젖듯 툴툴대고, 짜증 섞인 말이 습관으로 자리 잡았다. 말할 때는 속이 시원해도 놀아서면 공허하고 기분이 가라앉았다.

안정된 직장 있고, 사랑하는 세 아이와 남편이 있는데도 툴툴댔다. 돈 쓰는 걸로 스트레스를 풀었다. 하지도 않는 아이새도, 끝까지 바르지 않는 립스틱, 비슷한 스타일의 옷과 신발, 가방 등. 짐은 갈수록 늘어갔다. 물건을 사고 여행을 가도 그때뿐이었다.

하루는 퇴근 후 밥을 차리는데 옷이 살결에 닿을 때마다 베이는 듯 아팠다. 몸이 가라앉았다. 아이들에게 밥 먹고 엄마한테 말해달라고 하고 침대로 갔다. 아이들이 밥 먹을 동안 누워 있었다. 다 먹었다는 말에 간신히 설거지하고 다시 침대로 갔다. 집안일 하고 눕기를 반복했다. 중요하게 처리할 일이 있어 쉬지 못하고 출근했다. 긴장한 탓인지 전날만큼 아프진 않았다. 그런데 3일 동안 퇴근 후 집에만 가면 같은 증상이 나타났다. 옷이 스칠 때마다 살갗이 따갑고, 아프고, 오래 서 있기가 힘들었다. 주말에 병원에 갔더니, "왜 이제 오셨어요"라며 대상포진이라고 했다. 출근해서는 긴 숨이 안 쉬어지고, 육아와 집안일로 진료받을 시간도 못 내는 삶에 무너졌다. 주말 부부 2년, 직장인 15년 차에 남편 앞에서 대성통곡했다. 더는 못하겠다고 백기를 들었다.

퇴사하니 여행하는 기분이었다. 실업급여 받는 몇 달은 천국이 따로 없었다. 아이들 학교 보내고 음악 들으며 자전거를 탔다. 동네 이곳저곳을 누볐다. 그동안의 고생을 보상받는 것 같았다. 힘들게 일했으니 오래 쉴 작정이었다. 그 마음이 반년 만에 끝날 줄은 몰랐다. 이대로 경력 단절이 되면 어쩌나 불안감이 몰려오기 시작했다. 좋아하는 걸 못 찾으면 어쩌나 싶다가, 고생했으니 쉬어도 된다고 했다가 하루에도 수십 번 생각이 바뀌었다. 당장 일할 것도 아니면서 밤마다 취업사이트를 둘러봐야 안심하고 잘 수 있었다. 점점 불안이 삶을 점령했다.

2018년 어느 겨울밤, 이듬해 1월부터 매주 한 권씩 일 년 읽는 독서 프로그램 영상을 봤다. 책이라니. 회사 다니고 애 키우느라 바빠 책 한 권 읽지 않던 사람이라 고민이 많았다. 매주 한 권 읽는 것도 힘든데 과제까지 하라니 멈칫했다. 일 년을 버틸 자신이 없었다. 고민하며 시간을 보냈다. 마감 기한이 다 되어서야 '에라, 모르겠다. 안되면 그만두지 뭐!'라는 심정으로 신청했다. 가만히 책만 보는 건 쉬운 일이 아니었다. 글자를 읽는 게 버겁고, 졸리고, 집중 안 될 때가 허다했다. 분명 같은 책인데 극찬하는 사람들이 이해가 안 됐다. 읽어야 해서 할 뿐 별다른 감흥이 없었다. 힘겹게 읽어나갔다. 이왕 시작한 거, 끝까지 갈 생각이었다. 나와의 약속에서 지고 싶지는 않았다. 그렇게 한 달, 두 달. 매일 읽다 보니 조금씩 변하기 시작했다. 처음엔 숙제하듯 읽었다. 차츰 관심 분야의 책을 선정해 기획 프로젝트까지 만들어 운영했다. 물론, 참여자는 혼자였다. 책 내용을 기억하고 싶어 블로그를 개설하고 글을 썼다. 독서 모임도 만들었다. 벌써 6년째 운영 중이다. '1년 읽기를 완주하고 싶어', '글 잘 쓰고 싶어', '나만의 독서프로그램을 운영하고 싶어', '작가가 되고 싶어' 내 안에 꿈들이 꿈틀거리기 시작했다.

나이 마흔에 깨달았다. 꿈이 없는 게 아니라, 발견하지 못했다는 걸. 지금까지 '나'에게 집중할 기회조차 주지 않아 보지 못했을 뿐이다. 직장인, 엄마, 아내로 살다 보니 정작 나를 챙기지 않았다. 챙길 시간조차 주어지지 않았다. 퇴사 후에야 비로소 시간이 생겼다. 매일 읽고 썼다. 그동안 책 한 권 읽지 못하고 살아온 시간이 아쉬웠다. 퇴사하기 전에라도 책을 찾아볼 작은 여유라도 내게 주어졌다면 조금은 달라지지 않았을까. 책을 읽다 보니 나를 탐색할 시간도 선물 받았다. 퇴사해서 생긴 시간적 여유와는 차원이 달랐다. 나를 탐색하기 시작하자 비로소 내가 좋아하고 잘하는 것도 보였다. 이제는 그릴 수 있다. 내가 어떤 삶을 꿈꾸며 어떻게 나이 들고 싶은지. 꿈은 분명 우리 안에 있다. 아직 발견하지 못했을 뿐.

6

아이의 응원으로 꿈을 찾는 용기를 얻었다

• 여진미 •

외교관이 되고 싶었다. 내 딴에는 외교관은 해외 각 나라에서 살아보고 여행을 자유로이 하면서 일반인이 얻을 수 없는 정보와 견문을 습득할 수 있다는 것에 반했다. 선호도가 높은 직업에다 돈까지 잘 버는 외교관이 될 수만 있다면 얼마나 좋겠는가. 생각만 해도 환상적인 생활이 펼쳐질 것만 같았다. 너무 먼 꿈이었다. 외교관이란 외국에 주재하며 자국을 대표하여 외교 업무에 종사하는 관직이다. 외무고시를 통과해야 한다. 나의 역량은 부족했다. 노력도 하지 않았다. 언제 어디든 마음먹은 대로 떠날 수 있는 자유로운 생활만을 선망했다. 젊은 날의 꿈을 접은 것이 못내 아쉬워 아이의 적금통장 표지 위에 장래 희망은 외교관이라는 글씨를 새겨넣었다.

우연히 손미나 작가의 〈스페인, 너는 자유다〉를 읽었다. 가슴이 터지는 줄 알았다. 당장 스페인으로 날아가야 할 것만 같았다. 스페인에 가서 사는 모습이 마구마구 그려지자 더 이상 참지 못해 스페인어라도 배워야겠다 싶었다. 이민을 가기로 결심하고 진주에서 대구로 오가며 에스파냐어 수업을 들었다. 매주 토요일마다 왕복 4시간 이상 걸리는 거리였다. 대구 스페인문화원 수업에서 만난 강사는 나에게 '베르나르디따'라는 이름을 지어주었다. 재수강 수업이 끝나고 스페인어 초급반 강좌가 없어지면서 좌절하기도 했다. 인터넷으로 개인과외 강사를 물색했다. 코스타리카에서 온 친구에게 개인과외를 받으면서 스페인어를 익혔다. 덕분에 여행사를 통하여 혼자 스페인으로 자유여행을 다녀올 용기가 났다.

처음으로 작게나마 꿈을 이뤄본 경험이었다. 그토록 원하던 꿈을 찾아다녀 온 여행은 온전히 내 삶으로의 여행도 꿈꾸게 했다. 어린 시절 외교관이라는 직업을 그렇게도 부러워했는데, 직장생활을 하면서도 해외여행을 하게 될 줄이야. 외교관이 따로 없었다. 마음 맞는 이들과 함께하는 해외여행은 나에게 또 다른 성취감을 안겨줬다. 먼 훗날 나이 들어 지나온 길을 회상할 때, 이야깃거리로 가득한 추억을 많이 만들어야겠다고 생각했다. 10년 단위로 경험하지 못한 일들을 하기로 계획했다. 더 나이 들기 전에 배우고 싶은 것들도 많이 배워놓겠다 결심했다.

"마흔에는 내 짝을 찾아야겠다."

그런 마음을 알아차렸을까. 문화센터에서 만난 동생이 좋은 사람 있다며 만나보라고 소개를 해줬다. 믿을만한 친구라 소개받아 보니 완벽하게 촌스러운 사람이었다. 심지어 카페에서도 직원이 주문받으러 오는 줄 알고 기다리고 앉아 있는 사람이었다. 처음에는 그의 촌스러움이 부끄러웠다. 나를 포용해 주는 사람이길 바랐는데 내가 챙겨야 할 부분이 훨씬 더 많았다.

　친구는 그런 내게 사람을 한번 보고 판단하면 안 된다고, 적어도 세 번은 만나보고 판단하라며 나를 다독였다. 처음에는 내 나이가 많아 이런 사람을 만나나 싶었는데 두 번째 만나는 날 생각이 조금 움직였다. 그는 말도 조리 있게 잘 했고, 영어 실력도 괜찮았다. 이야기를 나누다 보니 생각이 반듯한 사람이었다. 카페에서 주문할 줄 모르면 뭐 어떻겠는가. 사람 됨됨이가 반듯하면 그만 아닌가. 적극적이고 합리적인 사람이란 생각이 들어 내 짝으로 정했다. 5개월 만에 이뤄진 결혼. 마흔세 살 동갑내기는 그렇게 부부가 되어 2년 뒤 나는 엄마가 되었다.

　다소 늦은 나이에 아이를 낳아 키웠다. 체력도 버거웠고, 챙겨줘야 하는 부분이 많았다. 홀로 자유롭게 훨훨 날아다니며 내 한 몸 챙길 때보다 엄마의 자리는 훨씬 바쁜 자리였다. 늦게 낳아 그렇다는 소리를 듣고 싶지 않았다. 아이의 모든 몸짓과 소리에 반응해 줬다. 한 해, 두 해 커갈수록 엄마로서 아이를 챙긴다는 마음보다 어여쁜 생명이란 생각에 사랑스럽기만 했다. 아이를 키우면서 나란 사람을 조금씩 잊었다. 더불어 내가 가졌던 꿈조차 살포시 내려놨다. 아이를 낳아 키운 일은 내 생애 가상 축복받을 일이었다. 내가 원하던 꿈을 찾아 친방지축 자유롭게 다닐 때와 달리 아이를 낳고 키우다 보니 자연스레 꿈을 접고 살게 되었다.

아파트를 고점에 사서 지하 바닥에 팔았다. 부동산의 실패로 그나마 조금 있던 잔액도 바닥이 나고 빚만 남았다. 경제에 대한 아무런 지식이 없었다. 아예 관심이 없었기에 무지함의 극치였다. 금융 문맹자였다. 노후 계획이 없었다. 퇴직금과 연금이 있지만 노후를 살기에는 턱없이 부족하다. 아이의 장래에 걸림돌이 될까 봐 무서운 생각이 들었다. 부자가 되고 싶었다. 무작정 인터넷으로 부자 되는 법을 검색했다. 50대 이후 실패를 성공으로 이룬 사람들이 많았다. 그들의 성공 비결은 책을 통해 도전하고 실천한 결과였다. 책 속의 주인공 인생이 내 인생과 비슷했다. 성공한 사람들처럼 자기 계발에 한 발짝 더 앞선 사람들의 강의를 들었고 블로그를 읽으면서 막연하게 나도 누군가에게 도움을 주는 글을 쓰고 싶다는 생각이 들었다. 자기 계발 책에서 성공을 이룬 사람들이 시작한 것을 따라 해 보았다. 새벽 기상, 독서, 운동이었다. 간절했기에 새벽 4시에 깼다. 양치질로 개운하게 정신을 차렸다. 물한 컵 마시고 가벼운 스트레칭으로 새벽 창을 열었다. 확언을 적고 책을 읽었다. 인증을 했다. 읽은 책을 기록해 두지 않아 어떤 책이었는지, 좋은 글들이 기억나지 않았다. 메모하고 기록하는 습관의 중요성을 알게 되었다. 필사와 블로그를 하기 시작했다. '매일 하는 것이 나를 만든다'는 말처럼 포기하지 말자. 남과 비교하지 말자, 제발 조급해하지 말자고 되새김질했다.

"엄마, 꿈이 뭐예요?"

여느 때와 같이 아이의 손을 잡고 도서관에 다녀오는 길. 아이는 대뜸 엄마의 꿈을 물어본다. 아마도 조금 전 도서관에서 본 책의 내용이 생각났나 보다. 아이가 묻는 말에 곰곰이 생각해 본다. 책을 보고 나오는 길이라 그런지 선뜻 내 입에서 '작가'라는 단어가 튀어나왔다. 생각만 했던 것이 내 입에서 대답으로 나올 줄이야. 말을 당당하게 뱉어놓고 보니 아이가 나를 향해 웃는다.

"엄마는 이미 작가잖아요."

쉰이 넘은 나이에 주책이라고만 생각했다. 생각만 했던 영역을 말하고 나니 덜컥 겁이 났나 보다. 그런 나에게 아이가 보내준 미소는 묘하게 힘이 나게 했다. 아이는 내 손을 꼭 잡았다. 덩달아 나도 아이의 손을 힘있게 잡았다. 힘을 주는 아이와 남편이 있으니 새로 시작하는 도전에 겁이 날 리 없다. 내 인생의 주인공은 나니까. 나를 보고 웃는 아이의 미소가 유독 더 환하게 빛난다.

아이의 응원으로 꿈을 찾는 용기를 얻었다. 내가 책을 통해 동기부여가 된 것처럼 단 한 명에게라도 나의 글이 도움이 되면 좋겠다는 생각으로 글 쓰는 삶을 선택할 수 있는 용기가 생겼다. 처음 시작은 쉬운 일이 아닐 수 있다. 내 경험을 어떻게 메시지로 전달할지 생각하니 가슴이 뛴다. 앞으로의 내 모습을 그려본다. 건강하다. 책과 함께 글 쓰는 삶이다. 행복의 부자 터널을 통과하는 꿈이 너무 멋지다. 설렌다. 성공하는 것이 별 게 있냐, 그냥 시작하는 거지. 바로 지금, 실행이 답이다.

"느려도 괜찮아. 될 때까지 한다. 세상에 공짜는 없다."가 나의 신조다.

7

괜찮아, 다시 시작하는 거야

• 장미희 •

20년째 잘 다니던 직장에 사표를 냈다. 마당을 뛰쳐나온 암탉처럼 좀 더 넓은 세상을 보고 싶었다. 7년의 이민 생활, 그리고 경단녀가 되었다. 다행히 지금은 기간제로 근무하고 있다. 직장에 다닐 때 꽤 인정받고 열심히 했는데, 현실을 인정하는 데 시간이 오래 걸렸다. 친구들이 자리를 잡아가는 시기, 이제 나는 시작이다. 나에게 꿈이 있었다. 멋진 교사가 되고 싶었고, 훌륭한 엄마가 되고 싶었다. 직장도 가정도 어느 것 하나 소홀히 하고 싶지 않았다. 사회에 선한 영향력을 끼치고도 싶었다. 욕심이 많았다. 20년 동안 그 흔한 연가도 잘 쓰지 않았다. 아이들이 아파서 열이 펄펄 날 때도 병원에 입원시켜 놓고 학교에 갔다. 심지어 남편이 교통사고를 당한 날 밤에도 병원을 가지 않았다. 다음 날 아이들 수업자료를 준비해 주고 나서야 병원으로 달려갔다. 이 일은 두고두고 남편한테 원망을 듣고 있는 사건이다.

"엄마, 우리 가족은 왜 소풍을 한 번도 안 가?"

"그래, 다음에, 다음에 여유가 되면 가자."

중학교 다닐 때로 기억한다. 월요일이면 늘 교실이 시끌시끌했다. 가족이랑 놀이공원 갔던 이야기, 맛난 것 사 먹었던 이야기로 꽃을 피웠다. 부모님은 늘 바빴다. 어린 마음에 '가족하고 소풍 갈 정도의 여유가 있는 집이었으면 좋겠다'고 생각했다. 뭐 그리 대단한 명예를 원한 것도 아니고 큰 부를 바란 것도 아니었다. 나도 똑같이 살았다. 가족과 마음 놓고 여행가는 일이 왜 그리 어려웠는지. 나이가 마흔이 되니 직장에서 할 일이 더 많아졌다. 집에까지 일 보따리를 들고 왔다. '화장실 갈 시간도 없다.' 할 정도로 바빠졌다. 아이들이랑 많은 시간을 보내주고 싶었다. 현실은 달랐다. 아들이 초등학교 다닐 때 일이다. 직장에 일찍 마친 날 아이스크림을 사 들고 하굣길 아들을 맞이하러 갔다. 교문 앞에서 나를 보더니 보도블럭 위에 털썩 주저앉았다. 너무 좋아서 기절하는 줄 알았단다. 가방부터 나에게 던지듯 맡기고 아이스크림을 손에 들고 아이들 보란 듯이 걸어갔다. '얼마나 저러고 싶었을까.' 안쓰러웠다. 매일 한 손에는 가방 다른 한 손에는 시장바구니를 들고 헐레벌떡 퇴근했다. 갑상샘저하증을 앓아서 피곤하면 안 되는 어머님께 아이들을 맡겨놨다. 동료들과 커피 한잔은 사치였다. 피곤한 어머님 저녁부터 차려드리고 빨리 쉬게 해드려야 했다. 그런 다음에야 아이들과 시간을 보낼 수 있었다. 적지 않은 용돈을 드리면서도 죄인처럼 어머님의 시중을 들어야 했다.

안방마님이 없어져 가는 세대를 비판했던 이문열의 〈선택〉을 읽었다. 매일 집에서 아이들을 잘 챙기는 엄마들이 부러웠다. 행사 때마다 학교에 가서 아이들을 마음껏 응원해 주고 싶었다. 남편이 아이들을 돌봐주면 얼마나 좋을까? 남편도 직장에서 중요한 업무는 다 맡았다. 아이들과 놀아줄 여력이 없었다. 열심히 일하면 잘 사는 거라 생각했다. 서로가 서로에게 불만만 가득했다. 지친 엄마와 아빠, 관계와 학업에 어려움이 보이는 아이들을 보면서 대책이 필요했다. 엎친 데 덮친 격으로 나는 자궁내막염 수술을 하고, 남편은 교통사고를 당했다. 차가 반은 찌그러져 폐차했을 정도의 대형 사고였다. 달리기만 하던 우리 삶에 '끽'하고 제동이 걸렸다.

"이렇게 살고 싶었냐고?"

"이렇게 정신없이 사는 게 제대로 사는 거냐고?"

새롭게 시작하자. 결혼하면서 우리 부부는 꿈을 공유하며 살았다. '이렇게 살자. 저렇게 살자' 다짐했던 것들이 많았다. 필리핀으로 이민을 갔다. 남의 아이들 돌보느라 내 자식 교육은 뒷전이었다. 제일 먼저 영어 공부 노예에서 해방시켜 주고 싶었다. 주입식 교육의 틀에서 벗어나 마음껏 여행도 하고 다양한 세상을 보여주고 싶었다. 남편은 수학을 오래 연구했다. 홈스쿨을 열었다. 국제택배로 보낸 16박스 중 14박스가 책이었다. 방 하나를 도서실로 만들어 아이들이 마음껏 책을 읽도록 했다. 필리핀 튜터와 일대일로 영어로 대화하는 수업에 읽은 책을 영어로 토론하는 수업을 더 했다. 1년 후, 아이들 영어 실력이 확 올랐다. 가족이 모두 함께 기타를 배우고 현지 수영 선수에게 수영교습을 받았다. 한국에서 적응하지 못해 온 학생들도 도왔다. 점점 소문이 나면서 학생들이 많아졌다. 말도 안 되는 회비를 받으며 배움에 갈증이 있는 학생들을 가르쳤다. 주말이면 한인교회를 다니며 필리핀 현지인을 돕기도 하고 다양한 봉사활동을 했다. 대단한 휴머니스트도 아니었지만, 어려운 생계로 허덕이는 모습을 보면 밥이 넘어가지 않았다. 아이들을 제대로 가르치고 싶어 번 돈은 교육비로, 일부는 가난한 사람들을 도왔다. 아이들이 무럭무럭 자라는 모습에 힘든 줄 모르고 가르쳤다. 지금도 함께했던 친구들을 만나면 그때 이야기를 나눈다. 거기에서도 우리 집에 아이들이 늘 드나들었고 가족만의 오붓한 시간은 부족했다. 둘 다 직업병인지 역량이 그것밖에 되지 못했는지 가족과의 소중한 시간은 뺏기고 일에 치여갔다. 이민 간 지 5년이 되니 준비해 간 재정은 바닥을 드러냈다. 남편이 필리핀 풍토병인 뎅기열에 걸렸다. 고열과 함께 백혈구 수치가 급격하게 떨어지는 병인데 면역력이 떨어지면 쉽게 걸린다. 이어진 코로나로 모든 계획을 접고 귀국하게 되었다. 참기가 막혔다.

'내가 미쳤지.'

'도대체 무슨 꿈을 꾸었길래 그렇게 무모했을까?' 자다가 벌떡 일어났다. 부부 교사였던 우리는 매월 또박또박 들어오는 연금만으로도 살만했다. '무엇이 우리를 벼랑 끝까지 몰아넣었던 깃일까?' 연금은 반토막 나고, 경력은 단절되고 유산으로 구입한 아파트 하나로 새롭게 시작했다. 왜 그래야 했는지 다 설명할 수가 없다. 어떤 이는 참 어리석다고 하고, 또 다른 이는 정말 멋지다고 한다. 그때는 그것이 최선의 선택이었고 최선을 다했다. 후회는 없다. 더운 땅에서 동고동락하다 보니, 부부애보다 더 진하다는 동지애를 갖게 되었다는 것, 아이들이 공부를 잘 감당해 주었다는 것이 그냥 감사하다. 멋진 부모가 되어 보려고 애를 썼지만, 그냥 부모로서 최선을 다했다는 말밖에 할 말이 없다. 우리 부모님이 힘들게 사셨을 때도, 수십억의 재산을 가졌을 때도 그냥 우리 엄마이고 우리 아버지여서 좋은 것처럼. 그렇게 부모가 되었다. 가치 있다고 생각한 삶에 몸을 던져 보았다. 인생에 바닥을 쳐 보니 사람이 달라졌다. 허둥지둥 집으로 가는 동료를 보면 '아이가 아픈 것일까? 남편과 싸웠을까?' 아니면 '무슨 병이라도 난 것일까?' 걱정부터 앞선다. 모진 풍파를 이기고 살아있는 생명을 보면 경외감이 든다. 살아줘서 그냥 고맙다. 속으로만 말한다. 어디서 주워들은 미사여구로 마구 위로하려 드는 꼰대 병은 고쳐졌다.

"인생 자체가 기간제야~~."

"괜찮아, 다시 시작하기에 딱 좋아."

남편의 말이다. 영원한 직업이란 없다. 월급으로 연명하던 나였는데 안전지대가 사라졌다. 내가 정말 살아보고 싶었던 삶으로 출발이다. 닥치는 대로 책을 읽었다. 새벽 기상 시작한 지 1년 8개월째다. 은퇴 이후 삶을 생각하며 하나씩 준비해 가고 있다. 잃었다고 생각했는데 오히려 새로운 세상을 얻었다. 무모했지만 소중하고 값진 경험이었다. 어쩌면 7년이라는 기간이 나에게 어떤 의미인지 생각할 때가 있다. '할 이야기도 많고 하고 싶은 이야기가 많아진 걸 보면 작가로 준비된 시간이 아닐까?' 이렇게 착각도 해본다. '작가, 아무나 하나?' 특별한 삶을 살아야만 작가가 되는 줄 알았다. 독서를 통해 거인의 어깨에 앉아 세상을 바라보고 나를 바라보며 길을 만들어 간다. 공연한 위로나 격려 같은 것 말고 실제적인 도움이 되는 글을 쓰고 싶다는 생각으로 다시 공부하기 시작했다. '이 나이에?' 의문이 불쑥 올라올 때가 있다. 그럴 때마다 나를 다독인다. 인생에 늦은 때는 것은 없는 거라고. 지금이 가장 빠른 때라고. '괜찮아, 다시 시작해 보는 거야.'

8

꿈이 있었던가? 없으면 만들면 되지

• 장연애 •

이젠 그만 동굴에서 나와야 한다. 이대로 그냥 머물 수는 없다. 내가 태어난 데는 이유가 있을 것이다. 하지만 정신이 나지 않는다. 정신이 온전하지 않으니 몸도 말을 듣지 않는다. 우울이라는 동굴 속에 들어온 지도 1년이 되어간다. 바깥출입을 하지 않아도 살 수 있다는 것이 참으로 신기할 따름이다.

3명의 아이를 챙겨야 하는 엄마인 내가 이래도 되나 싶었다. 하지만 나의 의지와 상관없이 덮치는 불안과 우울함이 나를 삼켜버리고 있었다. 안방에서 온종일 누워 지냈다. 먹고 싶은 생각도 씻어야 하는 생각도 들지 않았다. 부정적인 생각만 머리에 가득했다. TV에서 자극적인 기사가 흘러나온다. '우울증에 걸린 엄마가 돌도 안 된 자녀를 아파트 베란다 너머로 던졌다고 합니다.' 이 기사 속의 엄마는 정상이 아니다. 정상적인 엄마라면 이런 일을 하면 안 된다. 하지만 이런 기사를 접해도 놀랍지가 않았다. 더 놀라운 것은 비정상적인 엄마를 이해하고 공감하고 있는 내 모습이었다.

'어쩌다가 내가 이렇게 되었지?' 쉴 새 없이 눈물이 흐른다.

결혼 전에는 문제없이 잘 살아왔다. 정확히 경제적으로 문제가 없었다. 목수 일과 논농사를 하시는 근면 성실하신 아버지가 계셨고, 한복을 짓고 집안일을 도맡아 하시는 어머니가 계셨다. 절약과 저축이 일상생활이었고, 일상에서 필요한 물품들은 대부분 직접 만들었기 때문에 돈이 모일 수밖에 없었다. 부모님이 한창 저축할 당시는 정기예금 금리가 11%대라 적금과 예금만 잘해도 자산이 늘어날 수밖에 없는 구조였다. 부모님처럼 살면 경제적으로 힘들지 않게 살 수 있구나라고 생각하고 있었다. 돈을 벌기 시작하면서 현금으로 아파트를 10년 안에 살 거라고 큰소리쳤었다. 아껴 쓰고 저축하면 당연히 그렇게 되리라 생각했기 때문이다.

사업하는 남편과 결혼하는 것을 친정어머니는 탐탁지 않게 생각하셨다. 결혼 상대자로 고정적인 수입이 있는 안정적인 직장인이 좋다고 하셨다. 하지만 결혼을 서두르는 시댁과 사업하는 사람도 괜찮다고 하는 나 사이에서 친정어머니는 알아서 하라고 하시면서 뒤로 물러나셨다. 이때는 몰랐었다. 사업하는 사람들은 모두 잘 먹고 잘사는지 알았었다. 경제적으로 힘들어지는 시작점이 결혼이었다.

친정아버지가 그랬듯이 가장인 남편이 잘 먹여 살릴 것으로 생각하면서 결혼 1개월 전에 사표를 썼다. 시어른도 원하는 바였고 결혼하면 사업하는 아내로 내조만 잘하면 되는 줄 알았다. 하지만 행복한 꿈은 결혼하고 1달 만에 산산조각이 났다. 남편은 첫 월급을 갖다 주고 다음 날 돈이 급하다고 하면서 월급을 다시 달라고 했다. 비상금으로 챙겨온 내 돈까지 빌려달라고 했다. 겪어보지 못한 일이었고 당연히 금방 돌려줄 줄 알았다. 어른들 말씀으로는 사업이 잘될 때도 있고 안될 때도 있다고 했다. 그런데 우리 집은 무엇이 잘못된 것인지 사업이 계속 안 되었다.

첫 번째 사업은 결혼 전부터 했던 남편의 광산사업으로 실패했다.

두 번째 PC방 사업을 했다. 처음에는 잘되는가 싶더니 돈 냄새를 맡은 사람들이 PC방 근처에 새로운 PC방을 오픈하기 시작했다. 영원한 단골이 없다는 것을 여기서 깨닫게 된다. 번 돈으로 컴퓨터를 업그레이드 해줘야 하고, 우후죽순 새로 생긴 PC방과 가격경쟁을 해야 했다. 서로에게 경제적 손실만 생기는 상황이 돼버렸다. 재투자할 돈이 없다 보니 안타깝게 PC방은 폐업을 하게 되었다.

세 번째 정수기 사업을 했다. 그동안의 사업 중 가장 빨리 정리된 사업이다. 개업한 지 3개월 만에 정리가 되었다.

나라도 경제활동을 하기 위해 시댁이나 친정에 아이를 돌봐달라고 부탁해보았다. 시어머니는 단호하게 아이를 봐줄 수 없다고 하셨고, 친정어머니는 다른 형제의 아이를 돌보고 계셨기에 여의치가 않았다. 수입이 적다 보니 내가 할 수 있는 것은 절약뿐이었다. 지혜롭게 하는 절약이 아니라 가족에게 상처 주는 말을 하면서 욕망을 절제하는 절약이었다. 의류는 새 옷을 사 입히기보다 지인들에게 얻어서 입혔었다. 하루는 초등학교에 다니는 큰딸이 새로 얻어온 옷을 입지 않겠다고 한다. 기껏 예쁜 옷을 얻어왔는데 왜 안 입냐고 하니 울면서 얘기한다. "지난번에 엄마가 준 옷 입고 갔는데 우리 반 친구가 자기 옷 같다고 그랬어. 창피하니까 앞으로 얻어온 옷은 안 입을래."라고 한다. 그 말을 듣는 순간 마음이 아팠다. 부모가 돼서 아이들 마음에 부끄러움과 상처만 주다니. 남편도 나도 한심하다는 생각이 들었다.

고민하다 남편에게 얘기했다.

"사업 그만하면 좋겠어요. 이젠 아이들도 커가고 안정적이고 고정적인 수입이 필요해요. 단돈 100만 원이라도 좋으니 직장을 알아보면 좋겠어요."

"조금 더 사업하고 싶은데. 더 도전하고 싶어."

"사업할 돈도 없고 계속 사업하고 싶으면 나하고 이혼하고 해요. 더는 힘들게 살고 싶지 않아요."

이렇게 남편은 딱 100만 원의 수입이 생기는 직장에 들어갔고, 그 직장 덕분에 그럭저럭 아이들을 키우면서 먹고 살 수 있었다. 나도 계약직으로 직장을 다녔고 적은 수입이지만 아껴서 평수 작은 아파트를 남편 명의로 한 채 장만하게 되었다. 신은 내가 편하게 사는 것을 원치 않는 것인지 또 고비가 찾아왔다. 남편이 전 직장에서 대표의 연대보증을 섰던 것이 문제가 생겼고 겨우 장만한 아파트는 2년도 채 살아보

지도 못하고 경매에 부쳐졌다. 아무것도 할 수가 없었다. 이사 갈 마음
도 어디로 이사해야 할지도 아무런 생각이 나지 않았다.

나는 나대로 1년에 한 번씩 또는 2년에 한 번씩, 직장을 얻기 위해
동분서주해야 했다. 근로계약이 끝나갈 때쯤 되면 일자리 사이트를 찾
아보며 다음 직장을 찾아 자기소개서와 이력서를 쓰고 면접을 보러 다
녔다. 다행히 매번 합격을 해서 바로 이어 직장생활을 할 수 있었다. 오
랜만에 보는 지인이 이런 말을 할 때면 상처를 받곤 한다.

"참 재주도 좋아. 직장이 계속 바뀌네.", "무슨 빽이 있는 거 아니야?"
한 직장에 오래 못 있는 사람으로 비치는 것 같아 듣기 거북했고 다른
사람의 도움으로 취업하는 것으로 생각되는 것이 싫었다. 내 마음이
삐뚤어질 때로 삐뚤어져서 좋은 의도로 들리지 않았다.

이렇게 힘들게 살려고 결혼한 게 아니었다. 힘들다 보니 자연스럽게
아이들에게도 좋은 모습을 보여주지 못했다. 고등학교 졸업하고 꿈이
뭐냐고 학교 선배가 물어본 적이 있었다. 그때는 생각 없이 "현모양처
가 되는 것이 꿈이에요"라고 했었다. 가만히 생각해 본다. 내가 꿈이 있
긴 있었던 것인가? 장난삼아 큰딸과 말했던 꿈이 생각났다. 그동안 힘
들게 살아서 그런지 큰딸의 꿈은 건물주 2세가 되는 것이란다. 내가 흔
쾌히 그 꿈을 이뤄주겠다고 했다. 큰딸의 꿈이 나의 꿈이 되어버렸다.
아이들이 경제적으로 힘들지 않기를 바라는 마음과 내 노후를 스스로
책임질 돈 공부. 그렇게 나의 은퇴 돈 공부는 시작되었다.

더불어 미래에 3개의 명함을 갖고 싶다. 글쓰는 작가, 스마트폰 포토그래퍼, 실버라이프디자이너다. 과거의 어려움을 극복하고 자기관리, 건강관리, 연금관리 3박자를 잘 해내서 사례를 공유하고 지원해주는 그런 실버라이프디자이너가 되고 싶다. 그러기 위해 정년까지 남은 시간을 허투루 보낼 수가 없다. 나의 이야기가 다른 사람들에게 동기부여가 되어 "나도 할 수 있다."라는 위로와 격려가 되었으면 하는 바람이다. 이렇게 56세에 새로운 꿈이 생겼다.

9

아픈 손가락도 꿈은 꾼다

• 정은숙

"우리 딸 시집이나 갈 수 있을까? 혼자 살아가야 할지 모르니 피아노 선생님이나 약사가 되어야 해! 꼭 직업을 가져야지." 내가 기억하는 엄마의 말은 항상 내가 앞으로 어떻게 먹고살까를 걱정하는 말이었다. 나는 결혼했고 올해로 32년째 남편과 잘살고 있다.

태어난 지 6개월 때 나는 소아마비 장애인이 되었다. 사업하는 아빠를 도와 아침저녁으로 쉴 틈 없이 바빴던 엄마는 일하는 언니에게 나를 맡겼다. 집에서 살림을 돕던 언니가 나를 업고 공원에서 종일 놀았는데 엄마가 돌아온 저녁 시간 내가 열이 불덩이처럼 났다. 감기로 알고 응급실로 갔더니 사지가 마비되었다. 예방접종도 채 끝나지 않은 돌도 안 된 아기라 어떻게 손도 못 썼다. 다행히 손은 마비가 풀리고 돌아왔는데 양쪽 다리는 근육의 기능이 떨어져 그 후유증으로 펭귄처럼 뒤뚱뒤뚱 걷게 되었다. 달리기를 제외하고는 못 하는 것이 없으니 크게 불편한 것도 없었다. 그러나 엄마에겐 장애가 있는 딸이 항상 아픈 손 가락이었다. 다리가 불편해 시집을 못 갈 것이고, 남편이 없으면 나를 먹여 살릴 사람이 없을 것이라는 걱정이 이만저만이 아니었다.

그런 내가 잘할 수 있는 것을 발견한 것은 초등학교 5학년 때이다. 한국소아마비협회에서 주관하는 장애인을 위한 체육 프로그램이 있었 다. 소아마비 장애인들을 모아 방학이면 캠프를 열었다. 집에서 보호만 받았던 내가 누군가를 도울 수 있는 사람임을 처음으로 알게 되었다. 캠프를 진행하는 선생님들과 적십자사에서 나온 자원봉사자 대학생들 은 캠프 내내 우리의 체육활동과 액티비티 프로그램을 도왔다. 양궁과 사격 수영도 할 수 있었다. 우리끼리 하는 것이라 누가 잘하고 못하고 도 없었다. 목발을 짚은 친구부터 휠체어를 탄 친구까지 끝까지 해내기 만 하면 되는 거였다. 나는 보행 보조기 없이 뛰어다닐 수 있으니 다른 친구들보다는 몸이 빨랐다. 성격도 급한데 몸까지 빠르니 시키지 않는 일도 했다. 나보다 더 걷기 힘든 친구들을 도왔다. 식판도 가져다주고 심부름도 함께 했다. 캠프를 돕는 선생님처럼 되고 싶었다. 나보다 더 힘든 친구들을 돕는 일을 하고 싶었다.

여름에는 해변캠프, 겨울에는 스키캠프에 참가했다. 어느 해 여름 만 리포해수욕장에서 여름 캠프가 열렸다. 민박집을 얻어 징애 청소년 30 명 가까이 데리고 캠프를 하는 선생님들은 자상하면서도 무서웠다. 전 체 모임에 늦게 나오면 벌을 주고 저녁 시간이 되면 그곳에 참가한 모든 장애 학생을 살뜰히 챙겼다. 나도 덩달아 친구를 돕다가 민박집 입구 램프에 휠체어 탄 친구를 밀어주다 무게를 감당할 수 없어 휠체어가 앞으로 구르고 나는 그 뒷무릎이 꺾인 채로 언덕길을 딸려 내려갔다. 결국, 왼쪽 발목에 뼈가 보일 정도로 언덕에 다리가 쓸렸다. 응급처치를 해주셨지만, 아직도 왼쪽 발목에는 화상을 입은 것 같은 영광의 상처가 남아 있다. 캠프 이후 우리는 마음 맞는 친구들끼리 모임을 결성했다. 매주 일요일이면 정립회관에 모였다. 우리끼리 회칙도 만들고 회비도 걷고 연극제도 준비하고 축제도 준비했다.

학교에 가서 공부하는 것보다 책상 앞에 앉으면 칠판 위에 주말에 할 연극이 한 편 지나가고, 학교 수학여행보다 더 좋아하는 일정을 정립회관에서 보내게 되었다. 나보다 더 힘든 사람을 돕는 일이 즐거웠던 나는 사회복지사가 되었다.

좋아하는 공부를 전공하니 더 재미있었다. 다른 전공 친구들을 모아 독서 모임도 했다. 책 읽고 느낀 점을 공유하는 것이 즐거웠다. 인간에 대한 이해를 책으로 배우고 자원봉사와 실습으로 익혀 나가는 학문이니 학교 성적이 좋았다. 자원봉사도 열심히 하고 실습도 충실히 했으니, 취업은 1순위로 할 수 있을 줄 알았다. 공부를 게을리하던 친구들도 하나둘 조기 취업이 되었다. 나는 초조해지기 시작했다. '정말 돈벌이를 못 하면 어떡하나? 누가 나를 먹여 살리지? 언제까지 부모님 등골만 빼면서 살 수 없는데.' 많은 고민이 들었다. 지루한 기다림 끝에 나에게도 기회가 왔다. 사회복지 관련 소식을 전하는 잡지사인데 글도 잘 쓰고 사람 만나는 것도 좋아하니 한번 일해보라고 교수님께서 추천을 해주셨다.

신나는 마음에 입사한 첫날의 기억은 지금도 잊지 못한다. 책상 2개만 있는 사무실 잡지사 대표님과 수습기자로 채용한 나 딸랑 2명이 전문잡지를 만든다고 한다. 취재해 본 적도 없는데 교수님 추천이니 믿고 일할 수밖에 없었다. 사회복지 관련 행사가 있으면 찾아가서 사진 찍고 인터뷰하는 그런 일이었다. 취재를 배운 경험도 없이 인터뷰하려니 이전에 만들어진 잡지를 보면서 기사 쓰는 법을 눈동냥으로 익혔다. 기사를 잘 쓰려면 다른 사람의 글을 많이 읽어야 하니 책도 많이 읽었다. 어떤 기사를 써도 칭찬만 하는 대표님이 신기했다. 1개월을 꼬박 신나서 일하고 월급날이 되었다. 월급을 안 준다. 왜 그렇게 칭찬만 하나 했더니 문 닫기 직전의 잡지사였고 대표님도 미련이 있었다. 결국, 한 달 무료 봉사로 첫 출근의 기쁨은 추억으로 묻었다.

졸업식이 끝나자 더 초조해졌다. 5천 원을 벌고 1만 원 쓰더라도 일을 하고 싶었다. 실습을 같이했던 친구에게 연락이 왔다. 새로 문을 연 복지 기관에 취업했는데 일손이 부족하니 자원봉사 좀 해달라고 했다. 노인 노래 교실 신행을 끝내고 휴게실에 앉아 친구와 얘기를 나누다 얼핏 옆 사람들의 말소리가 들렸다. 예산이 부족해 정규직이 아닌 계약직 사회복지사를 채용한다는 얘기였다. 친구에게 부탁해 무조건 저자리에 갈 수 있게 소개해 달라고 했다. 면접을 보고 나는 계약직 사회복지사로 사회에 두 번째 발을 내디뎠다. 그날부터 34년째 사회복지사로 살고 있다.

엄마의 아픈 손가락인 줄 알고 자랐다. 엄마의 걱정이 허공에 흩어지는 먼지와도 같다는 것을 증명하듯 누구보다 씩씩하게 컸다. 친구들과 놀 때도 제일 앞장서서 놀았다. 비록 무보수로 그쳤으나 첫 직장에서 대표에게 한 달 내내 칭찬받으며 일했다. 간절히 바랐던 나의 마음을 하늘이 알아주기라도 하듯이 계약직 사회복지사로 시작했지만, 어느덧 한 분야에서 34년이나 일했다. 그만큼 능력도 인정받았다는 간접 증거리라.

밥벌이 못 할까 봐, 또 결혼도 못 하고 혼자 살까 봐 전전긍긍하던 엄마에게 보여주고 싶다. 이제는 누구보다 건강한 손가락으로 나이 들어가고 있다고. 엄마에게 나는 어찌 보면 꿈을 선물하고 있는 것이 아닐까. 이제 나도 꿈을 꾼다. 엄마의 아픈 손가락으로 자라오면서 꿈조차 꾸지 못했던 지난날의 내가 아니다. 엄마의 건강한 손가락으로 나이 들어가고 앞으로 나 자신을 위한 꿈을 꾼다. 엄마의 아픈 손가락도 꿈은 꾼다.

아이들의 질문에 답을 하고 싶다

· 조예령 ·

"엄마? 엄마! 엄마! 엄마!"

오늘도 어김없이 나의 아침 알람은 5살, 3살의 분신 같은 꼬맹이들이다. 더 자고 싶은 마음에 두 눈 질끈 감고 자는 척한다. 첫째 아이는 짧고 포동포동한 손가락으로 나의 눈을 벌리고 둘째 아이는 내 배를 탕탕 치고 있다. 배고프다는 아이의 칭얼거림에 잠이 덜 깨어 몽롱한 나는 부엌으로 걸어간다. 자발성이라고는 하나도 없는 나는 그저 아이의 요구사항에 움직인다. 남편이 이렇게 보챘다면, 바위처럼 절대 꿈쩍하지 않았겠지만 조그마한 아이들 손에 이끌려 이리도 움직이는 걸 보면 이런 게 모성애인가 싶기도 하다. 요즈음엔 점점 아침에 눈 뜨는 것이 힘들고, 숨 쉬는 것도 귀찮을 때가 있다. 한없이 누워 있고 싶다가도 누워 있는 것도 지겨워진다. 그랬다. 나는 두 아들하고도 뱃속에 막내아들을 품고 있는, 대책 없는 세 아들 엄마, 확정이었다. 우리 부부의 가족 계획과 상관없이 첫째와 둘째 아이가 생겼었다지만, 셋째는 남편과 내가 계획하고 간절히 바란 아이였다. 하지만 몸과 마음은 따로 놀았다. 그토록 바랐던 셋째 아이였건만 몸은 왜 그리 천근만근이었는지.

둘째 아이가 두 살이 넘어가니 육아가 할 만했다. 대소변을 가리며 유치원을 다니게 되었으니 말이다. 아이들이 잠도 스스로 자고, 식탁이 엉망진창이 되어도 아이들 혼자서 밥을 먹을 수 있었다. 그제야 내가 잠깐 숨을 돌리며 커피 한 잔 마실 수 있는 여유가 생겼는데, 다시 셋째 아이를 원해 임신한 걸 보면 가끔은 내가 무모했다는 생각도 들었다.

임신 막달이 다가올수록 나는 침대에 눕지도 앉지도 못하는 어정쩡한 자세로 숨을 헐떡이며 있는 시간이 늘었다. 두 아이는 엄마 옆에 있겠다고 내가 있는 침대에서 펄쩍펄쩍 뛰는데, 나는 배를 끌어안고 두 아들을 피해 숨을 곳을 찾곤 했다. 하지만 어김없이 나를 찾는 아이들에게 끌려다녔다. 셋째 아이 태교는커녕 몸이 불편해서 두 아이의 육아도 제대로 못 하는 버거운 엄마였다.

임신한 상태에서 두 아이를 돌보는 것이 힘들어, 셋째 출산만을 그토록 기다렸는데 셋째를 출산하고 보니 이건 또 다른 세상이 펼쳐졌다. 몸이 좀 편해질 걸 기대했지만, 배 속에 있을 때가 더 편했음을 이렇게 또 깨닫는다. 이 깨달음이 벌써 세 번째라는 것이 좀 바보스럽지만 말이다. 셋째에게 우유를 먹이고 트림시키고 안고 업고 재우다 침대에 내려놓기를 여러 번 실패하면 그냥 업고 일한다. 첫째와 둘째를 키울 때는 먹이고, 재우는 시간을 교과서처럼 지키고 하루의 일과를 모조리 기록했다. 하지만 셋째 아이를 안은 나는 '오냐! 너 하고 싶은 대로 다 해주마!'라는 마음이 저절로 들었다. 내 이름은커녕 온종일 오백만 번

'엄마' 소리를 듣고 나면 하루가 끝나가고 온종일 "그래쩌! 저래쩌! 아구 잘한다~ 웅가도 잘했네! 맘마 먹자! 때찌때찌!" 소리만 남발하며 매일 똑같은 하루를 보내고 있었다.

　세 아이를 키우며 책이나 신문은커녕 요즘 핫한 드라마나 쇼 프로 보는 것은 언감생심 꿈도 못 꿨다. 아이들 잘 때 인터넷의 짧은 기사글을 겨우 보는 정도였다. 어떨 때는 시간이 나고 여유가 있어도 지쳐서 아무것도 하고 싶지 않은 날도 있었다.

　신생아인 셋째를 키우며 잠은 당연히 제대로 못 자고, 셋째 낮잠 시간엔, 첫째와 둘째랑 노느라 에너지를 다 소비했다. 얼른 밤이 와서 세 아이가 자기만을 바라며 하루하루가 아깝지만 빨리 지나기만을 기다렸다. 아마 전쟁이 일어나도 나는 아이들 기저귀를 갈고, 아이들 뒤치다꺼리를 하느라 바쁠 거다.

　우리 아이들은 빨간 소방차를 좋아했다. 빨갛고 커다란 소방차가 아이들 눈에 꽤 강렬했나 보다. 게다가 무시무시한 불길 앞으로 용감하게 나타나 물을 거침없이 뿜어대니 아이들이 홀딱 반할 만하다. 아이들은 텔레비전이나 동화책에 소방차가 나오면 어김없이 정지되어 두 눈을 동그랗게 뜨고 입을 헤벌쭉 벌렸다. 그런 아이들을 보는 것이 재미나 일부러 소방차를 보여주기도 하고 그림도 그려주곤 했다. 실세 소방서를 찾아간 적도 여러 번 있었다. 소방차를 보고 환호성을 지르는 첫째와 둘째 아이는 "엄마! 나는 커서 엄마처럼 어른이 되면, 소방차가 될 거야!"라며 결의에 찬 다짐을 외쳤다. 순간 나도 모르게 크게 웃어 버렸다. 웃지 않을 수가 없었다. 소방차가 되겠다니. 자신들이 멋진 꿈을 이야기했는데 엄마가 크게 웃었으니, 아이들은 당황했을 거다. "소방차가 될 거야? 너희, 정말 귀여워!" 엄마의 칭찬에 아이들은 그때부터 꿈이 소방차가 되는 것이었다. 아이들의 소망은 원대했으나, 더없이 어처구니없게 웃겼고, 귀여웠다. 하지만 다음 질문은 귀엽지 않았다.

"엄마는 커서 뭐가 되고 싶어?"

커서 뭐가 될 거냐니. 중학교 졸업 이후로 들어보지 못한 질문이었다. 일단, 이 엄마는 다 컸고, 뭐가 되기에는 이미 어른이라는 사실을 이 아이들은 모르나 보다. 그저 자신들의 원대한 꿈인 소방차를 말했으니, 엄마의 꿈도 당연히 궁금했을 터.

"엄마는 커서 뭐가 되고 싶냐면…" 이렇게 운을 뗐지만 결국 뒷말을 할 수가 없었다. 엄마도 소방차가 되겠다고 하기에 그 대답은 너무 가벼웠다. 물론 아이들에게 그렇게 이야기하고 말았을 수도 있었지만 왠지 그래서는 안 될 것 같은 질문 아닌가.

나는 아침에 아이들에 의해서 눈을 뜨고, 아이들이 배고프다고 아우성칠 때쯤 식사 준비를 했다. 아이들이 나가자고 보채면 산책을 했고, 아이들을 재우며 같이 잠을 잤다. 나의 하루는 아이들 위주였고 아이들 생활 리듬에 맞춰져 있었다. 생각하고 계획하며 살기보다 그냥 되는 대로 살고 있었는데, 그 단순한 삶에 아이들이 의미심장한 질문을 던졌다.

"엄마는 커서 뭐가 되고 싶어?"

더없이 획일화된 내 삶이 지겹기도 했고, 변화가 없는 지루한 일상 속에 서서히 지쳐가고 있었는데, 아이들이 꿈을 이야기했고, 내게 꿈을 물었다. 나는 어렸을 때 커서 뭐가 되고 싶었을까? 꿈이 무엇이었을까? 꿈을 말하던 그때의 내가 기억도 나지 않았다.

소방차가 되고 싶다는 아이들의 눈은 정말 꿈이 이루어질 듯 반짝였고, 나도 한때는 분명 그런 눈으로 꿈을 이야기했을 것이다. 그렇기에 내 삶에서 떼어낼 수 없는 금쪽같은 어린아이들이 물었던 질문에 나는 답을 하고 싶었고, 꼭 해야만 했다.

제2장

엄마, 아내, 며느리 말고 '나'

1

인생의 화양연화는 지금부터다

• 한희아 •

나의 20대는 학교 다니고 아르바이트하고 직장 생활하다가 연애하고 결혼하며 흘러갔다. 30대는 아이 세 명을 낳고 키우며 육아에 허덕이던 시절이었다. 40대에는 빠듯해진 살림에 허리띠를 더 졸라매고 직장과 집을 오가며 멀티 플레이어로 살았다. 결혼 후 지난 20여 년을 돌아보니 내 이름보다는 세 아이의 엄마로, 누군가의 아내와 며느리로 불렸다.

얼마 전 고등학교 동창들을 만났다. 살아온 이력만큼 사회적인 간판도 다 다른 친구들은 각자가 살아온 이야기와 현재 처한 상황들을 이야기하느라 바빴다. 직장 생활을 하다가 결혼 후 아이들을 키우며 경력이 단절된 채 가정주부로만 살아왔던 한 친구가 말했다.

"그동안 맨날 누구 엄마로만 불리다가 누군가가 내 이름을 이렇게 불러준 게 너무 오랜만이다. 아~감개무량하다!"

동창들이 모인 만큼 그 시절을 소회하며 만난 자리에서는 으레 친구들의 이름을 부르기 마련이다. 다른 친구들은 사실 큰 의미를 두지 않고 그 친구의 이름을 불렀을 거다. 하지만 그 친구는 자기의 이름을 불러줬다는 사실만으로도 가슴 벅차하는 것 같았다. 위로를 받는 것도 같았다. 그런 친구의 마음이 충분히 이해가 되었다.

자기 계발 세계에 들어와 보면 남들은 새벽에 일어나서 책을 읽고 글을 쓰고 독서 모임을 하고 운동을 한다고 하지만 나는 새벽 5시 30분이면 어김없이 일어나 아침 식사를 준비해야 했다. 퇴근 후 밀린 집안일과 저녁 식사 준비를 하고 설거지까지 마치고 나면 늦은 저녁이 되었다. 생활비와 아이들 교육비에 보태보겠다고 과외를 병행하며 용돈을 충당하기도 했다. 다람쥐 쳇바퀴 같은 빽빽한 하루살이에 오롯이 나에게 집중하는 시간은 없었다. 환경이 나를 그렇게 내몰았다. 힘든지도 몰랐다. 그냥 삶이 그렇게 흘러가기에 그렇게 살아야만 되는 줄 알았다. 숨 가쁘게 살아왔던 지난 시절 속에 온전한 '나'는 없었다. 주체적이고 능동적인 삶을 살기보다는 틀에 짜인 대로 세상이 원하는 역할을 해나가기에 급급했다.

나는 1년 전까지만 해도 직장에서 돌아오면 집안일을 하다가 주로 쉬는 시간엔 TV를 보며 쌓인 스트레스를 풀었다. 어쩌다 밤늦게 책을 보려고 하면 피곤함이 몰려와 꾸벅꾸벅 졸기 일쑤였다. 아무런 목적 없이 펼친 책은 하얀 것은 종이요, 까만 것은 글씨일 뿐 나에게 어떤 의미도 부여하지 못했다. 그나마 가끔 읽는 책들은 문학책에 국한이 되어 있을 정도로 나는 지독히도 편독하는 사람이었다. 취미로 가볍게 읽었던 문학책은 읽는 재미는 있었지만 나에게 실질적으로 큰 도움을 주진 못했다.

그런데 자기 계발서는 달랐다. 그 책들 안에는 나와 같은 처지에 놓여있는 사람들도 있었고 삶의 막다른 골목에서 바닥을 치던 사람들이 책을 통해 180도 달라져 성공 신화를 이룬 이야기도 있었다. 그들의 이야기는 이웃과 가족의 이야기였으며 내 직장 동료들의 이야기이기도 했다. 그래서 더 공감하며 흡인력 있게 읽을 수 있었다. 책의 저자들은 하나같이 주체적인 사람들이었다. 책을 읽고 끝나는 것이 아니라 자기 삶으로 가져와 적극적으로 실행하는 사람들이었다.

그런 책을 계속 읽다 보니 잠들어있던 내 안의 거인이 기지개를 켜기 시작했다. 그리고 나를 일으켜 세우더니 성큼성큼 움직이게 만들었다. '내가 어떻게 그걸 할 수 있겠어?' '내가 굳이 그걸 해야 돼?' 하며 해보기도 전에 포기하고 소심했던 마음이 '저 사람도 했는데 나라고 못 할 게 뭐 있어?' '내가 먼저 하면 되지.' 하는 적극적인 마음으로 변하게 되었다.

나의 적극적인 모습은 아이들에게도 영향을 미쳤다. 고등학교 시절 내내 책과 담을 쌓고 지내던 큰아이는 대학교에 들어가자마자 적극적으로 책을 탐독하기 시작했고 책 읽기를 극도로 싫어했던 막내는 매일 10분씩 책을 읽는 아이로 바뀌었다. 지인들에게도 책을 추천해 주며 우리가 살아가는 세상 속에는 내 가치를 생산하고 발전시켜 돈을 벌 수 있는 일이 많다는 것을 알려주었다.

지난 10년 동안 어린이집 교사로 근무했다. 하지만 출생률이 현저하게 줄어들고 있는 사회 상황이 말해주듯 우리 원도 인원이 급감하여 폐원 수순을 밟게 되었다. 위기는 곧 기회라고 했던가. 이 소식을 듣는 순간 처음엔 암담했지만 나에게 새로운 활력을 주었다. 그동안 숨겨놓았던 나의 잠재력을 한껏 끌어올려 새로운 일을 모색하는 중인데 그 과정이 정말 재미있다.

이렇듯 나를 움직이게 하는 동력은 바로 책이다. 책을 읽으며 '나는 무슨 일을 할 때 가장 행복하지?', '내가 잘하는 게 뭘까?', '난 뭘 하고 싶은 걸까?', '앞으로 어떤 일을 하며 살아야 할까?' 이런 질문들이 늘 머릿속을 맴돌고 그동안 간과했던 '나'라는 사람에 대해 깊이 생각해 보는 시간이 많아졌다. 그리고 주변 사람들이 조언해 주는 말에도 좀 더 경청하게 되었다.

노트를 펼쳐서 해야 할 일들을 하나씩 적어본다. 적다 보니 해야 할 일들이 술술 생각나고 새로운 아이디어도 떠오른다. 백지였던 노트가 어느새 빼곡한 글자로 꽉꽉 들이찬다. 퇴직이 결정된 순간 나의 잠들어 있던 세포들이 깨어나서 나를 행동하게끔 만들고 있다. 급변하는 세상에서 최종적으로 살아남는 종은 가장 힘센 종도, 가장 똑똑한 종도 아니고 변화에 적응하는 종이라고 했다. 나는 앞으로도 하루하루 치열하게 변화해 나갈 것이다.

24년이 시작되면서 한 가지 마음먹은 것이 있다. 이제 무슨 일을 하든 결코 물러서거나 움츠러들지 않겠다는 것이다. 무슨 일을 하든 어떤 모임에 속하든 뒷짐 지고 가만히 있는 것이 아니라 솔선수범하여 할 수 있는 한 나의 역량을 마음껏 드러내려 한다. 나의 미래는 알 수 없지만 지금부터 생각을 바꾸고 행동을 바꾸면 분명 나도 바뀌고 나의 미래도 좋은 쪽으로 바뀔 것이다. 나의 말과 행동으로 다른 사람을 살리는 사람이 되고 싶다. 내가 책을 읽으며 얻은 것, 글을 쓰며 배운 것들을 주변 사람들과 나누며 살고 싶다. 생각만 해도 마음이 벅차다. 에너지가 솟구친다. 돌아올 것 같지 않았던 나의 리즈 시절이 돌아오고 있다. 내 인생의 화양연화는 이제부터다.

2

나를 찾아가는 중입니다

• 김수지 •

때는 2023년, 큰아이가 중학교 입학을 앞둔 겨울방학이었다. 예고도 없이 큰아이의 사춘기가 찾아왔다.

마치 서로 다른 행성에 살던 외계인들이 같이 사는 것처럼 우리는 서로를 이해하지 못했다. 아이는 나의 말이라면 무조건 반대로 행동하기 시작했다. 그중 제일 부딪히는 일은 친구네 집에서 자고 온다는 아이를 설득시키는 일이었다. 나는 친구네 집에서 자는 건 어떠한 이유든 반대다. 간혹 놀다가 늦을 수는 있다. 하지만 잠은 집에서 자야 한다고 누누이 이야기했다. 요즘 세상이 하도 험하기도 하고, 집 밖에서 자는 일이 습관이 될까 염려가 되기 때문이다. 하지만 아이는 여러 가지 이유를 들며 나를 설득했다. 숙제를 같이한다는 이유로, 다른 친구 엄마들은 전부 다 허락했다는 이유를 들며 친구네 집에서 자고 오겠다고 했다. 몇 번 안 된다고 말을 하자 아이는 한동안 친구 집에서 자고 오겠다는 말은 하지 않았다. 영어 캠프를 가기 2일 전, 아이는 영어 캠프를 가면 친한 친구를 오랫동안 못 본다며 오늘 꼭 '잠옷 파티'를 해야 겠다고 말했다.

영어 캠프를 가는 날이 바로 코앞이라 짐 챙길 것도 많고, 가족하고 같이 있으면 좋으련만 아이는 친구가 우선이었다.

'영어 캠프'라 하면 내가 사는 지자체에서 겨울방학 때 5, 6학년을 대 상으로 100명을 선발하여 약 3주간의 인천에 있는 영어마을로 선생님 의 지도하에 합숙 캠프를 가는 것이다.

학생 1인당 2백만 원 정도의 큰 금액을 지원하는 '지역인재 육성 지 원 사업'이라 관심 있는 학생도 많아 선발시험을 통과해야 했다. 선발시 험엔 필기시험과 면접시험도 있는데 떡 하니 붙은 아이를 보고 내심 기뻐하고 있었다. 기쁨에 찬 나에게 아이가 대뜸 이렇게 말하는 것이 었다.

"엄마, 나 아무리 생각해 봐도 안 갈래. 나랑 친한 친구도 떨어졌고, 친한 애도 없는데 나 안 가. 포기할래."

청천벽력이었다. '이런 바보 같은 놈. 남들은 가고 싶어도 못 가는 걸 이게 얼마나 좋은 기회인데 그걸 안가.'라는 생각이 들었다. 영어 캠프 가기 며칠 전까지 안 가겠다는 아이를 처음엔 어르고 달래다가 결국엔 화가 나서 험한 말로 상처를 주고 고성이 오갔다.

그 사건이 결정타로 서로의 마음에 상처를 내고, 우리 둘의 사이는 계속 삐거덕거렸다. 그 일이 있은 지 하루밖에 안 지났는데 또 잠옷 파 티까지 간다고 이야기를 하는 거였다.

하필 그날은 내가 저녁 모임이 있던 날이었다. 지인과 이야기를 나누고 있는데 아이로부터 끊임없이 문자가 왔다. 무려 40통이었다. 친구네 집에서 자고 오고 싶다는 아이, 이런 상황을 쉽게 끝내는 건 그래 네가 하고 싶은 대로 하라고 말해버리는 것임을 안다. 하지만 이번 일만큼은 나의 허용범위를 넘는 일이었기에 쉽사리 허락해 줄 수 없었다.

저녁 모임 후 집에 들어와 보니 시계는 밤 11시를 가리키는데 아이가 아직 집에 안 왔다.

신랑이 허락해 준 것이다. 어떤 일이 있어도 친구네 집에서 자는 것을 허락해 주지 말라는 나의 '카톡'을 못 봤다고 했다. 친구네 집에서 자고 온다는 아이의 전화에 나도 허락한 것으로 생각했다는 것이다.

'거짓말, 그 말을 지금 나보고 믿으라고 하는 거야?' 가족 전부가 나를 무시하는 것 같은 생각이 들었다.

순간 화가 치밀어 올라 온 집안을 뒤집을 듯 난리법석을 부렸다. 이런 내 모습을 보고 결국엔 신랑이 아이에게 전화를 걸어 집으로 들어오라고 했다. 20분 정도 후 아이가 집으로 돌아왔다.

그러고는 방문이 쾅! 굳게 닫힌 방문은 열리지 않았다. 방문이 쾅 하고 닫힐 때마다 속상한 마음을 억누를 수 없었다. 눈에는 뜨거운 눈물만 흘렀다. 그 공간에 있기조차 힘들어서 어디든 가고 싶었다.

"나 지금 가도 될까?"하고 제일 먼저 생각난 언니에게 전화를 걸었다. 아무것도 생각 말고 바로 올라오라는 언니 말에 주섬주섬 짐을 챙겼다. 우리 가족 누구에게 어떤 말도 하지 않고 도망치듯 늦은 밤 서울로 가는 버스에 몸을 싣고 떠났다. '그래 그럼 나 없이 마음대로 해봐!' 하는 마음으로 서울로 도망쳐 온 것이다.

이게 딱 찬바람이 불던 작년 1월의 이야기다.

그맘때 나는 아이를 키우는 일, 회사 생활 등으로 너무 힘들어서 우는 날이 많았다. 누가 무슨 이야기만 하면 눈물이 주르륵 나오는 것이 이게 말로만 듣던 우울증이구나 싶었다. 이렇게 살아서는 안 되겠다 싶어서 해결 방법을 찾아보고 있었다. 그 와중에 내 눈에 들어온 것은 직장에서 지원해 주는 심리 상담 프로그램이었다. 막상 심리 상담센터에 가려니 발걸음을 떼기가 쉽지 않았다. 보는 눈도 무서웠고, 무슨 이야기를 나눠야 할지도 막막했다.

두렵고 걱정되는 마음을 안고 상담실 문을 열고 들어갔다. 나의 원가족부터 현재 가족관계에 대해 상세히 물어보시는 선생님의 질문에 꾹꾹 참았던 내 이야기를 구구절절이 하게 되었다. 상담 내내 이야기를 하며 계속 울기도 하고, 선생님의 위로에 힘을 얻기도 했다. 상담 기간에 받은 나의 심리검사 결과는 가히 충격적이었다. 목표 지향적인 기질이 상위 1퍼센트로 높지만, 공감 능력이 평균 집단보다 현저히 낮았다. 그랬구나! 내가 그래서 아이를 내 기준에 맞춰 들들 볶았구나. 한번쯤은 아이 저지에서 생각할 수 있있는데 내 입장만 고집했었다는 생각이 들었다. 이렇게 살다가는 정말 아이는 아이대로 나는 나대로 제대로 살 수 없다는 생각이 드니 계속 눈물이 흘렀다. 그렇지만 이제라도 늦지 않았다고 생각하고 눈물을 닦고 나의 모든 욕심을 내려놓자고 마음먹었다. 아이의 뛰어난 성적이 곧 나의 자부심, 아이를 잘 키우는 것이 나의 숙명이자 나를 증명하는 길이라 생각한 마음들 말이다. 여전히 쉽지 않은 일이지만 하루에 하나씩 내려놓고 있다. 아이는 나와는 또 다른 사람, 아이는 아이대로 성장통을 겪고 있는 것으로 생각한다. 앞으로 아이를 사랑하는 마음은 지키되 옆에서 어느 정도의 울타리만 되어 주기로 결심했다.

이렇게 마음을 먹으니 슬프지 않았다. 1년이 지난 지금, 아이는 여전히 내 맘대로 되지 않지만, 원래 아이는 내 맘대로 되지 않는 존재임을 받아들이니 마음이 한결 가벼워졌다. 요즘의 나는 아이에게 공부하라 공부하라 하지 않는다. 그리고 가끔은 '잠옷 파티'도 허용해 주고 있다. 다만, 아직 전부는 내려놓지 못해 공부해야 하는 이유와 학창 시절은 짧으니 후회 없이 최선을 다해보라는 말은 가끔 던지고는 있다. 하지만 지난번처럼 영어 캠프에 가고 싶지 않다고 한다면, 나는 "그래 그럼 가지 마."라고 할 것이다. 아이가 하고 싶지 않은 것을 내 욕심에 의해 시키지 않겠다고 다짐하게 된 것이다.

그 후 나는 나에게 집중하려고 하고 있다. 내가 어떤 일을 하면 행복한지와 어떤 일을 하고 싶은지 말이다. 나의 마음에 귀 기울이며 내가 하고 싶고, 가고 싶은 방향으로 나를 움직이고 있다. 그랬더니 끝이 보이지 않았던 아이의 날카롭고 뾰족했던 마음이 한결 완화되고 있음을 느낀다. 아이가 어느 날 나에게 "자기를 믿어줘서 고맙고, 엄마가 전보다 좀 달라진 것 같네."라고 말해주었다. 이 말 한마디는 나의 마음을 많이 어루만져 주었다. 단지 나는 아이에 대한 마음을 내려놓고 나에게 집중하며 나의 마음을 보살펴 준 것뿐인데 우리 둘의 사이는 전보다 돈독해졌다. 지금에서라도 깨달아서 얼마나 다행인지 모른다. 아이가 어른이 될 때까지 아이가 크는 만큼 나도 성장할 수 있도록 노력할 것이다. 이렇게 사춘기 소녀와 43세 엄마는 서로의 간극을 좁혀 가며 그 사이를 서로에 대한 사랑으로 채워가고 있다.

3

나를 우울하게 만들었던 것과의 이별,
퇴사를 선택하다

• 김은성 •

2015년 신랑의 중국 주재원 발령으로 우리 가족은 북경에서 생활했다. 4년간의 중국 생활을 마무리하고 2019년 여름에 아이들과 귀국했다. 한국에 들어온 지 6개월 뒤, 2020년 초부터 코로나가 전 세계를 덮쳤다. 코로나에 걸린 사람들의 동선이 공개되면서 코로나 감염에 대한 공포가 확산되었다. 불안과 혼란 속에서 하루하루가 되풀이되었다.

그해 여름, 초등학교 4학년인 둘째가 이유 없이 미열과 두통에 시달렸다. 집 근처 소아과에 가서 약을 처방받아 복용을 해도 전혀 낫질 않았다. 대학병원 응급실도 3번이나 갔다. 두통과 미열이 코로나 증상에 포함되었기에 응급실 진료만 받을 수 있었다. 둘째의 코로나 검사 후에 대학병원 정식 진료가 가능했다. 원인을 알 수 없었기에 MRI를 해보자고 의사 선생님께서 말씀하셨다. MRI 예약은 한 달 뒤에나 가능했다. 그동안 아이는 계속 아프고 힘들어했다. 등교를 한 달 동안 하지 못했다. 이대론 큰일 날 것 같단 생각에 신랑이 부산에 있는 대학병원에 아이를 데리고 갔다. 선생님께서는 아이의 증상을 보더니 입원을 바로 권하셨다. 아이가 입원하려면 보호자가 필요했고 신랑과 나는 둘 다 일이 바쁜 상태였다. 아이가 입원해야 한다는 신랑의 연락을 받았을 때도 회사 일을 먼저 걱정하였다. 잦은 출장에 회의가 많았던 시기였다. 아이의 입원 일정에 중요한 출장이 잡혀 있었다. 아이가 아픈 상황에서도 회사 업무를 어떻게 해야 할지 생각하고 있었다. 아이는 입원을 해야 하는 상황이었고 아이 곁에 있어 줄 사람은 나밖에 없었다. 결국 회사에 아이의 상태를 이야기하고 출장도 다른 사람으로 대체했다.

일주일 휴가를 내고 아이와 병원 생활을 시작했다. 아이는 입원해서 MRI, 뇌수막염, 결핵 검사, 바이러스 검사 등 받을 수 있는 검사는 다 받아보았다. 다행히 검사 결과는 아무 이상이 없었다. 입원 둘째 날 정신건강의학과 선생님께서 나에게 면담 요청을 하셨다. 아이를 병실에 남겨둔 채 우린 복도로 나갔다. "어머니 아이가 지금 많이 힘들어해요." 입원 첫날에 한 아이의 심리검사 결과에서 우울증 증상이 보인다고 말씀하셨다. 마음이 아프면 몸에서 나타나기에 아이가 두통과 열에 시달릴 수 있다고 하였다. 그 순간 나는 머리를 쿵 하고 부딪친 것처럼 큰 충격을 받았다. 내가 생각했던 둘째는 매우 씩씩하고 자신감 넘치는 밝고 긍정적인 아이였다. 내가 너무나도 닮고 싶은 사랑스럽고 멋진 아이였다. 둘째는 중국에서 생활하다 한국에 오면서 환경 변화를 크게 겪었다. 코로나로 친구들과의 소통도 단절되었다. 아는 친구 한 명도 없이 외로움을 많이 느꼈을 것이다. 힘들 때마다 엄마에게 전화해서 투정도 부렸지만, 나는 바쁘다는 말만 하고 전화를 빨리 끊었다. 회의 중이라 전화를 받지 못한 적도 많았다. 저녁에 퇴근해서 자는 아이의 모습을 보고 아침이 되면 출근하기에 바빴다. 가끔 둘째가 힘들다고 하면 "괜찮아, 시간이 지나면 괜찮아질 거야."란 말만 했었다. 아이가 몸으로 "엄마 나 정말 너무 아파요."라고 말하니 이제야 내가 무엇을 잘못했는지 알 수 있었다. 그날 밤 나는 잠을 한숨도 자지 못했다. 병실 침대에 잠든 아이를 보며 계속 울었다. 아이에게 너무 미안했다. 그동안 정신없이 지내온 시간 속에서 소중한 것을 놓치고 있었다. 아이에게 내가 필요할 때 아이 옆에 있어 주겠다고 다짐했다. 가족을 우선순위로 두고 아이에게 할 수 있는 최선을 다하겠다고 나 스스로에게 약속했다. 다행히 아이는 2년간 심리 상담을 꾸준히 받고 가족과 시간을 많이 보내면서 상태가 호전되었다. 내가 닮고 싶었던 예전의 밝고 씩씩한 둘째로 돌아왔다.

둘째는 좋아졌지만 이제 내가 회복이 되질 않았다. 나는 무얼 위해 힘껏 달려온 걸까? 주위를 둘러보니 외로움에 힘들어 아파했던 둘째와 예민해져 신랑과 싸우는 불평불만 가득한 내 모습만 보였다. 직장 생활에서 오는 번 아웃에 내가 일을 왜 해야 하는지 동기를 찾을 수 없었다. 일도 점점 하기 싫다는 생각에 일에 대한 부담감만 커졌다. 일을 잘하지 못할 것 같단 생각이 들면서 자존감도 떨어졌다. 부정적인 생각이 꼬리에 꼬리를 물어 나를 괴롭히기 시작했다. 나쁜 생각들이 악몽처럼 반복되었다. 밤에 잠을 편히 잘 수가 없었다. 불면증에 시달렸다. 예민해지고 날카로워진 감정들은 내 안의 화를 부추겼다. 매일 울면서 출근했고 회사에서는 아무렇지 않은 척했다. 그렇게 2년을 버텼다. 스스로에게 이러면 안 되는 거라고 다그치기도 했고, 좋은 직장을 다닐 수 있음에 감사해야 한다고 되새겼다. 잠시 내 마음이 아픈 거라고 괜찮아질 거라고 스스로에게 이야기해 주었다. 나아지고 싶었고 지금 상황을 벗어나고 싶었다. 매일 새벽에 일어나 책을 읽고 긍정 확언을 필사하고 따라 했다. 출근하는 차 안에서도 "오늘도 즐겁고 기대되는 하루가 시작되었다."를 시작으로 긍정 확언을 반복해서 중얼거렸다. 하지만 회사에 도착하는 순간 마음속에 답답함과 불안감이 밀려왔다. 회사에 대한 불만도 점점 쌓여갔다. 온갖 부정적인 에너지가 내 주변을 감쌌다.

회사에서는 점심시간이면 사내 도서관을 방문하여 책을 읽었다. 부정적인 생각에서 벗어나 마음을 잡고 싶었다. 책은 나에게 따끔한 충고보다는 나를 위로해 주고 안아주었다. 내가 가고 싶은 길을 가라고 토닥여주었다. 어떤 선택이든 내 선택이 맞는 거라고 이야기해 주었다. 내가 지금 할 수 있는 건 무엇일까? 인정을 받고 승진을 하기 위해 회사에 나를 갈아 넣는 것이다. 아니면 정년까지 조용히 시키는 일만 하면서 버티는 것이다. 나는 둘 다 자신이 없었다. 회사 일을 열정적으로 할 힘도 의욕도 없었다. 회사를 위해 갈아 넣을 에너지도 없었다. 바뀔 자신이 없었다. 5년 뒤, 10년 뒤 나의 모습을 상상해 보았다. 불만 가득한 지금 불안한 내 모습과 똑같았다. 답답함이 밀려왔다. 불행했다. 이런 악순환이 반복되는 게 너무 힘들었다. 괜찮지 않은데 괜찮은 척 남들의 기준에 맞춰가는 나 자신이 불쌍하게 느껴졌다. 나라는 존재는 없고 빈 껍데기만 남은 기분이 들었다.

　대학을 졸업해 취업을 바로 했다. 결혼을 해서 아이를 낳고 직장맘으로 지냈다. 허둥지둥 생활하는 삶 속에 나는 없었다. 바쁘게 지내는 게 잘 사는 거라 생각했다. 안정된 직장에서 매월 월급을 받으며 생활할 수 있음에 감사함도 느꼈다. 남들이 봤을 땐 신의 직장인 공기업에 다니며 부족한 게 없어 보였던 나였다. 하지만 나는 마음이 아프고 슬펐다. 나를 우울하게 만들었던 것들로부터 이별하고 싶었다. 내가 정한 기준에서 행복해지고 싶었다. 이제 더 이상은 나를 우울하게 만들지 않겠다고 다짐하고 퇴사를 선택했다. 그렇게 나는 회사에 퇴사 의사를 밝히고 15년간 다닌 직장을 1주일 만에 나왔다. 퇴사한 지 1년 반이 되었지만, 퇴사를 후회한 적은 없다. 꼬박꼬박 들어오던 월급이 들어오지 않아 아쉬운 마음은 들었다. 외벌이로 어깨가 무거워진 신랑 생각에 미안하기도 했다. 하지만 나는 내가 살아있음을 느끼고 싶었다. 내가 없이 그저 바쁘게 살아온 삶과 헤어지고 싶었다. 아침에 불안한 마음과 쫓기는 느낌으로 눈뜨기 싫었다. 퇴사 후 시간이 지나면서 편안한 마음으로 아침을 맞이할 수 있었다. 잠도 푹 잘 수 있음에 행복했다. 평범하고 소소한 일상에 감사했다. 그렇게 나는 불평 많은 불안한

삶에서 작은 것에도 행복과 감사를 느낄 줄 아는 어린 시절의 순수한
나로 돌아갈 수 있었다.

4

이제는 '나'를 위해 살래

· 김은정 ·

"손해 볼 때도 많았겠어요."

새 직장동료를 만난 지 한 달 정도 되었을 때 들은 말이다. 그 말에 갸우뚱했다. 옆에 있던 동료도 양보를 잘한다며 추임새를 넣었다. 같이 일하는 이들을 배려했던 마음과 조직이 잘 돌아가길 원해서 한 헌신이 양보를 잘하고 손해 보는 것으로 보였나? 언뜻 생각이 스쳤지만, 별로 개의치 않았다. 손해 보고 산다고 생각한 적 없었으니 말이다.

상담가로부터 자기 보호가 없다며, 이득을 챙기도록 계산하는 연습을 하라는 말을 들었다. 역시 이해되지 않았다. 자기 보호가 없다는 말에서 반감이 들었다. 자신을 보호하지 못하고 살았나? 의문이 생겼다. 때때로 나를 돌아보았다.

엄마는 우리를 키우며 남자 저리 가라 할 정도로 억세게 사셨다. 내가 초등학교 3학년이 되자, 동생을 맡기고 돈 벌기 시작했다. 당시 우리 집은 쌀살 돈도 없을 정도로 어려웠다. 초등학교 4학년 때, 아침 일찍 엄마가 식당에 일하러 가면 부스스 일어났다. 동생들 밥 차려 주고 같이 학교 갈 준비를 했다. 하교 후에는 놀거나 숙제하고 나서 저녁밥을 차려 먹었다. 텔레비전을 보다가 9시가 되면 방을 쓸고 닦고 이불을 폈다. 4남매가 순서대로 씻고 잠자리에 누웠다. 이불 속에서 엄마를 기다리며 잠이 들었다. 자면서 기다리고, 기다리느라 잠에서 깼다. 늘 바쁘게 돈 버는 엄마에게 고마우면서도 불안했다.

빨래와 청소는 주로 우리 몫이었다. 아빠는 타지에 계셨다. 별거하는 중이라고 해도 이상할 게 없었다. 아빠 역할을 엄마가 대신 짊어졌다. 나는 일하느라 바쁜 엄마의 부재를 채웠다. 엄마의 부재를 대신 채우기만 해서 그랬을까. 나를 채워주는 이는 없었다. 늘 엄마가 고팠다. 부엌에서 칼질하는 소리라도 들릴라치면 나도 모르게 슬며시 실웃음이 나왔다. 개어준 옷을 꺼내 입으면 포근했다. 함께 텔레비전을 보는 날이 생기면 마냥 좋았다. 엄마가 펴주는 이불 안에 들어가면 이불이 차가워도 속은 따뜻했다. 가끔 찾아오는 이런 날이 소중했다. 엄마가 자주 집에 있으면 했다.

"내일 부곡하와이 소풍 가고 싶어요."

돈이 없으니 내일은 집에 있자는 말로 엄마는 나를 타일렀다. 비라도 왔으면 좋으련만 다음날 햇살은 야속하게도 따뜻했다. 등굣길을 한참 걸어 내려가 학교 쪽을 바라보았다. 친구들은 지금 뭘 하고 있을까? 심심해진 나는 이내 곧 집으로 돌아갔다. 걸스카우트를 하고 싶다는 말에도, 경미처럼 피아노학원에 다니고 싶다는 이야기에도 엄마는 늘

돈이 없어 안 된다며 단호했다. 친구 집에 놀러가고 싶어도 동생을 돌봐야 했기 때문에 집에 있어야 했다. 쉬는 날에 엄마가 청소해 주는 집에서 엄마가 해주는 밥을 먹고 싶다는 말에도 일하는 마당에 집안일까지 해야겠냐며 야멸차게 거절하곤 했다. 안 된다는 말이 돌아올 때마다 떠오른 친구의 걸스카우트복이 유난히 반짝거렸다.

부모님을 향한 말은 점점 소리를 잃었다. 물론 우리 집 형편도 일찌감치 알게 되었다. 주위 어른들은 날 볼 때마다 조숙하고 착한 큰딸이라고 칭찬했다. 동네에서도 학교에서도 우리 집 형편을 훤히 알고 있어서 늘 칭찬을 들었다. 칭찬은 좋기도 싫기도 했다. 착하다고 말해 주니 좋았고, 가난한 집에서 부모 대신 착한 일을 할 수밖에 없어서 싫었다.

43살의 나는 예전과 다르다. 나를 위해 살아갈 수 있다. 쉽지 않지만, 마음을 바꾸면 된다. 먼저, 일상에서 소소하게 나를 챙기기 시작했다. '아무거나'라고 말하지 않고 먹고 싶은 메뉴를 주문한다. 원하는 도로를 타고 드라이브를 다녀온다. 조금은 비싸도 좋아하는 펜을 사 쓴다. 가격이 싸다고 대충 쓰고 버리기보다는 손에 잡았을 때 두고두고 만족스럽게 사용할 수 있는 물건을 들인다. 내 기준을 만들고 내가 선택하는 행동으로 일상을 채우며 활력을 얻는다. 과거의 기준으로 현재를 산다면, 뒤를 보며 앞으로 걷는 모양새와 무엇이 다를까. 앞을 보고 걷지 않으면 자꾸 넘어진다. 작은 턱에도 걸린다. 이제는 내 삶에 맞는 기준을 보면서 걸어간다. 그동안 인생은 고통이라고 생각했다. 이제는 내 인생의 주체는 나라는 생각을 하며 살아간다. 책에서 나를 찾아갔다.

나는 누구인가 질문을 해본다. 작가 웨인 다이어는 〈인생의 태도〉에서 '나이, 가정환경, 목표, 취미, 부모님, 직업, 수입 등과 같은 이름을 붙이지 말고 자신에 대해 말해 보라'고 했다. 처음에는 어떻게 표현해야 할지 어려웠다. 배경을 지운 다음 최근에 생긴 여러 목표까지 제외했다. 단어가 떠올랐다. 놀랍게도 헌신과 책임감이라는 단어였다. 엄마의 삶을 대신 사는 것 같아 나를 억눌렀던 단어.

이 단어는 불편했다. 헌신과 책임감이 필요한 일을 하게 되면 잘 해내는 동시에 그런 일을 피해 왔다. 두 단어가 비가 되어 내리면 구멍 뚫린 우산으로 비 맞지 않으려고 애쓰는 느낌이라고 할까. 피하고 싶었지만 피할 수 없었다. 심지어 '-해라'라는 의무를 강조하는 소리를 들을 때마다 숨이 턱 막히기도 했다. 특히, 헌신이라는 단어는 더 꺼려졌다. 그런 직업도 피하려고 했다. 모순적으로 교사라는 직업을 선택했다. 예측 불가능한 게 삶이구나 싶었다.

이제는 두 단어를 다르게 받아들인다. 일상에서 날 챙기는 시간을 갖고, 삶을 소중히 여기며 살고 싶다고 생각하니 전보다 편하게 받아들이게 되었다. 인생의 키워드가 '책임감'인 것 같다는 생각까지 들었다. 나를 둘러싼 상황을 받아들이고, 예전보다 덜 휩쓸리도록 중심을 잡고 싶다. 내가 선택하는 것들로 삶을 이루어 가는 사람으로 살고 싶다. 한 걸음 한 걸음 이루어 가는 것이 꿈이자 나에게 주는 선물이다.

직장 동료들이 나에게 양보를 잘하고 손해를 자주 본다고 했던 말이 맞았나 보다. 어린 시절부터 동생을 챙기고 집안일을 해왔다. 어렸던 내가 절실히 원한 것들은 자연스럽게 밀려났다. 어려운 형편에 몸과 마음이 바빴던 엄마는 나와 대화할 여유가 없었다. 점차 엄마에게 할 말이 줄어들었고, 미리 체념하는 버릇이 생겼다. 그렇게 사느라 나를 위해 목소리 내고 내 의지대로 기준을 갖는 게 익숙하지 않았다. 그동안 양보하고 배려했던 나를 위로한다. '그동안 큰딸, 큰언니, 큰누나로 살면서 많이 애썼지? 어린 나이였는데 고생 많았어. 대견하다.' 익숙한 내 모습과 이별한다. 아직도 이별하는 중일 수도 있겠지만, 내 삶에 책임지고 헌신하는 사람으로 살아가려 노력 중이다. 운명에 대놓고 이제는 나를 위해 살래! 하고 말한다.

5

퇴직이 내게 준 선물

• 안은정 •

"사실, 처음에 인상이 차갑고 날카로워 보여서 다가가기 어려웠어요."

직장에서 친해진 동생들이 말했다. 그렇게 보인다는 사실에 놀랐다. 중학생 때만 해도 눈웃음 예쁘다는 소리를 들었는데, 어쩌다 이런 소리를 듣고 있나 싶었다. 15년간 업체를 점검하고 평가하는 업무를 하다 보니 신경이 예민하고, 작은 일에도 쉽게 짜증을 냈다. 집에서는 빨리 빨리라는 말을 입에 달고 살았다. 아침에 일어나서부터 잠자리에 들 때까지 셀 수도 없다. 입버릇 하던 '빨리'라는 단어는 퇴사 후 자동으로 줄어들었다. 아이들을 재촉하지 않아 좋았다.

할 줄 아는 거라곤 회사에서 배운 게 다였다. 막막했다. 누군가 길을 가르쳐주길 바랐다. 간절한 마음이 닿았을까? 우연히 발견한 책 한 권이 큰 힘이 됐다. 인문학 도서였다. 일상생활에서의 실천과 지혜, 깊은 통찰을 담고 있었다. 교과서나 전공서 말고, 처음으로 책에 밑줄을 그었다. 작가를 만나면 묻고 싶은 질문을 포스트잇에 적어 페이지마다 붙이기도 했다. 고민하는 답을 책에서 얻을 수 있겠다는 생각이 어렴풋이 들었다.

　영종도에 살게 됐으니, 공항에서 일하고 싶었다. 그러나 서른아홉이라는 나이가 걸렸다. 서비스 쪽 경험까지 없어 자신 없었다. 이때, 개리 비숍의 〈시작의 기술〉을 읽었다. 인생을 의식하며 살라는 내용에 따라 하나둘 변화시켜 보았다. 같은 길로 다니던 산책로를 돌아가는 것부터 따라 했다. 못 보던 가게가 눈에 띄었다. 2년을 산 동네인데 낯설게 느껴졌다. 책 읽는 방식도 바꿔봤다. 앞에서부터 차례대로 읽는 편인데 목차를 훑고 눈에 들어오는 부분부터 봤다. 하면 안 되는 행동이라도 한 것처럼 어색했다. 마음이 불편해서 차례대로 읽고 싶었다. 애써 모르는 척했다. 책을 읽고 공항에 지원했다. 도전하지 않으면 삶은 변하지 않는다는 글에 용기를 얻어 이력서를 제출했다. '합격'이었다.

　공항에서 일한 지 4개월 만에 코로나가 발생했다. 한 달 쉬고, 한 달 일하며 1년을 보냈다. 쉴 때 독서 모임, 교보문고 북 활동가, 서평 쓰기, 벽돌 책 읽기 등 틈틈이 활동하고, 관련 자격증을 땄다. 해당 분야에서 일해보고 싶은 열망이 가득했다. 무작정 집 근처 독서 논술 학원에 전화했다. 그동안의 과정을 얘기하고 배우고 싶다고 말했다. 어디서 그런 용기가 났는지 평소라면 상상도 못 할 일이었다. 책에 대한 열정 때문인지 강사에 합격했다. 첫 수업을 마치니 정신이 번쩍 들었다. 처음 치곤 잘했다는 원장의 말에도 쥐구멍이라도 숨고 싶은 심정이었다. 두근거림이 가라앉지 않았다. 퇴근하는 차 안에 한참 앉아 있었다. 다시 공항으로 돌아갈까? 이겨낼 수 있을까? 오만가지 생각이 들었다. 새 노트를 하나 준비했다. 매일 수업하며 잘한 것과 보완할 부분을 적었다. 마지막엔 나에게 건네는 응원의 말도 몇 줄 썼다. 못한 것만 잔뜩 생각났다. 잘한 것도 찾으려고 애썼다. 신경을 다른 곳으로 돌리고 싶어 읽고 쓰기에 매달렸다. 책 읽는 동안이라도 걱정을 떨칠 수 있어 좋았다. 독서 논술 강사는 내가 추구하는 길과 달랐다. 10개월 만에 퇴직서를 제출했다. 그때 도전하지 않았다면, 후회하며 살고 있었을지 모른다. 시도했기에 한 점의 후회 없이 홀홀 털고 나아갈 수 있었다.

15년의 대기업 생활을 접은 지 6년이 흘렀다. 그동안 공항 직원, 논술 강사, 교육 공무직 등 여러 일을 했다. 처음 해보는 일이라 긴장도 됐지만, 재미있었다. 다양한 환경에 척척 적응해 가는 내가 대견했다. 일마다 서로 다른 스타일과 분위기가 주는 신선함이 싫지 않았다. 그러나 마냥 좋아할 수는 없었다. 우직하게 한 분야에서 일하는 게 성실이자 끈기의 척도로 생각하며 살았던 사람이다. 1~2년 간격으로 직종이 바뀌니 안정권에 들어설 나이에 방황이 웬 말인가 싶어 걱정됐다. 마음이 요리조리 나부꼈다. 혼자만 길을 잃고 헤매는 것 같았다. 계속 방황할 수는 없었다.

머릿속의 잡념을 걷어내고, 채우기 위해 책에 집중했다. 마음에 와닿는 문상을 노트에 필사하고, 생각을 정리했다. 노트에 쓴 글을 보니 내가 어떻게 살아왔는지 조금씩 보였다. 학창 시절에는 친구보다 높은 점수를 받고자 시험공부에 매달리고, 사회생활에선 동료보다 빠른 승진을 위해 애썼다. 십 년 넘게 업체를 점검하고 평가하면서 비판적인 말투가 습관이 되어 있었다. 타인의 시선을 의식하고, 겸손하지 못했다.

6년을 꾸준히 읽고 썼다. 2019년 자기 계발서, 2020~2021년 그림책과 소설, 2022~2023년 의도한 건 아니지만 고전문학으로 장르별 독서층을 쌓았다.

어느 날, 다른 때 같으면 예민하게 신경 쓸 일을 대수롭지 않게 넘기고 있는 날 발견했다. 이유를 곰곰이 생각했다. 책의 힘이었다. 읽고, 긋고, 다짐하고, 행동해도 그때뿐인 것 같아 속상했었다. 뒤돌아서면 까먹고, 바뀌는 것도 없는 것 같았다. 아니었다. 책의 힘은 내 안에 스며들어 뿌리박혀 있었다. 책은 나를 조금씩 변화시키고 있었다. 문학 작품에는 다양한 인간 군상이 등장한다. 그들이 겪는 다채로운 상황을 보면, 내 일상에서 마주치는 작은 문제는 크게 느껴지지 않는다. 상황과 인물의 이야기는 좁은 시야를 넓게 확장 시킨다. 세상에는 여러 삶과 사람들이 존재하고, 나도 그중 한 사람으로서 나의 위치를 찾아가고 있다는 생각이 든다. 자기 계발서는 강점과 재능을 탐색하기에 좋다. 시간을 들여 나를 자세히 들여다보고 고유한 나만의 가치와 능력을 발견할 수 있다. 나를 둘러싼 세상을 다른 눈으로 바라보니 각자가 지닌 인생이 소중하게 다가왔다. 책은 어려운 순간마다 극복할 힘을 줬다. 우리는 살면서 많은 질문과 도전에 직면한다. 책 속에 길이 있다. 좀 더 일찍 타인의 시선으로부터 자유로웠으면 좋았을 텐데 하는 아쉬움도 남는다. 그러나 인생에 늦은 시기란 없다. 지금이라도 알았으니

다행이고 감사할 따름이다. 어느 정도 타인의 시선을 의식하며 살아가겠지만, 이제는 그것에 얽매이지 않고 나의 길을 걸을 순 있다.

퇴직은 내게 부딪혀 볼 자유와 독서가로 사는 삶을 선물했다. 세상과 부딪쳐 넘어지고, 깨지며 배울 수 있는 자유는 나에게 있다. 시간적 여유가 생기니 새로운 것에 뛰어들 수 있었다. 감춰진 열정이 살아나고 용기가 샘솟았다. 다양한 사람들과 연결되기도 했다. 귀한 경험이었다. 이런 과정을 거치면서 현실이 불안하기만 한 것이 아니라는 걸 알게 됐다. 예전에는 몰랐던 행운과 기회가 내 앞에 펼쳐져 있다. 아직도 하고 싶은 게 많다. 실패해도 괜찮다. 그것조차 귀한 경험이자 글쓰기 재료다. 인생의 후반은 타인의 시선이 아닌 내가 원하는 방식으로 살아가려 한다. 독서와 글쓰기를 통해 숨어 있던 자존감과 자신감의 빛을 찾으며 나아가고 싶다. 있는 모습 그대로의 나를 받아들이는 것. 비로소 진짜 인생이 열렸다.

6

나는 내가 좋다. 나는 나야

• 여진미 •

　결혼 12년 차다. 늦은 나이, 마흔다섯의 노산으로 새 생명을 품에 안으니 세상 모든 신들에게 감사했다. 눈떠보니 오른쪽 팔에 아이가 안겨 새록새록 자고 있었다. 그때의 아이 냄새를 지금도 잊을 수 없다.

　아이를 안는 순간 감동의 눈물을 흘렸다. 아이는 생후 87일째 되던 날부터 어린이집에 다니기 시작했다. 새벽에 이유식을 만들어 놓으면 신랑이 챙겨서 어린이집에 데려다주었다. 아이는 어린이집에서 종일반이었다. 언제나 마지막이었고 가끔 다른 친구가 있곤 했었다. 친구들이 다 가고 텅 빈 방에서 얼마나 엄마를 기다릴지 하는 생각에 눈물을 흘리며 과속으로 운전했다. 아이와 선생님께 미안했다. 돌봄 이모를 구했다. 돌봄 이모는 저녁 6시부터 8시까지 두 시간을 돌봐주었다. 생후 100일부터 초등학교 입학할 때까지 이모, 삼촌, 누나와 형이 정성으로 키워 준 덕분에 외동 같지 않게 건강하게 자랐다. 저녁 두 시간은 아이에게만 집중해서 아이 눈높이에 맞추어 놀았다. 장난감 놀이, 노래 부르기는 일상이 되었고, 재미있는 목소리로 동화책을 읽었다. 동화책 속 주인공이 되어 울고 웃으면서 이야기꽃을 피웠다. 잠들기 전에는 책을 직접 읽는 것보다 엄마의 목소리로 듣는 것이 더 좋다고 꾀부리는 아이, 초등학교 졸업 때까지 책 읽어주는 엄마 될 각오를 한다.

혼자 하는 육아는 지치고 힘들다. 아이가 첫돌 되기 전, 말을 시작하고 걸음마 시작할 때쯤 아이에게 상처를 준 적이 있었다. 아이가 기억을 못 해서 천만다행이다. 낮잠을 자야 할 시간에 엄마와 더 놀고 싶은지 눈을 비비면서도 자지 않고 계속 놀자고 안겼다. 전날 늦게까지 일을 해서 아이보다 더 피곤했다. 아이는 졸음을 참아가며 나의 품에 파고들었다. 순간 나도 모르게 화가 났다. 아이의 여린 양팔을 꽉 잡고 "제발 좀 자라고, 엄마도 좀 쉬자고." 하며 말 못 하는 아이를 흔들며 고함을 쳤다. 웃고 있던 아이는 새파랗게 겁에 질려 울기 시작했다. 나도 같이 펑펑 울었다. 아이는 엄마 옆에 오지도 않고 거실 구석에서 혼자 잠들었다. 그날 이후 아이는 엄마에게 안기려 하지 않았다. 이모 집에 데리러 가도 반기지 않았다. 아빠만 찾았다. 2주 정도 지나도 엄마를 부르지 않았다. "엄마가 미안해, 사랑해." 하며 꼭 안아 주어도 뿌리쳤다. 마음이 풀릴 때까지 기다렸다. 엄마의 마음이 통했는지 한동안 서먹했던 관계가 회복되어 엄마를 더욱더 사랑해 주었다. 아이 행동을 주의 깊게 살폈다. 함께 있는 시간만큼은 아이 눈높이에 맞춰 놀았다. 사랑하고 있다는 것을 알게 했다. 애착 육아에 집중했다. 아이 얼굴만 보면 스트레스가 다 풀리고 나도 모르게 입꼬리가 저절로 올라갔다.

정서가 아주 안정적이라는 원장님의 말씀에 엄마 역할을 잘하고 있다고 안심했다. 아이는 나를 더 멋지고, 근사하게 만들어 준다. 나를 행복하게 해주는 아이, 아이를 통해 새로운 것을 더 배우고 공부하게 되었다. 세상을 바라보는 시각이 달라졌다.

식비 절약으로 집밥을 하다 보니 요리 솜씨가 일취월장했다. 우리 가족과 아이 친구들이 엄지척을 해준다. 아들은 집밥을 더 좋아한다. 이게 정녕 엄마를 위한 일인가! 집밥을 좋아하는 식구 때문에 김장 60포기도 거뜬히 담근다. 나를 아는 사람들은 설마 하는 눈치이다.
'가족이 최우선이고 맛있는 김치를 담그는 아내, 나보다 누가 더 잘할 수 있겠는가.'

며느리의 역할은 기본만 하면 된다고 생각한다. 너무 잘하려고 하면 간섭이 된다. 내가 생각하는 기본은 시댁 경조사에 참여하고 한두 달에 한 번 어머님 뵈러 가는 것이다. 친정엄마와는 전혀 다른 분이시다. 자식 생각보다 자기주장이 강한 어머님이 부담스럽고 밉기도 했다. 연세가 아흔이 되니 인생사 아무것도 아니다. 기운이 없는 울 엄마 보니 이해가 되었다. 지금은 어머님의 깔끔함이 편하다. 맛나고 정갈한 음식에 감사한 마음이 더 많아졌다. 이만하면 며느리 역할로 괜찮지 않은가.

나 자신을 위해 자기 계발 세상에 들어왔다. 초보가 왕초보를 가르치는 소액 강의와 무료 강의를 듣고 블로그에 강의 후기를 작성했다.

처음 쓰는 블로그는 하루가 꼬박 걸렸다. 기능을 잘 몰라 어렵고 힘들었다. 새벽 기상으로 책 읽고 인증하는 방법을 배우는 것이 재밌었다. 신기하고 해냄에 뿌듯했다. 블로그는 나를 알리는 도구였다. 나 자신을 돌아볼 기회를 얻었다. 아이의 성장 과정을 기록으로 남기고 싶었다. 전자책을 썼다. 전자책 승인은 3일 만에 났는데 가슴이 터질 것 같았다. 아이 때문에 내 생활과 시간을 모두 포기해야 하고 희생해야 하는 줄 알지만, 아이가 주는 행복감은 무엇과도 바꿀 수가 없다. 조금 늦은 나이에 아이와 만나니 또 다른 세상이 펼쳐진다. 늦은 나이라도 아이를 가져야 할지 망설이는 예비 엄마, 아이 낳고 불안해하는 엄마에게 희망이 되길 바란다. 전자책은 나를 실험하기 위한 시도였다. 또 다른 성취감과 묘한 자신감이 생겼다. '나도 작가가 될 수 있구나' 용기를 얻었다. 전자책을 쓴다는 것을 생각지도 못했는데 전자책을 쓰고 보니 종이책 글쓰기에 관심이 생겼다. 요즘은 엄마들의 성장을 돕는 커뮤니티에서 책 쓰기 연습을 한다.

대형서점 가판대에 내 이름 석 자 새긴 책이 자리 잡은 상상을 해보니 가슴이 쿵쾅거린다. 네이버에 내 이름을 검색해 본다. 바로 뜬다. 신기했다. 나의 명함이 하나 더 생겼다.

아이가 엄마는 "작가"라고 말해주었다. "처음부터 잘할 수 있나, 자꾸 써보면 살 되겠지!" 노트북까지 선물하며 용기를 주는 신랑에게 감사하다. 아이가 대뜸 묻는다.

"엄마는 세상에서 누가 제일 좋아요?"

거침없이 "나"라고 대답한다.

"그다음은요?"

"아들."

"또 그다음은요?"

"아빠."

아이는 아빠에게 밀리지 않아 흡족해한다.

책은 마음을 편하게 하는 힘이 있다. 이래서 책이 마음의 양식이라고 했나 보다. 행복한 미래를 향해 글 쓰는 삶에 도전하는 나, 멋지다고 칭찬한다. 도서관에서, 한적한 바닷가에서, 음악이 흐르는 카페에서 글 쓰는 나를 상상해 본다. 생각만 해도 입꼬리가 올라간다. 감성이 풍부하고 넘치는 것을 비우고 부족한 부분들은 채워가는 재미에 빠지는 내가 좋다. '나는 언제나 큰 존재임을 잊지 말라.'는 이은대 작가의 말을 가슴에 새긴다. 나는 나야.

7

50대, 반짝반짝 빛날 나를 응원해

• 장미희 •

"합격입니다."

임용고시에 합격하니 꿈만 같았다. 하고 싶은 것도 많고 보고 싶은 것도 많았다. 내가 생각하고 꿈꾸던 대로 잘될 것 같았다. 직장에 적응을 하면 그림을 배우고, 여행도 많이 다니고, 대학원 공부도 더 해야지. 전문성을 갖춘 교사로, 멋진 엄마로 마음먹은 대로 될 줄 알았다. 인생은 곳곳에 복병이 숨어 있었다. 2년 동안 기다렸던 첫애가 태어났다. 처음 보는 태아 사진 참 신비로웠다. 사진을 보다가 전봇대에 부딪힐 뻔했던 기억도 있다. 나의 모든 관심은 소중한 아이에게 쏠렸다. 음악이든 운동이든 무엇이든 태교에 좋은 것을 골라 가며 했다. 둘째는 두 살 터울을 두고 태어났는데 딸이었다. 아들 하나 딸 하나, 세상을 다 가진 것 같았다. 놀라운 것은 엄마로 순비되어 가는 과정이 행복했다. 아이가 생기니 여행도 공부도 다 내려놓아졌다. 억울하지도 않았다. 엄마로서 최선을 다하고 싶었다. 우리 엄마가 그랬던 것처럼 당연히 그렇게 해야 하는 줄 알았다. 둘째 딸이 태어나니 남편은 더 바빠졌다. 아이들이 어릴 때 좀 더 놀아 주기를 바랐다. 남편은 생각이 달랐다. 아이가 한 살이라도 어릴 때 공부도 하고 돈도 벌어야 한다며 더 열심히 일했다. 그 와중에 컴퓨터 공부, 대학원 공부까지 했다. 머리카락을 짧게 잘랐다. 아침에 머리 감고 말리는 시간도 아까웠다. 아이들에게 밥 한 숟가락 더 먹이고 출근하고 싶었다. 여자이기를 포기한 셈이었다.

"와 거실 전경이 끝내줘요."
"우리 여기서 오래오래 살다가 이 아파트를 사버려요."
"그러면, 더 좋지."

주택에서 살다가 대출을 끼고 아파트 전세로 들어갔다. 멀리 동해에서 뜨는 아침 해가 거실로 들어오는 멋진 정경이 너무 좋았다. 우리는 아침 태양을 맞으며 기분 좋게 일어났다. 그런데 얼마 있지 않아 임대 아파트 자리가 났다. 어머님은 그쪽으로 이사 가고 싶어 하셨다. 임대 아파트에 형님이 살고 계셨기 때문이었다. 조카도 한 번씩 봐 주기 좋고 딸도 매일 볼 수 있다는 계산이었다. 아이를 맡기는 입장에서 어머님의 짐을 조금이라도 덜어드려야겠다는 마음에 이사하고는 후회했다. 처음 살던 아파트 옆 호에 아들과 동갑내기가 살았다. 친구들을 좋아해서 놀 수 있도록 문을 열어놓았다. 또래랑 놀기 좋은 환경이었다. 일하는 엄마의 입장에서는 고맙고 감사했다. 이사를 간 임대아파트는 맨 꼭대기 층이었다. 아들은 자전거를 사줘도 밖으로 나가 놀지 않았다. 얼마 안 되어 어머님이 다니시기에 편하고 아들도 놀기 좋은 아파트 2층으로 다시 이사를 했다. 이사비만 날렸다.

'고분고분 동글동글 살면 무엇이 진실인지 모르고 살게 돼.'

'안타까운 일이네.' 〈마지막 수업〉을 통해 이어령 박사님이 하신 말씀이다. 비판의식을 가지고 살라는 것이다. 어릴 때는 꿈도 많고 용기도 많았다. 살면서 좋은 게 좋은 것이지. 삶이 수학을 풀 듯 딱딱 정답이 있는 것도 아닌데 죽고 못 살 일 아니면 그냥 넘어가자. 내가 좀 손해 보더라도 다른 사람이 행복하면 됐지. 이렇게 권리를 하나둘 내려놓다 보니 내가 사라진 것 같았다. 소중한 것, 꼭 지켜야 할 것까지 같이 손가락 사이로 모래가 빠지듯 술술 빠져나갔다. 40대, 가족을 위해서 난 뭐든지 할 수 있었다. 내 삶에서 가장 귀중한 시기에 사표까지 던졌다. 나를 위한 것만큼이나 소중한 것인데도 말이다.

'왜 임대아파트로 이사 가야 하는지.'

'이사 안 가고 더 좋은 대안은 없었는지, 이사를 가면 어떤 것이 더 좋은지.'

정확히 따져봐야 했었다. 왜냐하면 아직 자기주장도 잘 못하는 어린아이의 엄마였으니까. 어머님은 조금만 더 수고해 주서도 괜찮지 않은가. 어머님은 정정하시다. 그때 좀 더 적극적으로 아파트를 샀어야 했다. 내 삶의 울타리 안에서 최선을 다했지만, 담장을 넘지 못했다. 한국을 떠나 살았어노 삶의 방식이 그리 날라지지 않았다. 습관의 알고리즘을 따라 타성에 젖으면 그냥 그렇게 사는 것이 편안해지는 법이다. 자신과 세상을 깊이 들여다보는 눈을 기르고 전략도 잘 세워야 한다.

우리를 지배하는 평균주의의 배신을 당해봐야 정신을 차린다. 이렇게 살다가는 가난까지 대물림할지도 모른다. 사고방식과 생활방식도 대물림할 수 있다.

"엄마, 운동도 하시고 근육도 만드세요."
"걱정하지 마세요. 아들도 있고 딸도 있잖아요."

이제 대학생이 된 두 아이는 엄마의 꿈을 적극적으로 응원해 준다. 내가 무언가를 배우고 시간을 내는 것에 대한 지지를 아끼지 않는다. 아이들도 언제까지 우유를 먹고 싶지는 않은 것이다. 부모를 돕는 입장에 서고 싶은 거다. 올해 어머님 연세가 아흔을 바라본다. 지독히도 자기관리 하신다. 헬스장과 목욕탕에 다니시며 건강을 지키고 있다. 어머님이 건강한 덕분에 우리가 하는 일에 집중할 수 있다. 나로 단단히 서고자 하는 것, 서로에게 짐이 되지 않으려는 마음, 서로를 자유롭게 해 주는 이타심일 수 있다.

인생 2막을 준비하는 50대에 새벽 기상, 새벽 독서, 글쓰기를 시작했다. 1막은 엄마로, 며느리로 아내로 최선을 다했다. 아쉬움이 왜 없겠는가. 인생에 최선을 다했다. 앞으로 얼마를 더 살지 모른다. 갈 길이 멀다. 이 모습으로 먼 길을 데리고 다니기에는 내가 너무 안쓰럽다. 푸석해진 머리카락, 탄력 잃은 피부, 잃어버린 경력들. '아무리 바빠도 스스로 좀 돌보고 살 것이지.' 무심했던 나에게 미안하다. 아침마다 얼굴도 쓰다듬어주고 스트레칭도 해 주고 마음도 도닥여 준다. '그래, 괜찮아, 잘했어. 그만하면 잘한 거야.' 스스로 위로한다. '이만큼 했으면 됐지, 얼마나 더 잘해야 해? 나만큼 열심히 산 사람 있으면 나와 보라 그래.' 괜스레 나한테 큰소리도 쳐본다. 이제는 내 인생에 이래라저래라 할 사람도 없다. 그렇게 할 수도 없다.

내 인생 2막은 내가 디자인한다. 지금까지는 주어진 환경에 최선을 다하려 했다. 이제는 아침에 몇 시에 일어날지, 무엇을 하며 아침 시간을 보낼지, 무엇을 먹고 어떻게 먹을지도 생각하며 살려고 한다. 내게 꼭 맞는 삶을 디자인해서 가장 나답게 살고 싶다. 맞지 않은 옷, 남에게 보이기 위해 갖추었던 옷들은 과감히 버리고 싶다. 나답게 살려면 남에게 휘둘리지 않을 정도의 경제력은 가져야겠다. 그 후에 누군가에게 희망이 되고 힘이 되는 삶을 살고 싶다. 학점은행제가 끝났다. 1년치 할 공부를 6개월에 하려니 숨이 가빴다. 하나도 힘들지 않았다. 내가 하고 싶은 것들이었다. 김형석 교수님은 50대는 철이 없었고, 60대는 조금 알 듯하고 편안했단다. 아흔이 넘어서 보니 75세쯤 가장 좋았다고 회고했다. 그때가 인생의 노른자위였다고 한다. 50대부터 성장을 멈추지 않는다면 70대도 계속 성장을 할 것이다. 75세도 반짝반짝할 내 인생을 꿈꾸며 오늘도 열심히 준비하는 내가 자랑스럽다.

8

이젠 나도 나를 챙기고 싶어

· 장연애 ·

조카 바보라는 말이 있다. 오빠 두 명이 결혼하고 네 명의 조카가 생겼지만 조카 바보가 되지 못했다. 우는 아기가 버거웠고 기저귀에 똥과 오줌을 쌌을 때는 냄새가 고약해서 싫었다. 조카가 싫어서라기보다 아이들을 좋아하지 않았던 것 같다. 그랬던 내가 결혼 후 세 아이의 엄마가 되었다. 결혼하자마자 허니문 베이비로 첫째를 임신했다. 세 아이 모두 산후조리는 기본이고 입덧이 심해 입덧 조리도 친정어머니께서 해주셨다. 먹든 안 먹든 시도 때도 없이 토하는 바람에 항상 비닐봉지를 옆에 끼고 있어야 했다. 원래도 말랐는데 입덧이 시작되니 8kg이 빠졌다. 빈혈이 생기고 어지러워 자주 누워 있었다.

친정어머니께서 식사를 챙겨주시면 겨우 일어나 앉아서 먹곤 했다. 그리고 바로 토를 한다. 내 머릿속에 지우개가 있었던 것이 분명하다. 힘든 과정을 반복적으로 겪으면서도 세 명이나 출산하다니. 나는 물론이고 입덧 조리와 산후조리까지 여섯 번을 챙겨주신 친정어머니도 매우 힘드셨을 것이다. 임신과 출산 조리 해주시는 것을 당연하게 생각했던 거 같다. 어머니께 감사하고 많이 미안해진다.

　부모교육을 따로 받았던 것도 아니고 그렇다고 육아 관련 교육을 받은 것도 아니다. 아무것도 모르는 상태에서 결혼하고 임신과 출산을 반복했다. 어머니는 강하다는 것을 알게 되는 계기가 임신과 출산이다. 태교하기 위해 좋지 않다는 것은 다 끊었다. 커피 향이 좋아 식사 후 커피를 마셨었다. 하지만 커피가 좋지 않다는 말을 듣고 커피를 끊었다. 사람들과의 친목 자리에서 술을 배웠고 분위기에 융화하기 위해 한두 잔 술이 늘어났었다. 아이에게 좋지 않다고 하니 술도 단번에 끊었다. 평상시 음악을 거의 듣지 않고 있었지만, 뱃속의 아이에게 정서적으로 도움이 된다고 하여 클래식 LP를 사서 들었었다. 친구가 태교 음악이라고 건네준 상송도 듣게 되었다. 확실히 심신안정이 되었다. 왜냐하면, Play를 해놓고 시간이 지나면 졸거나 자고 있었기 때문이다. 그것도 아주 편안하게 말이다. 남편이 출근하고 혼자 먹는 밥은 맛이 없었다. 하지만 내가 먹는 영양분이 아이에게 그대로 전달되기를 바라면서 꼬박꼬박 세끼를 잘 챙겨 먹었다. 먹고 움직이지 않으면 출산할 때 힘들다는 얘기를 듣고 일부러 더 많이 움직였다. 집안일도 운동 삼아 열심히 했다. 덕분에 세 아이 모두 자연분만으로 출산하였고 육아에 대해 아무것도 모르면서 고군분투 육아를 시작했다. 그리고 큰 아들격인 남편까지 총 4명을 키웠다.

결혼하면서 준비한 컬러판 10권의 요리책은 내겐 구세주였다. 친정어머니는 결혼하면 하기 싫어도 요리하게 되니 결혼 전에 주방일은 하지 않아도 된다고 하셨다. 이미 여자로서 힘들게 살아오셨기에 그 힘듦을 빨리 경험하게 하고 싶지 않으셨던 모양이다. 어머니의 의도는 좋았으나 결혼하고 집안일을 해야 하는 내겐 좋지 않았다. 반찬 하나 하려면 싱크대 옆에 요리책을 펴놓고 책 한 번 읽어보고 따라 하곤 했다. 그렇게 1시간 넘게 걸린 반찬이 맛있으면 좋았으련만 맛도 보장되지도 않았다. 이렇게 30여 년을 주방에 있었지만, 신기하게도 음식솜씨는 좀처럼 늘지 않았다. 혼자 살았다면 진즉에 주방 출입을 하지 않았을 것이다. 하지만 아이들을 키우기 위해 세끼를 꼬박꼬박 챙겨주고 하교하면 간식도 챙겨주었다. 아무 소리 없이 내 밥을 먹던 아이들은 학교에서 급식을 시작하고부터 내 음식솜씨를 평가하기 시작했다. 엄마가 잘하는 음식이 뭐가 있냐고 물어보면 10개의 손가락 중 몇 개만 접히고 그대로 펴져 있다. 잘하는 음식이 몇 개 없다는 뜻이다.

못하는 음식이지만 하루 세끼를 안 먹으면 큰일 나는 줄 알고 가족을 챙겼다. 남편의 여러 사업 중 PC방을 했을 때다. 24시간 운영하는 사업이라 교대근무가 필수였다. 아르바이트를 고용해서 운영은 하고 있었지만, 아르바이트들이 내 맘 같지 않았다. 월급 받고 사전 얘기 없이 안 나오는 사람, 일은 안 하고 게임에만 몰두해 있는 사람, 친구들을 데리고 와서 놀기만 하는 사람 등 별의별 사람이 다 있었다. 주변에 새로 생긴 PC방으로 인해 단골손님들이 점차 빠져나가게 되고 경비를 줄

이기 위해 대책을 세워야 했다. 속을 썩이는 아르바이트 대신 남편과 내가 교대근무를 하기로 했다. 야간근무한 남편의 아침도시락을 챙겨 주간근무를 시작했다. 아이들이 어리고 아이를 돌봐 줄 사람이 없어 어린이집이나 유치원이 끝나면 PC방에서 돌봤다. 몸이 피곤해서인지 저질 체력 때문인지 PC방 청소하다 현기증이 자주 왔다. 위경련으로 응급실에 가기도 했다. 이런 노력에도 불구하고 세련되고 컴퓨터가 팡팡 잘 돌아가는 주변 PC방에 밀려 결국 폐업하게 되었다.

먹고 살기 위해 새로운 직장을 찾아 이력서를 내밀면서 알게 되었다. 결혼 전에는 없었던 정규직과 비정규직이 있다는 것과 경력단절인 내게 손을 내밀어 주는 사업장은 없다는 것을. 경력단절된 나를 받아주는 직장이면 감사히 생각했다. 그나마 나를 받아주었던 회사도 임금을 제때 주지 않았다. 임금체불 직장을 그만두고 일자리를 찾는 것을 도와주는 여성인력개발센터에서 상담받게 되었다. 센터에서는 경력, 학력, 자격증을 업그레이드하라고 조언해줬다. 일하면서 방송대 교육학을 전공하여 학력을 키웠고, 워드프로세서나 컴퓨터활용능력의 자격증을 취득했다. 몇 년이 지나니 자연스럽게 일 경험도 쌓이게 되었다. 주부, 학생, 직장인으로 1인 N역을 하면서 바쁘게 지냈고 집안일은 당연히 여자인 내가 다 해야 하는 것으로 알았다.

당연하게만 생각했던 것에 금이 가는 계기가 생겼다. 35대의 1의 경쟁률을 뚫고 국민연금공단에 계약직으로 근무할 때였다. 남성 차장님이 유치원 선생님과 전화로 자녀 상담하는 것을 듣게 되었고 남성 과장님이 아내와 집안일을 분담한다는 얘기를 들었다. 남성 대리는 아내가 일하는 날은 집안 살림과 육아를 맡아서 한다고 한다. 육아와 집안일 모든 것이 당연히 내가 해야 한다고 생각했었고 힘들어도 묵묵히 해왔던 지난날들이 억울했다. 그동안 왜 나만 이렇게 열심히 했을까? 아이들의 아빠이며 남편이 육아와 가사부담에 참여 안 하는 것을 당연시 여겼던 내가 불쌍했다. 이때부터 '집안일은 내가 아니면 안 돼.'에서 벗어나기 시작했다. 때마침 남편이 이런 말을 했었다. "당신이 없어도 지구는 잘 돌아가." 남편의 이 말에 가족은 알아서 잘 살고 있는데 나 혼자 걱정했었구나 싶었다. 그동안 나 아니면 안 된다고 생각했던 것이 착각이었다.

걱정되고 조금 더 보살펴주고 싶어서 가족을 챙겼었다. 이젠 걱정과 염려증을 놓고 나를 챙기고 싶다. 그런데 나를 어떻게 무엇으로 챙기지? 막상 나를 챙기려니 어디부터 무엇을 챙겨야 할지 모르겠다. 사람들을 직접 찾아다니며 질문하기도 창피하다. 창피하지 않고 간접 경험을 통해 알 수 있는 책을 읽어볼까? 학교 다닐 때 교과서와 참고서 외에는 평생 책과 친하게 지내지 않았다. 책을 읽지 않았던 내가 책과 친해지는 데는 상당한 시간이 필요했다. 책을 펴도 진도가 나가지 않았고 잡생각이 앞을 가로막았다. 책과 친해지려고 노력한 지 4년의 세월이 지났다. 아무 변화가 없다고 생각했는데 가랑비에 옷 젖듯 생각과 행동에 변화가 생기기 시작했다. 부정적인 생각을 많이 했던 과거에서 벗어나 긍정적인 생각을 하게 되었다. 시도해보지도 않고 지레 겁먹었던 과거에서 되든 안 되든 일단 도전하게 되었다. '넌 지금 잘하고 있어.'라고 나에게 응원을 보내면서 이젠 나도 나를 챙긴다. 그리고 멋진 미래의 나를 만나기 위해 오늘도 10분 이상 책을 읽는다.

9

무소의 뿔처럼 혼자서 가자

· 정은숙 ·

서른 살 11월 나는 땅바닥으로 꺼졌다. 제왕절개 수술을 하기 전날까지 출근했다. 오후 조퇴를 하고 입원했다. 다음날 수술이라 보호자가 와서 동의 서명을 해야 하는데 남편이 안 나타난다. 친정엄마가 사인하면 되지만 왠지 꼭 남편이 사인해야 할 것 같았다. 다음 날 아침 9시 첫 수술이라 저녁부터 금식에 들어갔다. 큰아이는 집에서 시어머님이 보시고 친정엄마는 입원한 나를 보살폈다. 세상일 혼자 다 처리하고 다니는 남편은 친정엄마가 집에 간 이후에도 한참을 오지 않았다. 병원에서 여러 번 전화했다. 곧 온다고 했다. 그, 곧이 결국 새벽 1시에 왔다. 배를 한 봉지 들고 나타났다. 내가 수술이라 금식하는 거 안 보이냐고 하자, 고생하는 간호사들 주려고 사 왔다고 한다. 마음 같아서는 배를 남편 얼굴에 집어던지고 싶었다. "아기 낳는 사람인 나는 금식인데 새벽에 나타나서 그것도 간호사들 챙길 정신은 있어?" 우리는 그렇게 자기 생각만 바르다고 우기며 살았다.

3살 딸과 갓 태어난 아들을 데리고 집에서 몸조리했다.

친정엄마가 바쁘니 시어머님이 도와주셨다. 그 덕분에 남편은 날개를 단 듯이 더 늦게 들어왔다. 아들만 낳으면 행복할 줄 알았던 나의 생활은 지친 몸에 서글퍼진 마음마저 더해졌다. 나만 힘들다는 생각에 나락으로 떨어지는 느낌이었다. 산후우울증이었다.

출산 휴가 60일이 끝나고 출근한 나는 무표정한 눈동자에 누가 말만 시켜도 울었다. 큰일 나겠다 싶었는지 정신의료사회복지사로 일하던 친구가 자신의 병원에 상담을 예약해 줬다. 병원 원장님과 첫 상담을 하는데 "결혼의 목적이 무엇이냐?"라고 묻는다. 목적? 그런 거 생각해 본 적이 없다. 그냥 혼기가 차니 결혼했고, 엄마가 시집 못 갈까 걱정하니 나랑 결혼한다는 사람과 결혼한 것이다. 나는 열심히 살기만 했는데 목적이 있어야 했나? 처음부터 어려운 질문을 받고 삼일 치 약을 받아왔다. 약을 먹으니 잠에서 헤어 나올 수 없고 3살, 1살 아이는 내가 아니면 돌볼 사람이 없으니 누워만 있을 수 없었다. 출근도 해야 하고 아이들도 돌봐야 하니 정신을 차리지 않으면 살 수 없었다.

그때 내 눈에 책 광고가 들어왔다. '무소의 뿔처럼 혼자서 가라'라는 제목에 이끌려 책을 읽었다. 세상이 끝나는 것 같은 절망감에 비슷한 또래의 서른이 된 여자들이 삶을 헤쳐나가는 내용의 책이었다. 나도 누구보다 독립적인 사람이 되어야 했다. 끝까지 철들지 않는 남편은 아이들한테는 세상 둘도 없이 착한 아빠다. 나는 불만에 가득 차서 남편

얼굴을 볼 때마다 화를 냈다. 딸아이 눈에는 너무 착한 아빠를 독한 엄마가 괴롭히는 것으로 보였으리라.

열심히 살면 무조건 성공하는 줄 알았다. 달라진 것이 하나도 없다. 여전히 미래는 불확실하고 준비 안 된 노후는 불안하다. 불안한 미래를 헤치고 나가기 위해 더 책을 읽게 된다. 어느 날 갑자기 아무 일도 할 수 없게 되었을 때 텔레비전만 보면서 시간을 보낼 것인가? 나를 위해 귀한 시간을 할애할 것인가? 그림을 그려볼까? 나들이도 여행도 친구를 만나서 맛있는 것을 먹고 수다를 떠는 것도 한때이다. 재미있고 즐거운 모임이 끝나고 돌아오면 허전하다. 인생의 한쪽에 구멍이 난 거 같다. 쉬지 않고 열심히 살았는데 남는 것이 없다.

15년간 몸담아 밤낮없이 일했던 직장에서 어느 날 아침 지방 발령을 받은 적이 있다. 생각하면 그해도 내 인생에 있어 손꼽히게 힘든 한 해였다. 장애인 시설 원장으로 일하던 때였다. 시설에 문제가 있어 몇 달을 수습하느라 집에도 못 가고 정신이 없었다. 그해 여름엔 발목 수술을 해서 8주간 목발을 짚고 출퇴근 했다. 가을엔 친정아빠가 돌아가시고 12월엔 시설 공사를 했다. 한 해 많은 일이 생겼고 너무 힘들었다. 그만 아무 일도 없으면 좋겠다고 생각했다. 그런데 12월 중순 갑자기 지방 발령 통지를 받았다. 법인이 생긴 이래 타당한 연유 없이 연고지 이외 지역의 발령은 처음 있는 일이었다. 더구나 간신히 목발 없이 걸을 수 있을 정도라 걷기도 자유롭지 않았다. 아이들은 중고등학교에 다니는 시기라 엄마가 집에 없으면 안 되었다. 부당하다고 생각된 인사 발령에 불응하여 변호사도 만나고 노무사도 만나 상담을 받았다. 소송에서 이길 확률이 50% 정도라 했다. 직원이 아니고 원장이기 때문에 고용자로 보기 어려운 상황이었다. 개인으로 봐서는 안타까운 일이지만 법적 도움으로 내가 이길 승산이 100%는 아니라고 했다. 심지어 한편인 줄 알았던 사람들은 자신들이 살아남기 위해 내가 하지도 않은 말을 했다고 떠들고 다녔다. 내가 변호사를 선임해서 소송 준비에 들어갔다는 헛소문까지 돌았다.

그 상황에서 내가 선택할 방법이 많지 않았다. 지방에 가서 조용히 직장 다니면서 두 집 살림할지, 그만두고 다른 직장을 알아봐야 할지, 소송해서 권리를 주장하고 복직을 요구해야 할지 앞이 막막했다. 내가 잘못한 것이 하나도 없다는 생각에 억울함이라도 풀고자 소송을 하고 싶었다. 하지만 내가 이 분야에서 일 안 할 생각이라면 모르지만 계속 일해야 하면 꼬리표처럼 법인을 상대로 소송한 사람이 되니 그런 결정은 하지 말라고 한다.

결국, 그해 겨울 퇴직을 하고 다른 직장으로 이직했다. 아이들 교육비가 많이 드는 때이고 남편도 경제적으로 힘든 때라 직장이 급했던 나는 경력도 낮추고 직급도 낮추어 이직했다. 그때의 충격은 5년 가까이 꿈속에서조차 화병이 밀려오곤 했다. 가족에게 하소연하고 친구들에게 얘기해도 상황은 달라지지 않았다.

산후우울증도, 원하지 않는 이직도 결국 나의 선택이 아닌 불가항력적 상황이었다. 받아들이고 앞으로 나아갈 것인가? 주저앉아 울고 있을 것인가는 내가 선택해야 했다. 마음이 힘들고 어려워 견디기 힘들었다. 술도 마시고 영화도 보고 드라이브를 하고 스트레스를 풀어도 현실은 제자리였다. 답답한 현실을 헤치고 나아갈 답은 내가 찾아야 했다. 그럴 때마다 자기 계발서를 읽었다. 모든 책에서 말하는 길은 결국 하나다.

　긍정적인 상황으로 나를 이끌어 더 나은 내일을 위해 나아갈 것인지? 현실을 한탄하며 부정적인 낙오자로 남을 것인지, 그 결정은 내가 하는 것이다. 나에게 주어진 환경은 바꿀 수 없지만 내 마음의 상태를 긍정적으로 바꾸면 상황을 바라보는 시각도 바뀐다.

　답답하고 힘들 때 책을 읽었다. 나 혼자 벼랑 끝에 서 있는 기분이 들 때 내가 읽은 책들은 내 발밑에 펼쳐진 넓은 여행지를 보여준다. 나의 정신을 깨워주는 책에서 무소의 뿔처럼 흔들리지 않고 나아갈 혼자만의 힘을 얻는다.

10

아이를 돌보듯 나도 돌보려 한다

• 조예령 •

남편과 6년간의 연애 끝에 결혼했다. 노는 것을 좋아해 대학 시험 기간에도 책을 싸 들고 남편과 여기저기 놀러 다녔다. 멀리 여행을 가는 것은 당연히 좋아했고, 집 앞 산책도 강아지처럼 신나게 따라나섰다. 유독 어설프고 크고 작은 사건 사고들을 계속 만들어내던 나는 늘 마지막엔 구원투수인 "오빠!"를 외쳤다. 그러면 남편이 슈퍼맨처럼 나타나서 척척 해결해주니 내가 어른이 된 후 더없이 믿음직한 보호자였다. 이렇듯 남편과 마냥 놀기만 하다가 결혼했다. 연애할 때와 결혼 후는 다르다고 했지만, 여전히 남편과 신나게 놀고, 지인들을 불러서 같이 놀았다. 혼자 여기저기 다니는 것도 좋아했고, 이것저것 잡다한 것을 배우는 걸 좋아해 사부작사부작 만들고, 매일매일 그렇게 놀기 바빴다. 여자 친구에서 아내로 역할은 바뀌었지만, 내 마음과 태도는 그다지 많이 바뀌지 않았다. 시댁 어른들과의 만남과 시댁 행사가 생긴 것 말고는 내 생활은 크게 변함이 없었다.

결혼 후 1년이 조금 지나고 첫아이를 임신했다. 얼떨떨했고 당황했지만, 엄마가 된다는 것에 기대가 된 것도 사실이다. 워낙 새로운 것에 관심이 많고 처음 시도해보는 것에 주저함이 없었다. 여자 친구에서 아내로 역할이 바뀌었을 때도 그랬지만, 이제 엄마가 된다는 사실로 들떠 있었다. 엄마가 될 준비를 하고 싶었지만, 착상의 불안정으로 인해 임신 초기에 침대에 누워만 있었고, 그 후 심한 입덧, 끝도 없이 불어나는 몸무게, 허리와 골반 통증으로 이어지는 몸의 변화로 열 달이 순식간에 지나갔다. 텔레비전에서 본 임신한 모델들은 배만 볼록했다. 임신한 나도 그렇게 몸매를 유지할 거라고 생각했지만 풍선처럼 부풀어 올랐던 나였기에 막달에는 아예 몸무게를 잴 자신이 없었다. 출산하면 몸무게가 1kg 정도 줄 거라는 선배 엄마들의 이야기에 "정말요?"하고 반문하면서도 무슨 자신감인지 나는 다를 거라고 생각했다.

출산하기 직전 병원에서 몸무게를 재고 충격이었는데, 유도분만으로 인해 1kg은커녕 오히려 몸무게가 더 늘어나 있었고 거울 속에 비친 초췌한 내 모습은 정말 가관이었다. 어딘지 모르게 다 쑤시고 힘든 상태로 아기를 안았다. 안아 달라는 건지 배가 고프다는 건지 기저귀를 바꿔 달라는 건지, 그것도 아니면 놀아달라는 건지 도대체 알 길 없는 내 아이를 망연자실 바라보았다. 나는 일주일도 안 되어 두 손 두 발 다 들었다. 남편을 붙잡고 '이렇게 어떻게 살아?'라고 울먹거렸다. 하지만 나는 돌이킬 수 없는 이 귀여운 생명체의 엄마였다. 앞으로 엄마가 아닌 채로 살 수 없었다. 초보 엄마였던 나는, 하루는 힘차게 육아했다가 또 다음 날은 좌절했다.

첫째 아이는 18개월부터 문장으로 말을 하더니, 어느 날 대뜸 '소방차'가 되고 싶다고 또박또박 이야기했다. 5살쯤 되니 꽤 유창하게 영어로 말을 하고, 영어 단어들도 곧잘 쓰곤 했다(한글 쓰는 것보다 영어를 사용한다는 것에 이토록 기특해한 것은 영어에 한이 맺힌 전형적인 한국인 부모인지라). 또 '소방차 2'가 되고 싶어 하는 둘째는 매일 조각 퍼즐을 만지작거리더니 어느샌가 50개 조각의 퍼즐을 거뜬히 맞출 수 있게 되었다. 시간이 갈수록 퍼즐을 완성하는 둘째의 손놀림은 더욱 빨라졌다. 우리 집 귀염둥이 막내는 이제 좋아하는 노래가 생겨 꼭 자신이 좋아하는 노래에만 춤을 추고 그 노래를 틀어달라고 소리를 꺅꺅 지르곤 했다. 보행기를 태웠더니 처음에는 발이 닿지 않아 공중에서 버둥대던 막내의 짧은 다리가 귀여웠는데 어느덧 발끝으로 보행기를 밀고 다녔다. 가구란 가구들을 쿵쿵 찍으며 집안 곳곳을 종횡무진 휘젓고 다녔다. 그렇게 매일매일 귀여움이 배가 되며 예쁘게 커나갔다.

하루가 똑같이 흐르는 것 같지만 지나고 보면 아이들이 커 있었다. 밥 먹는 것도 조금은 늘었고 귀여운 손으로 내 새끼손가락을 쥐던 막내의 아귀힘이 점점 세어지고 있었다. 첫째와는 다르게 둘째 아이는 말을 그리 빨리 한 편은 아니었는데 조금씩 말이 더 많아지고 흉내 내는 모양새가 발전하고 있었다.

아이들 옷을 빨래한 후 항상 다림질을 했었는데 그 시간이 참 좋았다. 물론 첫째와 둘째가 유치원에 갔고 막내가 잠든 후에 하는 일들이라 좋았던 것인지 모르겠지만 말이다. 조용하지만, 막내의 쌔근쌔근 잠자는 소리와 치익 하는 다림질 소리가 더해져 나름 행복하기도 했다.

아이들이 커가는 것을 다림질할 때 한껏 더 느낀다. 요 조그마한 옷을 입는 아이들이 더없이 사랑스러웠고, 첫째 아이가 입던 옷을 둘째가 입고, 이제 곧 셋째가 입겠구나 싶어서 말이다. 그래, 늘 같은 하루 같지만, 시간은 흐르고 있고, 답답하면서도 지루한 이 시간이 쌓여가고 있었다. 아이들과 함께하는 이 일상이 좋기도 했지만 어떤 날은 나조차 뜻을 알 수 없는 눈물이 나기도 했다.

아이들은 하루가 멀다 하고 할 줄 아는 것이 늘었다. 색종이 네 귀퉁이가 딱 맞게 안 접힌다고 짜증 내던 아이는 종일 색종이를 수없이 접더니 아귀가 딱딱 맞게 접는다. 설명서를 보며 레고를 만드는데 늘 조각조각을 찾을 수 없다며 짜증을 냈었다. 그럴 때마다 나를 불러 조각을 찾아달라던 아이였다. 하지만 이제 한동안 끙끙대더니 혼자 그럴싸한 레고를 완성해서 우쭐우쭐한 표정으로 나를 찾는다. 씽씽이를 어떻게 타는지 몰라 난감해하던 내 아이는 이제 씽씽이 레이서가 되어 있다. 내가 정성을 기울이고 노심초사했으나 아이들은 잘 자라고 있었다. 키와 몸무게도 늘고 있었지만, 아이들은 점점 할 줄 아는 게 많아지고 생각도 자라고 능력도 쑥쑥 자라고 있었다. 아이들의 재주가 늘어가고 애교가 늘어갈 때 손뼉 치며 좋아했지만 한편으로는 쓸쓸했다.
이렇게 무엇이든 금방 습득하고 능숙하게 해내는 아이들을 부러워하며 나를 돌아보게 되었다. 사람들을 만나고, 배우는 것을 좋아하고 여행을 꿈꿨던 나는 세 아이의 엄마가 되어 하루하루를 정신없이 보내고 있을 뿐이었다. 배우는 것을 멈췄기 때문일까, 가끔 단어가 생각이 안

날 때도 있었다. 그토록 노는 걸 좋아하던 내가 여행을 가는 것은 생각하지도 못했다.

아이들이 매일 끊임없이 성장하는 것을 바라보며 내 아이들의 성장이 반가웠다. 한편으로는 나는 이렇게 있어도 되는 걸까 하는 마음과 더불어 나도 성장하고 싶고 이 생활에 변화를 주고 싶다는 생각이 더욱 간절해졌다. 그러한 생각은 아이들이 자랄수록 더 커져만 갔다. 그즈음이었다. 엄마로서 내 아이들이 건강하고 잘 자랄 수 있도록 세심히 돌보았듯이, 내가 나의 성장을 응원하고 살뜰히 보살피기로 결심한 것이.

제3장

나는 이렇게
책을 읽고 있다

1

책 속에 삶의 해답이 있다

• 한희아 •

세상에 영향력을 미치고 있는 성공한 사람들은 하나같이 책을 가까이했던 사람들이다. 그들의 삶은 책을 읽기 이전과 이후로 극명하게 나뉜다. 책을 읽기 전에는 꿈도 의지도 경제적 능력도 없었던 이들이 책을 읽은 후 삶의 고난을 극복할 용기를 얻고 당면한 문제를 해결해 나가기 시작한다. 〈웰씽킹〉의 저자 켈리 최는 가난한 농가에서 태어난 흙수저였지만 100권의 책을 반복해서 읽고 실천하여 12개국 30개가 넘는 비즈니스와 계열사를 거느린 글로벌 기업 회장이 되었다. 김밥 파는 CEO로 유명한 김승호 회장도 다독가로 유명하다. 그의 책 〈생각의 비밀〉을 보면 성공한 사람들 중 무려 88% 이상이 하루에 30분 이상 독서를 즐긴다고 한다. 그들은 항상 가까이에 책을 둔다. 물론 독서를 했다고 무조건 성공하는 건 아니다. 하지만 성공의 발판엔 동기부여를 해주는 독서가 뒷받침이 되었다.

올해 나의 목표 중 하나는 책 100권을 읽는 것이다. 처음에는 50권을 목표로 삼았다가 책 읽기 프로젝트에 참여하게 되면서 목표량을 상향 조정했다. 이 프로젝트 모임의 리더가 52주 동안 매주 책 한 권씩을 추천해 준다. 여기에 내가 읽고 싶은 책을 추가한다면 100권도 가능할 것 같았다. 처음엔 무모한 도전이라 생각했지만 지난 1월부터 지금까지 꾸준히 해내고 있다.

얼마 전 자주 가는 서점에서 '독서는 완독이 아니라 기록이다'라는 문장을 읽는 순간 '기록'의 중요성을 새삼 실감했다. 아무리 폭풍 감동을 받은 책이더라도 시간이 지나면 잊히게 마련이다. 그동안 숱하게 많은 책을 읽었어도 제대로 기억하지 못하는 것은 바로 사람은 망각의 동물이기 때문이다. 그래서 나는 작년부터 책을 다 읽고 나면 블로그에 후기를 올리고 있다. 독서 100권 목표를 계획한 후에는 더 철저하게 기록으로 남긴다. 한 번 눈에 익었던 것을 손으로 옮겨 적고 다시 복기하면 읽는 것에서만 끝나는 것이 아니다. 내 것으로 소화가 되고 체득이 된다. 꼭 블로그가 아니더라도 나만의 독서 노트나 일기장에 간단하게 메모하거나 요약 정리해 두면 두고두고 나의 독서 이력을 남길 수 있게 된다.

지난 2월 온라인 서점 예스24에서 주관한 필사 챌린지에 참여한 적이 있다. 28일 동안 내가 선정한 책 〈몰입〉을 읽고 매일매일 기억에 남는 문장을 적다 보니 그 문장들이 각인이 되어 내 안에서 살아 움직이기 시작했다. 신기했다. 책 제목처럼 몰입을 하며 책을 읽고 실행했더니 좋은 아이디어가 떠오르고 고민하던 문제가 풀렸다. 또한 내가 하는 일이 세상에서 가장 의미 있고 중요하다고 생각되었다. 혼자서 책 읽기가 안 될 때는 이렇게 몰입할 수 있는 환경을 조성하면 할 수 있는 힘이 생긴다.

나는 일주일에 한 번씩 대형 서점을 찾는다. 서점에 막 들어서면 그때부터 내 몸에서 도파민이 분출된다. 서점 가득히 진열되어 있는 책을 보는 것만으로도 온몸에 전율이 흐른다. 요즘 트렌드를 파악할 수 있는 베스트셀러 코너에 들어서서 분야별로 책들을 살핀다. 관심 가는 책을 꺼내 마음에 와닿는 부분을 발견하면 그 자리에서 망부석이 된 채 책을 읽어 내려간다. 사그락사그락 책장 넘어가는 소리도 좋고 은은한 종이 냄새도 좋다. 마음에 딱 꽂히는 문장을 만났을 때는 휴대폰으로 사진을 찍어놓거나 메모장에 필사를 한다. 이렇게 오감으로 느끼며 책을 읽을 때면 마치 샤워하듯 짜릿하고 충만한 느낌을 받는다. 그 쾌감과 뿌듯함은 이루 말할 수 없다. 나의 이런 느낌을 '북샤워'라 명명하여 블로그에 글을 쓴 적이 있다.

북샤워는 도서관에서도 가능하다. 나는 주로 주말에 도서관 나들이를 한다. 책으로 빽빽한 책꽂이 사이로 저벅저벅 걸어 들어가면 책들이 나에게 말을 걸어온다. 잠시 눈을 감고 책이 주는 에너지를 한껏 느끼면 서점에서 맛봤던 두근거림과 전율을 다시 경험하게 된다. 정적이 감도는 도서관은 집중해서 책 읽기에 최적의 장소이다. 보통은 읽고 싶은 책을 미리 검색해서 책을 고르는데 우연히 눈에 들어온 책을 같이 읽을 때도 있다. 이때는 독서력이 급상승한다. 책을 읽거나 자기 공부에 몰입하고 있는 주변 사람들로 인해 나의 집중력은 극에 달한다.

　내가 독서를 하는 장소 중 좋아하는 곳은 따로 있다. 바로 지하철 안이다. 지하철을 타면 모두가 휴대폰과 한 몸이 된 채 고개를 숙이고 있다. 나는 챙겨간 책을 유유히 꺼내 몰입 독서를 시작한다. 가끔 너무 몰두한 나머지 하차할 역을 지나칠 때도 있지만 이동하며 책을 읽는 시간도 꿀맛 같은 시간이다. 이런 자투리 시간과 틈새 시간을 잘만 활용하면 굳이 따로 시간을 내지 않더라도 꽤 많은 분량의 책을 읽을 수 있다.

　날이 좋은 날에는 한적한 공원 벤치에 앉아 책을 읽는 것도 좋다. 청명한 하늘과 따스한 햇살 아래에서 지저귀는 새소리를 들으며, 자연을 벗 삼아 책을 읽는 것도 색다른 경험을 선사한다. 무릉도원이 따로 없다.

　아침에 일어나서, 잠들기 전 몇 분 동안이라도 시간을 확보하여 책을 읽기도 한다. 가방에는 늘 읽을 책이 있어서 약속 장소에 먼저 도착하면 또 책을 꺼내 읽는다. 이렇게 틈틈이 생기는 시간을 이용하는 하루 잠깐 몰입 독서 습관이 나의 24시간을 효율적이고 의미 있게 만들고 있다. 작은 습관이었던 몰입 독서가 결국 나의 생각과 마음가짐에도 영향을 미치고 있다.

　보통 책은 처음부터 끝까지 꼼꼼하게 읽어야 한다고 생각한다. 책의 내용을 찬찬히 뜯어보고 음미하며 읽는 것도 중요하다. 하지만 굳이 한 권을 다 읽지 않더라도 나에게 필요한 부분만 읽는 것도 좋은 방법이다. 책에서 딱 하나의 메시지만 건졌다고 해도 그것이 내가 정말 필요한 것이었을 때는 그 자체만으로도 큰 의미가 있다. 한 권의 책에서는 메시지 하나만 기억해도 충분하다.

어느 날 문득 우연히 집어 든 잡지나 신문에서 읽게 된 한 문장이 나의 가슴을 후벼 팔 때가 있다. 거기에서 발견한 기가 막힌 문장들을 그냥 흘려보낼 수 없을 때 나는 한 편의 글로 완성해서 블로그와 브런치 스토리(카카오에서 운영하는 글쓰기에 최적화된 플랫폼으로, 이곳에 글을 올리기 위해서는 먼저 작가 신청을 통해 에디터팀의 승인 심사에 합격해야 한다)에 올리기도 한다.

어린 시절 나에게 책을 읽을 수 있게 물꼬를 터준 사람은 아빠였지만 다양한 분야로 눈을 돌리고 깊이 있게 책을 읽도록 영향을 준 사람은 남편이다. 우연한 기회에 자기 계발서를 접한 남편은 지난 9년 동안 지독한 독서광이 되어 최근까지 책 700권을 돌파했다. 책을 읽을 때마다 남편은 '독서백편의자현(책을 백번 읽으면 뜻을 저절로 알게 된다)'이라는 문장을 마음에 새긴다고 한다. 책을 읽던 초창기에 '책을 읽는다고 인생이 변할 수 있을까? 과연 밝은 미래가 오겠어?'하고 의구심을 품었지만, 책을 읽은 후 새로운 일에 계속 도전하고 실행하여 경제적으로 유의미한 결과물들을 보여주었다. 남편은 책으로 변화된 가장 가까운 인물이다. 독서를 통해 내공을 쌓은 사람은 변화의 속도가 눈부시게 빠르다는 것을 증명해낸 그였다. 살면서 어떤 문제에 봉착할 때 남편에게 조언을 구하면 나에게 책 한 권을 툭 던져주면서 읽어보라고 권한다. 특정 분야에 지식이 없어 물어보면 중요한 것 몇 가지를 알려주고 도움이 되는 책 몇 권도 추천해 준다. 연애 시절 인문학책이나 무협 소설만 읽던 남편이 이렇게까지 변한 건 한 권의 책 때문이었다. 그 책이 지금의 남편을 있게 만들었다. 나보다 한참을 앞서가고 있는 남편의 뒤를 따라 나도 그를 멘토 삼아 책을 통해 모르는 분야를 섭렵하고 지식을 쌓아가고 있다. 그러고 보면 '책 속에 길이 있고 답이 있다'는 그 흔한 말이 사실인 것만은 분명하다.

②

더 이상 책을 신줏단지 모시듯 하지 않아

• 김수지 •

　나로 말할 것 같으면, 책 육아의 선도 주자, 타의 추종을 불허하는 책 육아 맹신도였다. 직장을 다니는 이유도 남편의 눈치 없이 내 마음대로 언제든 아이들에게 책을 사 주기 위해서일 정도였다. 왜 이렇게 책에 매달렸을까. 아이를 잘 키우고 싶었다. 방법을 몰랐다. 운명의 수레바퀴인 건지 주위에 책을 파는 영업사원이 많았다. 그들이 나에게만 준다는 새로운 정보는 나를 세상 가장 현명한 엄마로 만들어주었다. 좋았다. 정보를 더 얻고 싶어 하나씩 전집을 구입했고, 또 다른 연계 전집 구매로 이어졌다. 처음에는 책장이 하나였는데 어느새 3단 책장 1개, 5단 책장 4개로 늘어났다. 그래도 부족했다. 하나의 방을 맞춤 책장으로 짜서 그 안에 책으로 꽉꽉 채우며 흐뭇해했다.

　그저 책이 좋았다. 그것도 '새 책'이. 새 책을 읽을 때 쩍 소리가 나는 것도 좋고 반짝거리는 책을 책꽂이에 세팅할 때 마냥 행복했다. 시대를 앞서가는 엄마의 모습을 실천하고 있는 것 같은 뿌듯함도 느꼈다. 그

보다 더 행복했던 건 전집을 구매하기 위해 카드를 꺼내 들 때였다. 책을 기다리는 순간도 설렜고, 내가 산 책을 재미있게 읽을 아이의 모습을 생각하면 떨리기까지 했다. 영수증은 늘어났고, 집 앞에 택배 상자는 수북이 쌓여만 갔다.

열정이 넘쳐 아이에게 책을 많이 읽어 주었지만, 책이 워낙 많다 보니 어떤 책은 제대로 펴보지도 못하고 고이 모셔 놓은 상태인 책도 있었다. 그 와중에 2022년 10월 이사를 해야 했다. 새 아파트로 이사가고 싶어 호시탐탐 노리던 중 마음에 드는 집을 발견한 것이다. 다시 문제는 책이다. 이사 갈 집은 지금 갖고 있는 책장을 모두 둘만한 공간이 없었다. 전부 다 이고 지고 갈 수도 없는 노릇이라 눈물을 머금고 책을 처분하기로 했다. 정보에 휘둘리며 이리저리 산 전집을 많이도 팔았다. 살 땐 분명히 금값이었는데 팔려고 내놓으니 반의반 값도 못 받았다. 마음이 아팠다. 이럴 줄 알았으면 아이들이 책을 마구 가지고 놀 때 그냥 둘걸, 뒤의 부록지도 마음껏 쓰게 할 걸 하는 후회가 몰아쳤다. 팔 때 제값 받겠다는 생각으로 깨끗하게 읽어야 한다고 생각했다. 이사하면서 비로소 깨달았다. 책이 아까워 전전긍긍했던 나의 모습이 부질없었다는 것을 말이다.

아이들의 책을 하나씩 정리하고 공간이 생기면서 그동안 사두고 읽지 않은 나의 책들이 이제야 눈에 들어왔다. 내가 정말 미쳤었나 보다. 이 지역 북 컬렉터가 따로 없겠다는 생각이 들었다. 먼지가 폴폴 쌓인 책을 다시 꺼냈다. 어떻게 하면 읽지 않은 수많은 책을 처리할 수 있을지 알아보고 또 알아봤다. 책을 죄다 버리자니 아까웠다. 고민 끝에 지금 갖고 있는 책을 다 읽고 정리하기로 했다. 읽기만 해서는 기억에 남는 것이 없을 것 같아 알아보니 글로 남기면 된다고 알려줬다. 글로 남기려니 나만의 공간이 필요했다. 어떤 공간에 내 글을 쓸까 하고 고민하다가 그중 제일 쓰기 편하고 접근성이 좋은 블로그로 선택했다. 블로그는 누구나 볼 수 있는 공간이다. 내가 쓰는 글을 남들이 본다는 얘기다. 남에게 보여주는 글을 작성하려고 보니 구절 하나하나 허투루 읽을 수 없었다. 열심히 읽은 부분을 정리하며 쓰다 보니 자연스레 같은 책을 읽은 다른 사람의 글이 눈에 들어왔다. 타인의 글에서 내가 놓친 부분이나 이해가 되지 않았던 부분도 알게 되었다.

블로그에는 책을 주제로 글을 쓰는 사람이 많았다. 그들의 글을 보고 있으니 화려해 보였다. 이웃이나 방문자 수도 많았다. 내 블로그도 그렇게 많은 사람이 왔으면 좋겠다는 생각에 부러웠다. 그들처럼 내 블로그를 키우고 싶은 마음이 들었다. 어떻게 하면 좋을까 고민하다가 매일매일 짧은 글일지라도 나의 일상 이야기와 함께 읽은 책에 대한 글을 계속 올리기로 했다. 1년이 조금 지나자 20명으로 시작한 블로그가 현재는 1,000명의 이웃으로 늘어났다. 이웃수가 늘어나자 용기를 내서 책 서평단에 도전하였다. 출판사 사이트에서 서평단에 신청할 수 있다. 출판사에서는 매달 새로운 책을 홍보하기 위해 서평을 써줄 사람을 모집하고 신간을 소개한다. 서평단에 당첨되면 책을 무료로 보내준다. 보내준 책을 읽고 출판사에서 원하는 게시조건을 확인한 뒤 책을 읽고 느낀 점을 글로 써서 제출하면 된다. 서평을 쓸 때는 최대한 솔직하게 쓰려고 노력했다. 또한 다른 사람이 내 글을 보고 책의 내용을 쉽게 이해할 수 있도록 정리했다. 책을 통해 배우게 된 점도 자세히 적어두어 그 책을 다시 보고 싶을 때 블로그에 쓴 서평을 유용하게 활용했다. 이렇게 글로 써서 남기다 보니 책을 곱게 볼 수가 없었다. 읽는 책은 점점 지저분해졌고, 그럴수록 책에서 얻어가는 내용은 많아졌다.

직장 내 독서 지원 프로그램을 적극 이용하는 것도 도움이 된다. 우리 회사에서는 '독서 통신교육'이라는 이름을 붙여 운영되고 있다. 내가 보고 싶었던 책을 독서 통신교육 사이트 내 장바구니에 담아두면 책을 무료로 살 수 있도록 직장에서 지원해 준다. 지원해 주는 책을 읽고 느낀 점이나 감명 깊었던 내용을 작성해서 한 달 안에 제출하면 된다. 이 방법으로 1년에 5권 정도의 새 책을 받아 보면서 책 구매 비용도 아낄 수 있다.

다른 사람과 함께 책을 읽는 것도 좋다. 새벽에 독서 낭독을 하는 온라인 모임에서 함께 책을 읽고 있다. 한 권의 책을 가지고 서로 새벽에 온라인으로 만나서 읽고 느낀 점을 이야기하는 것이었다. 처음에는 '낭독'이라는 말 자체가 쑥스러웠다. 모임 리더는 나에게 책 읽는 목소리가 귀에 쏙쏙 들어온다고 이야기해 주었다. 처음 듣는 칭찬이라 부끄러웠다. 한동안 쭈뼛대곤 했으나 어느새 배역에 몰입해서 연기를 하면

서까지 책을 읽었다. 함께 읽으면 분명 한 권의 책에서 다양한 의견을 나눌 수 있는 시간을 선물 받을 수 있다. 코로나 이후 함께 책을 읽는 모임이 많아졌으니 도움받아 보는 것도 좋겠다.

지금은 지역 도서관에서 하는 독서 토론 동아리에서 활동하고 있다. 예전의 나였다면, 동아리에 들어가지 않았을 것이다. 새로운 사람을 만나는 것도 부담스럽고, 내 의견을 말하는 것도 서툴기 때문이다. 그런데 함께하고 싶었다. 걱정과는 다르게 책을 좋아한다는 공통점을 가진 사람들의 모임이라 처음 만나 이야기해도 편했다. 독서낭독 모임에서 좋은 경험을 한 것도 한몫했다. 한 달이라는 기한이 있기에 책 읽을 시간이 부족할 때가 많아 외출할 때도 독서 토론 책을 가지고 다녔다. 책에 밑줄 치고 요약하고 귀퉁이를 접으며 읽는 것이 일상이 되어가고 있다.

한창 새 책을 사들이며 책을 아낄 때는 책에 낙서하는 것은 생각지도 못했다. 책을 깨끗이 읽고 중고로 팔아야지 하는 마음에 책에 줄 치는 것도, 모서리가 접히는 것에도 벌벌 떨었다. 책도 항상 책장에 있어야 했다. 그런데 지금은 책 읽을 시간을 확보하기 위해 나의 손이 닿는 곳곳마다 책을 비치해 둔다. 내가 주로 머무는 책상, 잠들기 전 머리맡, 자동차 안, 화장실 등이 바로 그 장소이다. 그러다 보니 어떤 책에는 라면 국물도 묻어있고 가끔 책이 변기에 빠져서 버려야 했던 어처구니없는 상황도 벌어지기도 했다. 지금의 책을 열어보면 온갖 끄적임과 형광펜으로 줄 친 흔적들로 가득하다.

이제 나는 새 책이 주는 즐거움보다 깨끗하지는 않지만, 나만의 손때 묻은 지금의 책이 더없이 좋다.

③

내가 선택한 책이 나를 끌어주었다

· 김은성 ·

바빴던 일상에서 여유를 찾은 나였지만 혼자만의 시간이 익숙하지 않았다. 회사와 집 외엔 다른 건 모른 채 지내왔다. 흔한 취미생활도 없었다. 퇴사 후 6개월 정도 매일 도서관으로 갔다. 평소 출근하는 시간에 맞춰 눈이 자연스럽게 떠졌다. 회사에 다닐 때는 매일 아침 조금 더 자고 싶다는 생각이 간절했건만 퇴사 후 눈이 저절로 떠지는 상황에 웃음이 났다. 도서관에 가면 가장 먼저 책장에 있는 책들을 구경하였다. 제목이 마음에 드는 책 위주로 몇 권을 선택해서 열람실에 앉아 책을 쌓아두고 읽었다. 읽다가 책장이 잘 넘어가지 않거나 재미가 없으면 책을 덮고 다른 책을 읽었다. 어려운 책보다는 쉽게 읽히는 책과 공감이 잘 되는 책 위주로 읽었다. 내가 쓰는 평소의 말투로 나에게 조언해 주고 격려해 주는 책들이 좋았다. 자기 계발서부터 살면서 관심을 가져본 적이 없었던 부동산에 관련된 재테크 책도 두루 읽었다. 책을 읽으면서 책 속의 많은 작가들을 만날 수 있었다. 도서관은 작가와 내가 만나는 장소였으며 집처럼 편한 공간이었다. 책 속 작가들의 삶은 다양했지만 순탄하지는 않았다. 작가는 옆집 언니처럼 나에게 편안하게 다가와 자신이 살아온 삶을 이야기해 주었다. 힘들었던 일들을 겪으며 경험했던 것들을 알려주었다. 따뜻한 위로와 조언도 해주었다.

책을 읽다가 마음에 드는 구절이 있으면 독서 노트에 적었다. 먼저 읽은 날짜, 책 제목과 저자를 적었다. 내 마음을 알아주듯 포근하게 날 위로해 주거나 응원해 주는 글들로 노트를 채워갔다. 마음의 위로가 필요한 날, 삶의 조언을 얻고 싶을 때 노트를 펼쳐보았다. 책을 많이 읽고 싶단 욕심에 일 년에 책 100권 읽기를 목표로 설정했다. 독서를 효율적으로 하기 위해 독서법에 관한 책들도 여러 권 읽었다. 하지만 지금은 책을 많이 읽는 것보다 한 권의 책에서 나에게 의미 있는 구절을 찾으려 노력한다. 좋았던 책들은 재독을 하면서 책이 나에게 전달하는 메시지에 집중한다. 처음 읽을 때는 마음에 드는 구절에 밑줄을 그었고 책에서 느꼈던 생각이나 질문들을 책 여백에 적고 답해보았다. 두 번째 책을 읽을 때는 좋았던 내용에 파스텔 형광펜을 칠하고 책에 추가로 메모했다. 같은 책을 읽었지만, 처음과 두 번째 책을 읽었을 때 느끼는 감정들은 달랐다. 그 뒤 다시 읽을 때는 줄이 그어져 있거나 형광펜이 칠해진 부분과 메모한 내용들만 읽었다. 책을 빨리 읽는 것에 집중하지 않았다. 책의 한 구절 한 문장이라도 나에게 와닿는 내용이 있다면 천천히 여러 번 따라 읽었다. 내 것으로 만들고 싶었기에 나에게 적용해 보려 했다. 독서 모임에 가입해 책에서 느꼈던 좋은 감정들을 여러 사람과 나누기도 했다. 현재는 책의 많은 내용을 기억하고 정리하지 않는다. 읽었던 부분 중 좋았던 한 문장을 적고 느꼈던 감정과 생각을 매일 기록해 나가고 있다.

바쁜 일정으로 책을 읽기 힘들 때는 오디오북을 이용했다. 집안일을 할 때, 운동을 할 때, 운전을 할 때, 잠들기 전에도 타이머를 맞추고 들었다. 오디오북으로 듣고 책으로 다시 보면 책 내용이 머릿속에 쉽게 남았다. 집 근처 도서관과 아파트 단지 도서관을 자주 이용하였다. 도서관에서 빌려 온 책이 좋으면 책에 줄도 긋고 낙서도 하고 싶어 책을 구매하여 다시 읽었다. 현재는 전자책과 오디오북을 잘 활용하고 있다. 전자책은 휴대폰만 있으면 언제 어디서든 볼 수 있다. 종이책처럼 하이라이트와 메모 기능을 사용해 전자 독서 노트를 만들 수 있다. 내가 중요하게 생각하거나 관심 있게 본 내용들은 독서 노트에서 다시 볼 수 있다. 또한 기억하고 싶은 문장들을 이미지로 저장하고 공유할 수도 있다. 저장된 이미지를 핸드폰 바탕화면에 설정해 매일 보면서 따라 읽은 적도 많다. 책을 읽은 후 작가가 궁금해질 때면 작가의 정보를 찾아보았다. 유튜브에 나온 작가의 동영상을 보면서 작가의 생각과 살아온 인생을 알 수 있었다. 작가와 친해진 뒤 책을 읽으면 작가의 글들이 친숙하게 다가왔고 더 많은 공감이 됐다.

힘들거나 도움이 필요할 때면 항상 책을 찾았다. 사춘기 아이들의 까칠한 말들로 상처를 받은 날엔 육아와 사춘기 관련 책을 읽으면서 나를 돌아보았다. 아이들의 태도에 예민하게 반응한 내가 문제였음을 알게 되었다. 오히려 아이들이 건강함에 감사함을 느꼈다. 신랑과의 감정 싸움으로 속상한 날에는 말을 주제로 한 책을 읽었다. 나의 말 습관에 대해 생각해 보면서 까칠했던 내 말투가 싸움의 시작이었단 것을 알 수 있었다. 불안한 미래가 걱정될 때는 나와 같은 마음을 느끼고 경험해 본 작가들의 책을 읽었다. 40대 중반에 접어든 나도 늦지 않았고 도전할 수 있음을 배웠다. 책에서 배운 대로 보는 관점을 달리했더니 화났던 감정들이 오히려 감사함으로 변했다.

살아오면서 나에게 인생의 조언을 해 준 사람은 거의 없었다. 어릴 때 부모님께서는 많이 바쁘셨고 내가 스스로 잘할 거라 믿어주셨다. 회사에서도 여직원 중에서는 고참이었기에 나에게 고민을 상담하거나 도움을 요청하는 경우가 많았다. 하지만 내가 힘들 때 나는 조언을 구하는 게 어려웠다. 내 마음을 솔직하게 잘 표현하지 못했다. 힘들어도 힘들지 않은 척, 괜찮은 척, 아무렇지 않은 척해왔다. 그렇게 보이고 싶었다. 엄마니깐 엄마답게, 아내니깐 아내답게, 선배니깐 선배답게 정해진 이름에 맞게 완벽해야 한다고 생각했다. 완벽함이 나를 더 힘들게 만들었다. 부족함에 힘들어하는 나 자신을 인정하고 도움을 요청할 용기가 없었다. 하지만 책의 내용들을 내 삶에 적용해 보면서 나를 자세히 돌아보고 나에게 집중할 수 있었다. 나의 있는 그대로의 모습을 인정하고 내가 할 수 있는 일들에 열중했다. 나에게 부족한 꾸준함을 만들고 싶었다. 의욕은 넘치지만, 의지가 약한 나를 잘 알기에 함께하는 사람들이 있는 시스템에 나를 집어넣었다. 습관을 만들기 위해 습관 인증 챌린지를 하였고, 글쓰기를 꾸준히 하기 위해 블로그 백일 글쓰기에도 참여하였다. 매일 하기로 나와 약속했던 일들을 꾸준히 꾸역꾸역 해나갈 수 있었다.

나를 잘 알지 못하는 누군가가 나에게 "지금은 이게 잘못됐고 너는 이렇게 살아야 해."라고 충고를 한다면 기분이 상할 수 있다. 하지만 나는 나에게 인생의 조언을 해 줄 작가와 책을 직접 고를 수 있다. 내가 자율적으로 선택할 수 있는 것이다. 매일 반복되는 일상에서 '선택'이라는 단어로 적극적이고 능동적인 나를 만난다. 내가 선택한 작가와 책으로부터 인생의 값진 조언도 얻고 나를 평생 지지해 줄 수 있는 인생 책도 만나게 된다. 작가가 전달하는 메시지에서 힘을 얻고 나에게 맞는 메시지로 재해석해 용기를 얻는다. 나 스스로에게 이야기한다. '그래 나도 할 수 있어.' '나의 선택을 믿어.' '내 인생은 내가 결정하고 만들어 가는 거야.' '지금도 늦지 않았어.' '새로운 시작을 응원해.' 이런 과정들이 참 좋다.

위로받고 싶을 때, 세상에 혼자 있는 것처럼 느껴질 때, 내 이야기에 귀를 기울여주고 싶을 때가 있다. 나는 도움이 필요할 때마다 책을 읽는다. 책을 통해 나에게서 답을 찾는다. 엄마, 아내, 며느리, 딸, 조직에서의 삶에서 벗어나 나를 찬찬히 들여다볼 수 있었다. 온전한 나에게 집중할 수 있었다. 나의 있는 모습 그대로를 좋아하고 인정해 주는 용기가 생겼다. 내가 선택한 책을 읽고 나는 변화하고 있었다. 책은 나를 성장하도록 끌어주고 나를 단단하게 만들어 주었다.

❹

다독하지는 않습니다만

• 김은정 •

착각했다. 책을 좋아해 많이 읽는 줄 알았다. 읽은 책을 세어보니 많이 읽는 편은 아니었다. 결혼 전에는 문학책, 인문서 위주의 편중된 독서를 했다. 아기 키울 때는 그마저도 읽을 시간이 없었다. 적게 읽는데 좋아한다고 말할 수 있을까? 질문하기도 했다. 재촉하지 않고 내 속도대로 읽어도 좋아하는 건 맞다. 물론 많이 읽고 싶다는 욕심이 아예 없는 건 아니다.

첫째를 임신하고 낳아 키울 때 육아, 요리책을 읽기 시작했다. 초보 엄마의 역할을 전혀 몰랐기 때문이다. 인상 깊게 읽었던 육아서에 아기에게 헌신하고 집중하라고 쓰여 있었다. 그 말에 따라 아기를 위해 하루를 보냈다. 취미도 만들지 말라고 나와 있어서 모유 수유와 이유식 만들기가 다였다. 곧 공허한 마음이 들었다. 매일 같이 정성을 다했기에 엄마로서 뿌듯한 마음이 크지만, 날로 나에게 소홀해졌다. 급기야 무기력감과 우울감에 젖어 있는 날이 오래 이어졌다.

당장 중요한 것은 아기를 돌보고 먹이는 것이었다. 육아를 잘하고 재빠르게 살림하는 밝은 엄마가 되고 싶었다. 하지만 몸과 마음이 늘어져 따라주지 않았다. 집안일은 내면을 충족시키지 못했다. 나를 지키고 일상을 살아낼 딱 그만큼씩 에너지를 충전했다. 책과 글쓰기만큼은 놓지 않았다. 잊을만하면 책을 찾아 읽었다. 수필과 소설을 읽으며 메마른 몸에 물 한 번 적셔주는 느낌을 받고 일상을 이어갔다. 마음에 쌓인 생각을 기록했다.

둘째를 키울 때는 책을 더 붙잡았다. 2019년부터 2022년까지는 도서관 프로그램 등을 신청해 토론하고 필사했다. 혼자 읽다가 독서프로그램에서 공통 관심을 가진 사람들과 함께 참여하니 활기가 솟아났다. 무기력 증세가 줄어들었다. 아이 키우고 일하느라 바쁜 생활 속에서 틈틈이 나를 위해 집중했다. 남편은 그런 내 모습이 좋아 보인다고 지지해 줄 정도였다. 책이 동아줄이었다. 둘째 아이가 세 살이었던 2021년에는 새벽에 일어나 보았다. 혼자만의 시간이 절실했기 때문이다. 새벽에 조용하게 책을 펼 때 아무에게도 방해받지 않아서 좋았다. 밤에는 전등 하나 켜고 책장을 넘겼다.

주말 낮 아이들과 종일 엉키다 보면 숨이 꽉 막히곤 했다. 독서 모임 다녀온다고 말하고 집을 나왔다. 처음엔 나가지 말라고 칭얼대던 아이들이 나중에는 잘 다녀오라고 인사까지 했다. 두 시간 정도 카페에 머물다 개운한 마음으로 돌아갔다. 간식 장바구니가 절로 춤을 추었다. 아이들 키우는 동안 날 지켜준 건 책이었다.

새 책을 쫙 편다. 읽기 시작한 날짜를 앞장에 쓴다. 읽다가 줄을 긋기도 한다. 문장에 눈길이 머물고, 생각이 더해지면 글로 꺼낸다. 책 여백이나 노트에 자유롭게 쓴다. 책을 읽으며 떠오르는 생각을 글로 써 왔던 것은 오랜 습관이자 나를 성장시킨 도구다. 때로 생각과 감정을 많이 쓴 책은 곧 일기장이 되기도 했다. 거실 책장에 꽂혀 있는 것만으로도 내 생각을 들키는 것 같아 서랍장에 넣고 문을 닫아놓는다. 감쪽같다. 책을 꺼내 읽으면 나만의 비밀스러운 벗을 만나는 기분이다.

고민이 생기면 사람들에게 조언을 구했다. 대개 들은 말은 잊어버렸다. 대화 속에서 내가 끼어들 여지도 적었다. 상대의 말에 압도되어 내 생각을 알아채지 못하기도 했다. 혼자 고민하면 제자리에 머물 때가 많다. 이제는 책에서 답을 찾는다. 책은 나의 코치이자 상담가, 살뜰히 챙겨주는 언니가 되어 준다.

추천받거나 끌리는 책을 택한다. 책의 앞뒤 표지, 양 날개를 확인하고 목차를 읽는다. 프롤로그와 중간중간 페이지를 넘겨 맛을 본다. 저자의 글을 따라가며 생각에 집중한다. 재독 때는 깊게 이해되고 새롭게 발견하는 문장도 있다. 다른 색 볼펜으로 여백에 메모한다. 저자의 생각에 내 생각을 끄적이면 대화를 나누는 것 같다. 우리는 시대와 장소를 뛰어넘는 벗이 된다.

그러나 나는 게으른 독자다. 책 욕심은 낳다. 꾸준히 읽고 싶어서 책 읽고 인증하는 시스템에 나를 집어넣었다. 매일 읽다 보니 책과 친한 사람이 되는 것 같다. 물론 지루하고 공감대가 전혀 없으면 과감히 덮기도 한다. 굳이 꾸역꾸역 읽지는 않는다. 시험공부를 하는 게 아니니까. 원하는 책을 읽는 기쁨과 감동이 우선이다. 문장에 반해서 읽기도 한다. 나를 사로잡는 문장이나 탁월한 표현이 나오면 미칠 듯이 좋다. 심장이 두근거린다. 숨 쉬는 것도 아깝고, 몇 번씩 읽고 써본다.

누군가는 내 일상이 심심해 보인다고 말한다. 일상은 정적이지만 마음 안에는 문장을 읽어서 생긴 영상이 나타났다가 사라지기를 반복한다. 내 표정은 무심해 보이지만 안으로는 이런저런 풍경이 펼쳐지고 등장인물이 떠올라 즐겁다. 인상 깊은 문장과 장면은 시간이 지나도 재생된다. 직접 경험하지 않았어도 자주 떠올려 보니 익숙한 기억처럼 비교적 선명해졌다. 떠올리는 것만으로도 힘을 얻고 다양한 감정을 느끼니 나름대로 활력있는 순간이다. 어떤 날은 나무에 쌓인 눈을 장대로 쳐내는 장면이 펼쳐진다. 때로는 일렁이는 불빛이 안경알에 반사되는 한 남자의 얼굴에 서글퍼진다. 수용소에서 배급된 음식을 허겁지겁 먹는 수감자들 사이 나이 든 남자가 품위 있게 밥을 먹는 장면에서 울컥한다. 골목길을 헤매며 잃어버린 무언가를 찾는 사람의 뒷모습을 바라본다. 나만 아는 은밀한 즐거움이자 취미이다. 저자와 등장인물은 나의 지지자다. 외로울 때 든든하게 지켜준다. 책 속의 지지자는 문장으로 얼마든지 다시 만날 수 있다.

책을 많이 읽지 않아 아쉬움은 있었지만, 내게 큰 힘이 되어 주었다. 느긋한 속도로 보니 마지막 책장을 덮는 날이 더디게 찾아온다. 사실 다독하려고 애쓴 적이 여러 번 있었다. 권수 채우고 싶은 욕심이 앞서니 깊이 읽을 여유가 없었다. 남들처럼 기간 내 100권을 읽어 채우려고 해보았다. 쫓기는 기분으로 책장을 넘겼다. 어느 날은 눈동자가 문장을 가로질러 달리고 있었다. 사람들을 겉핥기식으로 많이 만나는 헛헛한 느낌이었다고 할까. 반면 적게 읽었지만 깊이 읽었을 때는 소수의 깊은 인연을 사귀는 느낌과 비슷한 것 같다. 소수의 사람과 깊이 만나는 걸 좋아하기 때문에 다독하려는 욕심은 내려놓았다. 대신 꾸준히 책을 읽고, 내 것으로 소화하려고 노력했다. 어느 문장에 멈추어 생각하는 시간을 즐기고 있다. 뜸 들이는 것처럼 보이는 이 시간이 아깝지 않다. 어느 날은 책장 넘기는 속도가 더디다. 문장 하나가 마음에 걸려 내 생각을 쓰는 시간을 들였기 때문이다. 다독은 못 해도 꾸준히 읽는다. 그렇게 생각하니 나와 인연을 맺는 책을 설레는 마음으로 쫙 펴게 된다.

꾸준한 독서 비결 3요소

· 안은정 ·

[틀] 학창 시절엔 책에 관심이 없었고, 성인이 되어선 읽을 여유가 없었다. 돈 벌고 애들 키우느라 바빴다. 오래 다니던 직장을 그만두고 책을 읽기 시작했다. 늦게 시작하는 만큼 부지런히 따라갈 작정이었다. 포기하지 않으려고 틀 속에 나를 넣었다. 일 년 동안 매주 한 권 읽고 과제를 제출하는 프로그램에 참여했다. 읽다 보니 기억할 방법이 필요해 블로그도 했다. 내용을 잘 쓰고 싶어 일 년간 서평 수업을 들었다. 다시 일을 시작하면서도 책과 글쓰기는 놓지 않았다. 새벽 6시, 공항으로 출근하는 첫 차에서 메모장을 열어 글을 썼다. 밤늦게 돌아와 꾸벅꾸벅 졸며 글을 수정했다. 회사 다니며 아이들 키우고 집안일을 하면서도 책을 꾸준히 읽을 수 있었던 비결이 있다. 매일 정해진 양을 한 달간 느리게 읽는 모임에 나를 묶어 두는 것이다. 함께 하는 독서는 장르 편식을 막고 다양한 사람과 생각을 공유할 수 있어 좋았다. 이런 틀에 있어야 스스로 포기하지 않을 거라는 걸 알았다.

[독서 루틴] 아무리 바빠도 조금이라도 읽으려고 노력한다. 저녁 운동이 있는 날을 제외하고 집안일을 끝낸 7~8시쯤 책상에 앉는다. 잠들기전까지 독서와 글쓰기로 시간을 보낸다. 매일 꾸준한 루틴으로 작년 월평균 상반기 7권, 하반기 11권의 책을 읽을 수 있었다. 책을 읽고 나면블로그에 매주 2권씩 내용을 정리한다. 간혹, 도저히 정리할 마음이 안드는 책을 만나기도 한다. 마음이 안 가는 책은 고민하지 않고 덮는다.무엇보다 즐기기 위한 마음에서 읽기 때문이다. 다양한 인간사를 들여다보는 재미와 미지의 세계를 섭렵하는 짜릿함에 빠져드는 게 좋다.

[병렬 독서] 독서량이 대폭 늘어난 계기가 있다. 처음 독서를 시작할때만 해도 한 권을 끝내고 다음 책으로 넘어갔다. 동시에 여러 권을 두고 읽는 '병렬 독서'라는 개념을 알았지만, 범접할 수 없는 영역이라고생각했다. 지금은 매일 4~5권을 동시에 두고 읽는다. 한 권이 여러 권으로 바뀐 이유는, 읽을수록 보고 싶은 책이 쌓였기 때문이다. 다른책이 궁금해 참을 수가 없었다. 못할 줄 알았는데, 안 되는 건 없었다.

[물리적 환경-책상] "책상 두려면 장롱 하나 빼야 할 것 같은데."
독서를 시작하니 책상이 갖고 싶었다. 집안 이곳저곳을 살펴도 작은책상 하나 놔둘 마땅한 자리가 없었다. 새벽에 일어나 거실 식탁에 앉아 녹서와 필사를 했다. 밤에는 안방 바닥에 작은 접이식 테이블을 펼쳤다. 잠들기 전 필통, 연습장, 이어폰을 식탁 위 지정 자리에 두는 게습관이었다. 온라인 토론이나 수업이 있는 날에는 아이들 방을 전전했

다. 한가득 짐을 들고 집안 이곳저곳을 3년간 다니니 지치기 시작했다. 남편에게 책상 얘기를 꺼내니 장롱을 빼야 한다고 했다. 기겁했다. 말도 안 되는 소리로 여겼다. 자려고 누웠는데 장롱 생각이 떠나지 않았다. 전체를 없애는 게 아니라 한 칸이라고. 고민이 됐다. 짐을 줄이고, 여러 곳으로 분리해서 보관하면 가능할 것도 같았다. 다음 날 바로 실행에 옮겼다. 온 가족 계절 옷과 이불을 거실에 쏟았다. 버릴 것과 남길 것을 분류했다. 숨 죽은 이불이며 손님용 베개까지 안 쓰는 건 모두 정리했다. 장롱 한 칸이 비워졌다. 그 자리에 작은 책상을 놨다. 어찌나 좋던지. 근사한 서재 부럽지 않았다.

[주말 집중 독서] 아이들이 늦게 일어나는 주말은 아침 일찍 남편과 집 근처 카페로 간다. 오롯이 책 속에 파묻혀 독서 휴식을 취한다. 직장 다니며 월평균 7권 읽을 수 있는 것도 주말 집중 독서가 있어 가능한 일이다.

읽을 책 목록을 정리하는 나만의 방식이 있다. 화면을 캡처해 둔다. 핸드폰 갤러리 캡처 폴더에 차곡히 쌓여있는 목록을 보면 뿌듯하다. 도서관에 책 반납하러 갈 때마다 빌려 오면 안 된다고 다짐하곤 한다. 읽을 책이 쌓인 까닭이다. 그러나 도서관을 가득 채운 책을 보면 마치 귀신에라도 홀린 듯 정신을 잃는다. 지나칠 수 없다. 정신을 차리고 보면 손에 대출 도서가 들려 있다.

[기록: 필사와 단편적 생각] 내게는 독서와 함께하는 짝꿍이 있다. 바

로, 필사와 단편적 생각을 쓰는 단상이다. 인상 깊은 문장을 따라 쓰고 생각을 적는다. 이런 방식이 도움이 되고 즐거워서 계속한다. 특히, 이런 점이 도움이 됐다. 첫째, 쓰기에 집중하는 그 자체로 마음이 편해진다. 둘째, 단상을 기록하며 자기반성이 되고, 각오를 다지게 된다. 셋째, 작가에게 한발 다가선 듯 친밀감이 든다. 읽기 힘든 책을 필사로 이겨내 완독이라는 결승선에 도달한 적도 많다. 이외에 블로그와 브런치에 글을 쓴다. 읽은 책 내용 정리와 일상을 기록한다. 되도록 자세한 책 소개보다 경험이나 생각을 쓰고 있다. 하루의 작은 일상들을 나열하기보다 느낀 감정과 메시지를 담으려고 노력한다.

　본격적으로 책을 읽으면서 힘든 게 있다. 곤란하다는 게 맞겠다. 책 추천과 받는 것이다. 조금 더 힘든 건 추천하는 쪽이다. 그 이유는 상대의 취향과 현재의 상태를 모르기 때문이다. 요즘 고민이 무엇인지, 최근 어떤 책을 재미있게 읽었는지, 어떤 장르를 좋아하는지 등 자세히 알아야 추천도 가능하다. 내 물건을 파는 것처럼 책임감이 든다. 재미없으면 어쩌나, 도움이 안 되면 어쩌나 신경 쓰인다. 추천하는 전 과정이 에너지 소모가 크다. 반대로, 책을 추천받으면 빨리 읽고 의견을 말해줘야 할 것 같은 부담감이 든다. 읽을 책들이 순서를 기다리고 있어서 당장 읽지 못하는 것이 마음에 걸린다.

　[책과 내가 맞는 시기] 6년간 읽으니 책도 나와 맞는 때가 있다는 생각이 들었다. 나의 간절함과 맞닿는 시점이랄까. 5년 전, 친한 회사 동생

이 꼭 읽어보라며 〈미움받을 용기〉를 강력하게 추천했다. 책을 읽지 않던 시절이었다. 재차 강조하는 말에 어쩔 수 없이 읽었다. 큰 감흥이 없었다. 책에 나온 청년과 철학자의 대화는 지루하고, 집중이 어려웠다.

몇 년이 지나, 책장에 꽂힌 그 책을 보자 추천하던 얼굴이 스쳤다. 꺼내서 읽어봤다. 오전에 펼쳤는데 손에서 놓질 못했다. 밤새 읽었다. 청년과 철학자의 대화가 위로를 주었다. 전혀 다르게 다가오는 감흥에 예전 책이 맞나 표지를 다시 확인할 정도였다. 5년이나 지나서 흥분한 목소리로 동생에게 고맙다고 전화했다. 추천받아 울며 겨자 먹기로 읽었는데, 그때는 나와 책이 만날 때가 아니었던 것 같다. 몇 년 지나 다시 만난 책은 공감과 위로, 깨달음으로 깊이 와닿았다. 이후로도 몇 번의 경험을 했고, 책과 나의 시기가 맞을 때 강한 짜릿함을 느꼈다.

6년간 꾸준히 독서를 해올 수 있었던 3요소는 '틀과 루틴, 독서 환경, 필사와 단편적 생각'이다. 책상을 마련해 독서 환경을 갖추고, 따분하고 지루한 읽기를 기록하는 재미와 결합하고, 틀 안에 나를 묶는 게 비결이었다. 혼자라면 지쳐서 포기했을 것이다. 수련하는 마음으로 힘들어도 참고 견뎠다. 재미없는 책은 미련 없이 덮었다. 때론 독서에도 용기가 필요하다. 가본 적 없는 도시, 공부할 기회가 없던 영역과 세상의 모든 이야기가 책 속에 담겨 있다. 더 알고 싶고, 부족한 부분을 채우고 싶고, 세상과 사람 이야기가 궁금하다. 좀 더 일찍 독서의 재미를 알았더라면 좋았을 걸 하는 아쉬움도 있다. 그러나 인생에 늦을 때란 없는 법이니. 지금이라도 책 읽는 인생을 사는 게 어딘가 싶다. 다양한 이야기와 사유, 반성이 나를 단단하게 만들어 준다. 늦게 시작했으니 게으름을 피울 수 없다. 세상에 읽고 싶은 책이 넘친다. 한 권 한 권 읽으며 내 목소리에 귀 기울이며 사는 것. 자존감과 자신감을 끌어올리는 최고의 방법이다.

6

독서는 나를 성장시키는 무자본 투자다

• 여진미 •

　내 기억으로 초등학교 때 〈소년중앙〉과 〈어깨동무〉 그리고 〈보물섬〉과 같은 어린이 월간 잡지를 즐겨 읽었다. 호화 별책 부록이 있는 달에는 더 흥분되기도 했다. 만화책이었지만 역사, 개그 코너, 친구들이 보낸 시, 학교 자랑, 공상과학, 상식이 섞인 교양책이었다. 다음 이야기가 어떻게 전개될지 궁금한 내용들로 가득 찬 연재 만화가 위인전보다 더 재미있었다. 광고가 많이 실렸고 사고 싶었던 것도 많았다. 각 나라의 재미있는 일화들이 세계 일주를 꿈꾸게 해주었다. 책을 산다고 하면 아버지께서 흔쾌히 돈을 주셨다. 월간지를 빨리 보고 싶었지만, 남동생과 같이 몇 권의 책을 훑어보고 나와야 마음이 뿌듯했다. 그렇다고 책을 많이 읽거나 좋아하는 문학소녀는 아니었다. 이해하기 어려운 책은 아예 읽지 않고 덮어 둔 책도 많았다. 언니들은 신간 소설을 많이 읽었다. 소설은 중독성이 있다. 책은 읽으면 계속 보게 되지만 한번 멀어지면 인연을 끊기도 한다. 방 한쪽을 차지한 책장과 마루 귀퉁이에 책이 많이 꽂혀 있었다. 시원한 여름, 우리 집 대청마루에 누워 책을 읽고 있으면 등이 시원했다. 라면을 먹으면서 책장 넘기는 맛도 꿀맛이었다.

아이가 태어나서부터 키 성장을 위해 9시 20분이면 자리에 누웠다. 하루 종일 일하고 피곤해서 그냥 자고 싶어도 아이는 용납하지 않았다. 책을 읽고 덮어야만 잠을 잘 잤다. 글을 모를 때 피곤해서 대충 읽고 몇 장씩 몰래 넘기면 귀신같이 알아채는 듯 나를 빤히 쳐다보며 다시 앞으로 책장을 넘기곤 했다. 어릴 때 읽지 않았던 동화책을 부모가 되어서야 읽게 되었다. 주인공이 되어 웃기도 하고 울기도 했다. 아이는 책 읽어주는 엄마의 목소리를 너무 좋아했다. 구연동화를 따로 배우지 않았지만, 책 내용에 따라 목소리의 높낮이로 실감 나도록 재미있게 읽어주었다. 내 음성에 길들여져 엄마 목소리를 들으면 마음이 안정된다고 한다. 녹음 책을 틀어주면 눈감다가 벌떡 일어나 바로 꺼버렸다. 책을 읽으면 손을 꼭 잡아주는 아이의 손이 따뜻했다. 내 마음도 평온하다. 육아 책을 통해 소리 지르지 않고도 표정과 저음으로 안 되는 것은 절대 안 된다고 단호하게 가르치는 법을 배웠다. 시기별로 변화하고 성장하는 아이 눈높이에 맞추어 놀아주면 정서적으로 안정된다고 했다. 퇴근 후 두 시간 동안 아이에게만 집중해서 놀았다. 책을 통해 얻은 육아 상식들이다.

다꿈스쿨에서 주최한 '가족 독서 성장캠프'에 참여했다. 독서 캠프에서 다양한 사람들과 함께한 활동들이 아이에게 좋은 경험이었다. 또래 친구도 만났다. 한 시간 이상 책 읽기에 열중하고 읽은 내용에 대하여 퀴즈를 같이 풀면서 자신감에 뿌듯해했다. 이틀 동안 경험한 활동을 팀원들과 그림과 글로 채워 벽신문을 만들었다. 다음에도 참가하고 싶은 캠프였다. 합천 가야산 가족 독서당에서 캠핑하며 도서관에서 책을 읽고 즐기는 유익한 시간을 가졌다. 책방마다 이름이 있었다. 이름에 걸맞은 다양한 책들이 나를 끌어당겼다. 잠시 쉬었다 가라고 자리를 내주었다. 매주 일요일 오전 한두 시간 아들과 손잡고 도서관에 책 쇼핑하러 간다. 책 읽다가 웃기는 이야기에 키득거린다. 쳐다보는 엄마에게 소곤소곤 설명한다. 덩달아 재미있는 반응을 하면 아이는 책을 더 열심히 읽는다.

쉰셋, 돌아보니 금융 자산은 제로였다. 어디에 쓰는지 벌어도 통장은 깡통이다. 경제적으로 위기감이 생겼다. 마음이 불안하고 급해졌다. 유튜브에서 주식전문가들이 미국 주식 ETF는 투자 수익률이 높고 장기투자로 최고라고 했다. 팔랑귀인 나는 당장 투자하고 싶었지만, 수중엔 종잣돈이 없었다. 어떻게든 투자금을 마련할 방법을 찾아야 했다. 경제 공부가 우선이었다. 도서관에서 해외주식 ETF 관련 책을 빌려 읽었다. 처음이라 용어도 생소했고 모르는 것들을 찾아보는 데 많은 시간이 필요했다. 책을 4~5권을 빌려 오면 대여 기간 겨우 2권 정도 읽고 반납했다.

2022년 6월, 코로나를 겪으면서 내가 하고 싶은 것이 무엇인지 생각할 시간을 가졌다. 문득 떠오른 단어가 성공이었다. 성공을 위해 멘토를 정해 따라 해본다. 빠듯한 하루 일정에서 책 읽을 시간은 새벽이었다. 새벽기상으로 명상, 운동을 하고 확언을 외치고 매일 책을 읽으며 경제에 관해 관심을 가지는 것이었다. 동기부여를 받은 며칠은 꾸준하게 실행했다. 작심삼일도 계속 반복되었다. 혼자 하기 힘들어 시스템을 통해 여럿이 하며 작은 성취에도 응원해 주니 힘이 났다. 독서와 확언으로 엄마들이 강의도 하고 콘텐츠사업으로 수익도 창출했다. 신세계였다. 새벽 기상을 시작했다. 새벽 4시 기상을 하려면 전날 일찍 자야했다. 새벽에 일어나 확언을 쓰고 외치고 책 읽기를 했다. 할 수 있다는 자신감이 생겼다. 경제적 자유를 얻고 싶어 도서관을 들락거렸다. 책 읽는 재미에 발동이 걸렸을 때 왕복 1시간 20분 출퇴근 시간이 아까워 대중교통을 이용하며 책을 읽었다. 멀미로 인해 이틀 만에 대중교통을 타고 독서하는 것은 접었다. 잡지에서 별마당도서관에 관한 글을 읽었다. 가족과 같이 여름 휴가지로 정했다. 도서관의 웅장한 규모에 감탄하며 한바퀴 돌아보고 아들은 역사책 외 몇 권을 찾아 읽었다. 신랑은 본인 서재인 양 폼을 잡았다. 그 자체가 감동이었다. 도서관에서 보내는 휴가는 좋은 경험이었다. 노후에 책과 함께 할 '놀이터도서관' 만드는 것을 꿈꾸어 본다.

독서 모임에서 부동산 공부를 시작한 사람들은 몇 채의 부동산과 토지를 매입했고 많은 수익을 남겼다고 대화방에 올라왔다. 종잣돈이 모일 때까지 기다리기로 다짐했다. 매일 30분 독서 시간을 정했다. 이해가 안 되는 책은 책장이 무거워 넘어가지 않는다. 이런 책은 뒤로 살짝 넘긴다. '아! 그렇지.'하며 공감하는 책은 술술 잘 읽힌다. 책 옆에는 항상 펜이 있다. 전자책으로 읽기도 한다. 점심시간, 틈새 시간에 읽을 수 있고 책을 따로 들고 다니지 않아 편하다. 작은 글씨로 눈이 아프고, 생각을 기록할 수 없는 단점이 있다. 운전할 때는 오디오북으로 듣는다. 듣고 읽으면 내용이 더 선명해진다. 나는 전자책보다 종이책이 좋다. 종이 냄새와 바스락거리는 소리, 밑줄 긋기와 생각 적기를 할 수 있는 매력이 있다. 책을 읽고 사색하는 방법을 알지 못했다. 깊이 생각하는 것이 귀찮았다. 학교 부모 독서 모임과 줌을 통한 독서 모임에서 인문, 자기 계발, 부동산과 주식에 관한 책들을 읽었다. 회원들의 생각을 들으면서 미처 보지 못한 내용을 다시 보게 되었다. 공감되는 글들도 많았다. 서로 생각이 같을 때는 뿌듯하다. 독서로 생각하는 뇌, 생각하는 힘을 키우는 연습을 하고 있다.

독서는 나를 계속 성장시키는 무자본 투자다. 50대가 되어서야 책을 통해 경제적 안정과 행복한 삶을 사는 방법을 알았다. 책을 읽고 성장한다. 목표를 비전 보드에 적었고 실행하려고 노력한다. 남의 생각과 행동에 휘둘렸던 과거와 달리 내 삶을 결정하는 주도권을 찾았다. 책을 읽으면 책 욕심이 생긴다. 배운 것을 실천해서 누군가에게 동기가 부여되기를 바라는 마음으로 글을 쓰고 싶다. 다양한 분야의 책들이 눈에 들어온다. 행복하고 떨린다. 내가 일을 하지 않아도 밤새 통장에 돈이 들어올 시스템을 구축하는 것도 책을 읽고 공부하면 더 성장할 것이라는 믿음을 배우는 중이다.

7

행복한 새벽 독서, 변화의 파장 만들기

· 장미희 ·

　새벽 5시 조용한 시간, 오롯이 나를 돌보는 시간이다. 매일 아침 2시간은 나의 미래를 위해 투자하는 시간이다. 나를 단단하게 만들어 주는 시간이다. 바쁜 시간이 떠밀려서 가지 않도록 붙들어 매는 시간이다. 치즈 케이크 한 조각 야금야금 베어 먹듯 하루를 소중하게 시작한다. 아주 피곤한 날 아니면 보통 5시 전에 의식이 깨어 있다. 침대에 누워 간단한 스트레칭을 한다. 손바닥을 비벼 얼굴에 살짝 갖다 댄다. 눈, 관자놀이, 턱 경락을 따라 살살 두드린다. 목도 부드럽게 쓸어 준다.

　'그래 수고했어. 걱정하지 마. 앞으로 다 잘될 거야.'

　'잘하고 있어. 너의 인생은 지금부터 행복한 결말이야.'

　나에게 좋은 말을 해 준다. 가벼운 스트레칭으로 심장박동이 조금 빨라지면 자연스럽게 일어나게 된다. 좀 더 신나면 거실에 나와 스쿼트를 10회쯤 더하기도 한다. 땀이 살짝 난다. 양치를 하고 부엌으로 가서 찬물과 뜨거운 물 반반씩 섞은 미지근한 물을 들고 책상에 앉는다.

행복한 아침 시간, 나의 독서는 이렇게 시작된다. 책상에 앉으면 바로 다이어리를 꺼낸다. 준비해 둔 만년필로 영어 성경을 필사한다. 사각사각하는 펜 소리가 정겹다. 어제 있었던 일을 '~해서 감사하다'는 문장으로 끝나는 감사 일기를 쓴다. 다소 읽기 어려운 책부터 손에 잡는다. 아침 한 시간 정도는 읽기에만 집중한다. 시작이 반이다. 처음 5분 집중만 잘하면 금방 몰입하게 된다. 특히 꿈과 관련된 책을 읽으면 가슴이 뛴다. 지금 손에 잡히는 것은 하나도 없지만 마치 이룬 것 같은 행복감을 느낀다. 자신감이 생긴다. 이렇게 호사스러운 아침 루틴을 끝내고, 기분 좋게 출근한다. 남들보다 조금 일찍 출근한다. 콧노래가 나온다. 아침부터 누구를 만났길래 이렇게 기분 좋을까? 운동장을 훑어본다. 어제와는 다른 특별한 내가 된 것처럼 하루를 시작한다. 매일 아침 2시간, 내 옆에서 응원해 주는 친구가 있어서 든든하다.

'그래 그렇게 하는 거야. 너무 서두르지 않아도 돼.'

'매일 2시간씩 1년, 2년 3년, 그렇게 가는 거야.'

분명한 목표를 가지고 꾸준하게 하면 이길 자가 없다. 하나의 습관이 정착되면 다른 좋은 습관 하나를 보탠다. 그러면 자연스럽게 습관이 연결되어 정착된다. 처음부터 욕심내지 않고 하나씩 하나씩 차근차근 한다.

새벽 기상 습관이 잡히니 독서가 저절로 되었다. 금융 지식이 제로였다. 〈부의 문학〉, 〈미래의 부〉, 〈나는 오늘도 경제적 자유를 꿈꾼다〉 등 돈에 관한 책을 읽었다. 경제 용어를 이해하는 데만도 시간이 꽤 걸렸다. 매일 한 권을 읽는다는 각오로 시작했는데 쉽지는 않았다. 3일에 한 권 정도가 내가 소화하기에 적당한 속도였다. 작년 한 해는 새벽에 한 시간, 퇴근 후 두세 시간은 꼬박 책을 읽었다. 책을 첫 장부터 읽어야 한다는 부담이 있었다. 이어령 박사님은 나비가 꿀을 따듯, 소가 풀을 뜯듯 내가 궁금한 부분을 먼저 읽으라고 한다. 관심이 가는 곳부터 읽어도 된다. 저자가 운영하는 유튜브도 보고 돈이 어떻게 흐르는지 살폈다. 이해가 훨씬 잘 되었다. 실전에 가깝게 구체화되는 것을 느낄 수 있다. 저자 특강이 있을 때는 서울까지 강의 참석도 해 보았다. 저자 특강을 들으면 귀에 쏙쏙 들어온다. 궁금한 것을 직접 물어볼 수도 있다. 실전에 조금씩 용기가 생겼다. 유튜브나 유명한 저자들이 추천하는 책은 스마트스토어, 주식, 부동산이든 가리지 않고 읽었다. 〈실행이 답이다〉를 읽고 내가 할 수 있는 부분은 실천에 옮겼다. 커뮤니티에 가입해서 강의도 듣고 소통도 하면서 금융 지식을 키웠다. 키움증권에 개별주식도 사 보고 스마트스토어도 개설했다. 상품등록과 조달하는 법을 배우고 상세 페이지도 만들었다. 100권을 읽었다고 경제 사정이 당장 달라지지는 않았지만, 미래에 대한 걱정이 사라지고 있다. 책에서 얻은 지식이 누적되면서 무엇이든 할 수 있겠다는 자신감이 넘쳤다. 블로그나 티스토리로 돈을 버는 방법도 있고, 자본금 하나 없어도 1인 지식 창업하는 길도 있다. 공부하면서 실력을 다지면 무엇이든 할 수 있다.

다양한 책을 읽다 보니 분야별로 체계적으로 제대로 된 공부를 하고 싶었다. 책을 읽는 데 그치는 것이 아니라 성과를 내고 싶었다. 읽을 책을 분야별로 분류해서 책꽂이에 꽂았다. 한 번 더 읽고 싶은 책들을 따로 구분해서 정리했다. 〈역행자〉의 저자도 한 분야에 20권을 읽고 창업했다고 한다. 한 분야의 책을 20권 정도 읽고, 실행에 옮긴 결과를 전자책에 담아 보기로 했다. 목표, 시간, 마인드, 주식, 연금, 글쓰기 등 파일명을 만들었다. 책을 읽고 중요한 부분을 해당 파일에 저장했다. 한근태 작가가 말한 '지식 냉장고' 같은 것이다. 아침에 갈아먹는 레몬, 케일과 같은 것은 사 오자마자 소분해서 보관한다. 매일매일 꺼내 먹기가 좋다. 이처럼 지식도 소분하여 정리를 하면 글을 쓸 때 유용한 글감이 될 것으로 믿는다.

올해는 상담 관련 공부를 시작했다. 20년 이상 아이들을 가르치면서 하고 싶었던 이야기를 심리학적인 관점에서 정리를 하고 싶다는 생각으로 시작했는데 글쓰기에 도움이 된다. 그림책을 통한 힐링 프로그램도 만들고 싶고, 경력 단절된 여성을 돕고 싶은 마음도 있다. 현금흐름이 되는 주식과 연금 관리법도 공부하여 미래를 준비하고 싶다. 몇 년이 걸리든 나의 걸음으로 하나씩 정리를 해 나갈 계획이다. 작년에 전자책을 썼다. 유 페이퍼 승인을 받고 예스 24시에 이어 알라딘, 교보문고에서도 승인이 났다. 얼마 되지는 않지만 생각지도 않는 곳에서 수입이 들어왔다. 올해는 공저 출간에 참여하게 되었다. 가슴이 두근거린다.

독서를 하니 운동을 하게 되었다. 장시간 책상에 앉아 있으면 어깨가 뭉치고 허리가 아파졌다. 특히 꼬리뼈 쪽이 아파서 오래 앉아 있을 수 없었다. 〈달리기를 말할 때 내가 하고 싶은 이야기〉에서 무라카미 하루키는 오전에 글을 쓰고 오후에 운동을 주로 한다. 나도 아이들과 뛰고 노는 것을 좋아했다. 자전거도 잘 타고 수영도 잘한다. 동료들과 배구나 배드민턴 게임하는 것도 좋았지만 매일 할 수 있는 종목은 아니었다. 언제 어디서나 혼자서도 할 수 있는 운동이 필요했다. 올해 콜레스테롤 수치에 경고가 왔다. 운동해야만 한다는 신호이다. 5kg 체중감량에 근육량을 늘려야 한다. 3km 달리기를 했다. 느낌이 좋았다. 한 달을 달리니 5km를 소화할 수 있었다. 하지만 허리가 아파 걷기로 바꾸었다. 겨울이 다가오자 날씨의 영향도 덜 받고 유산소운동과 근력운동을 번갈아 할 수 있는 헬스를 시작했다. 좋았다. 아직 몸에 습관이 잡히지는 않았지만, 마음은 벌써 달리고 있으니 몸도 움직일 것이다. 활력이 넘친다.

　삶의 중심에 던진 돌멩이 하나가 동심원을 그리듯 긍정의 파장을 일으키고 있다. 행복한 새벽 기상과 더불어 시작한 독서, 이것이 주는 파장이 크다. 매일 한 시간 독서로 1년에 100권의 책을 읽게 되었다. 이제는 관심 분야별 독서를 시작했다. '정말 가능할까.' 허공에 쏘아 올린 공 같았는데 어느새 점이 선이 되고 면이 되어 간다. 꿈에 더 가까이 다가가고 있다. 독서 덕분에 전자책을 출간하게 되고 운동을 시작하게 되었다. 자정이 넘어서야 잠자리에 들던 남편이었는데 나와 같은 시간대 잠자리에 든다. 저녁에 자전거를 탔던 남편이 이제는 아침에 자전거를 타고 달린다. 대학생 딸도 아침에 일찍 깨워달라고 한다. 작년부터 운동을 시작하더니 보디 프로필을 찍겠다며 매일 같이 헬스장을 다닌다. 몸이 탄탄해지니 옷도 과감하게 입는다. 딸과 남편의 모습을 보며 용기가 난다. 기분 좋은 변화들이다. 새벽 독서가 일으킨 변화의 파장이 이미 나를 넘어서고 있다.

8

필사를 통한 긍정 기운 채우기

• 장연애 •

결혼 후 경제적으로 힘들다 보니 삶이 많이 지쳤다. 결혼 전 현금으로 아파트를 살 수 있을 거라 막연하게 생각했었던 적이 있다. 하지만 결혼 후 아파트는 고사하고 다섯 식구가 입에 풀칠하기도 힘들었다. 남편이 시도했던 사업마다 좋지 않은 결과가 나왔다. 남편은 사업을 그만두고 직장생활을 했지만, 그 직장생활도 녹록지 않았다. 10여 년간 잘 다니던 회사에서 해고를 당했다. 해고를 당한 남편이 제일 힘들었을 것이다. 하지만 해고 후 집에서 TV만 보며 지내는 남편을 볼 때 나도 힘들었다. 언젠가부터 퇴근을 해도 집에 들어가고 싶지 않았고 집에 들어가면 우울해졌다.

반복적인 남편의 사업실패, 실직, 해고 등을 겪으면서 왜 내게만 이런 일이 끊임없이 생기는지 반문하게 되었다. 어떻게 해야 잘사는 것인지 방법도 몰랐고 하고 싶은 마음도 생기지 않았다. 그러다 1년간의 우울증이라는 동굴 속에 갇혀버렸다. 나 빼고 다 행복해 보이고 다 잘사는 것처럼 보였다. 잘사는 사람들이 이유 없이 미웠고 나의 머릿속은 온통 죽는 생각들로 가득 찼다. 어떻게 하면 아프지 않게 죽을 수 있는지, 자다가 아침이 되면 눈을 뜨지 않으면 좋겠다는 생각도 해본다. 걸어가다 차가 달려드는 도로에 뛰어 들어가고 싶은 충동을 느끼기도 하고, 고층 아파트에서 뛰어내려 볼까도 생각해 본다. 다리를 건너가 물속으로 뛰어내려 볼까도 생각해 본다. 하지만 매일 죽고 싶다는 생각뿐 그것을 실행할 용기는 생기지 않았다. 죽는다는 생각을 하다가도 세 아이를 생각하면 눈물이 앞을 가렸다. 내가 죽으면 '이 아이들은 어떻게 하지? 누가 키우지?'라는 걱정을 하게 되었다.

남편과 이혼도 생각해 보았다. 한번은 정말 이혼해야겠다고 결심했을 때 남편이 친정어머께 이혼 얘기를 했다. 친정어머니는 "내 눈에 흙이 들어가기 전에는 이혼 못 한다. 알아서 해라."라고 엄포를 놓으셨다. 아이들도 눈에 밟혔지만, 친정어머니가 진짜 돌아가시면 어쩌지? 라는 마음에 이혼의 마음을 접었다. 스트레스가 쌓이기만 하고 해결할 수 없다 보니 마음은 점점 힘들어졌다. 그러면서 우울증이라는 동굴 속에 숨어버리게 되었다.

식음을 전폐하다시피 하고 매일 안방에 처박혀 출입하지 않았다. 누워서 휴대전화만으로 세상 밖을 내다보았다. 남편도 세 아이도 눈에 들어오지 않았다. 이런 나를 굶어 죽을까 봐 남편과 큰딸이 식사를 챙겨주었다. 죽지 않을 정도로만 먹고 바로 누웠다. 엄마로서 아내로서 좋지 않은 모습을 보여준 것 같아 후회된다. 좋은 기운만 주어도 모자랄 판에 우울증에 빠진 엄마의 시중이라니 큰딸에게 한없이 미안했다. 그 당시만 해도 정신병원에 가면 사람들의 시선을 의식해야 했기 때문에 가족 중 누구도 정신병원에 가보자는 사람이 없었다. 병원에 가서 상담받고 치료를 받았다면 더 빨리 자리를 털고 일어났을 거라는 생각을 뒤늦게 해본다. 그러다 어느 날 통장 잔액을 보니 잔액이 메말라 가고 있었다. 다시 돈을 벌어야 먹고 살 수 있었다. 비워지는 통장 잔액이 우울증을 이기게 하는 상황이었다. 돈이 없어 속 편히 아프지도 못한다고 생각하니 속상했다.

죽을 용기도 없으면서 죽고 싶어 하는 마음만 있었던 나는 누구보다 더 잘 살고 싶었다. 어느 날 인터넷에서 〈읽어야 산다〉라는 책 제목을 보게 되었다. 책 제목에 정신이 번쩍 들었다. 책 내용은 알지도 못하면서 '이 책을 읽으면 살 수 있는 거겠지?'라는 생각을 하게 된다. 살고 싶어서 인터넷에서 바로 구매했다. 〈읽어야 산다〉 정회일 저자처럼 절망의 끝에서 안간힘을 다해 부여잡아 본 적이 있었던가? 라는 생각을 하게 된다. 그동안 세상 탓, 남편 탓, 시댁 탓, 내 탓 등 탓만 해봤지 절실하게 무언가를 원하고 실천해봤던가? 나에게 질문을 던져본다. 책을 읽으며 나의 힘들었던 과거가 작아 보였고 위기에서 기회를 얻기 위해 끊임없이 도전하고 노력하는 자세가 필요하다는 것을 알게 된다. 내게 생명의 숨을 넣어 준 〈읽어야 산다〉 정회일 저자에게 감사하다고 인사를 드리고 싶다. 나 같은 사람을 여러 명 살렸을 거라 생각하기 때문이다. 책을 완독 후 결심했다.

'그래, 뭔가를 해보고 안 되면 그때 탓을 해도 늦지 않아. 일단 자리를 털고 일어나 직장 먼저 구해보자.'

사람은 마음먹기 나름인가 보다. 마음먹고 직장을 구하려고 노력하다 보니 자석에 이끌리는 것처럼 모든 과정이 착착 진행되었다. 이력서, 자기소개서, 면접의 과정에 최선을 다했고 채용 관련 서적 2권을 읽고 면접을 봤더니 최종합격자 명단에 이름이 올려져 있었다.

'그래, 다시 시작하는 거야. 한 번 태어난 인생 잘살아 보고 죽어야지.' 불과 며칠 전까지만 해도 세상의 부정기운을 다 끌어모았었다. 언제 그랬냐는 듯이 나의 부정기운은 서서히 지워지고 있었다. 잘살아보고 싶다. 무엇을 하면 좋을까? 성공한 사람들은 새벽 시간을 이용하여 책을 읽는다는 얘기를 들었다. 평생을 야행성으로 살아왔기 때문에 잘 할 수 있을까 걱정이 되었지만, 성공하고 싶었고 새벽 독서의 세계를 알고 싶었다. 아침 6시부터 2시간가량 진행하는 독서 모임에 다양한 사람들이 참석했다. 성공한 사업가, 은퇴하고 시간적 경제적 여유가 있는 사람, 직장이 없어 살아가는 방법을 배우고 싶은 사람, 명퇴하고 다른 직장을 찾고 있던 사람, 교사, 건강이 좋지 않은 사람 등 다양한 사연을 가지고 독서 모임에 참여하고 있었다. 독서 모임에 참여하기 위해 춘천에서 서울로 주말마다 올라갔다. 긍정의 기운을 받아들일 수만 있다면 서울보다 더 먼 곳도 주말마다 갔을 것이다. 우울의 동굴로 다시는 돌아가고 싶지 않은 나의 몸부림이었다.

독서 모임은 모든 사람이 책을 읽고 돌아가면서 책을 읽고 소감을 발표한다. 낯선 사람들 앞에서 몇 번 발표하다 보니 자신감이 생겼다. 이 자신감으로 회사에서 소규모로 독서 모임을 만들어봤다. 1회 모임 후 코로나19가 터지는 바람에 더는 모임을 하지 못했지만, 책을 통해 자존감과 자신감이 생기기 시작했다. 이후 독서 모임은 주로 ZOOM을 통해 온라인에서 참여자로 참여하고 있다. 부자가 되고 싶은 사람들의 '돈 소리 나는 독서 모임', 책 읽는 습관을 만들기 위한 '10분 독서' 등 독서 모임에 참여했다. 독서 모임을 하면서 좋은 점은 공감한 문장을 공유하며 의견을 나눌 수 있고, 좋은 문장을 공유받을 수도 있다. 기억하고 싶은 문장은 메모를 해두거나 사진으로 저장하여 수시로 꺼내 읽어본다. '무슨' 책을 읽는 것이 중요한 게 아니라 책의 메시지를 '어떻게' 실천하느냐가 중요하다고 생각했다. 한 권의 책에서 한 문장만이라도 내게 적용하면 좋은 독서라고 생각한다.

내가 나를 인정하고 사랑해야 자존감이 올라간다고 생각했다. 그래서 조성희 저자의 〈뜨겁게 나를 응원한다〉를 읽으며 100일간 필사를 통해 긍정의 기운을 가득 담으려고 했다. 〈커피 한 잔의 명상으로 10억을 번 사람들〉을 다섯 번째 읽고 필사를 하고 있다. 잠재의식 속의 부정기운을 몰아내고 자기 확언을 통해 현재와 미래를 점검하고 있다. 매일 10분 이상 읽는 책 속에서 '책 속 한 문장'을 뽑아내어 블로그에 북리뷰를 쓰며 공유하고 있다. 〈열두 살에 부자가 된 키라〉를 읽은 후부터는 600여 일 동안 성공일기를 썼으며, 15개의 '긍정 확언'을 만들어 출근길에 주문처럼 외웠다. 평생 나를 지배했던 부정기운들이 하루아침에 없어지지는 않는다. 책을 통해 긍정기운을 지속해서 넣어 줘야 한다. 지금보다 더 성장하기 위해 좋은 문장을 필사하며 긍정기운을 채우고 머리와 마음에도 각인시킨다.

9

1.2.3 독서법으로 챙기는 실버마인드셋

· 정은숙 ·

어느 순간부터 하얀 것은 종이이고, 검은 것은 글자로 보이기 시작했다. 살면서 책을 놓지 않았다고 생각했는데 책 읽기를 생활화하지는 못했던 것 같다. 책이 안 읽힌다. 책보다 마음 뺏길 재미있는 일이 더 많았나 보다. 책을 안 읽어도 아무런 삶에 지장이 없다가 연말이 되면 꼭 자책의 시간이 돌아온다. 한 해 한 해 나아지는 삶을 살아야 하는데 왜 올 한 해도 제대로 한 것이 없을까? 다람쥐 쳇바퀴 돌 듯 아침에 눈 뜨면 회사 가고 퇴근하면 피곤하니 누워서 텔레비전보다 저녁 먹고 그냥 잠들었다. 연초가 시작될 때는 운동도 결심하고 독서도 결심하지만, 시작과 동시에 바로 접어버리는 일상이 몇 년간 지속되었다.

30여 년 가까이 노인들을 돕는 일을 했으니 나는 잘할 거로 생각했지만 막상 내가 해놓은 노후 준비는 하나도 없었다. 특히 노후에는 취미가 있어야 한다고 모든 노인께 그렇게 열심히 말씀드렸건만 정작 나는 취미가 없다. 혼자서도 시간을 잘 보내는 일이 뭐가 있을까 찾다 책을 읽게 되었다. 힘들 때 책이 더 잘 읽혔고 마음이 편할 때는 책을 봐도 글자만 읽힌다. 사람으로부터 상처받거나 이룬 것이 없을 때 책 뒤에 숨었다. 나는 헛살지 않았고 무식하지 않다는 것을 증명이라도 하려는 듯 책을 읽었다.

대학 때는 독서 모임을 했다. 직장에 다닐 때도 도태하는 것이 싫어 책을 읽었다. 나에게 책은 현실도피처였다. 가장 가깝게 숨을 수 있는 나의 숨바꼭질 장소이다. 자존심이 상할 때 현실에서 내가 괜찮은 사람이란 것을 증명하듯이 책 속에 숨었다. 취업이 늦어질 때도 운보다 실력으로 증명해 보이겠다는 의지로 책을 읽었다. 사회생활을 하면서도 업무와 관련된 독서 모임에 참여하여 책을 읽었다.

석사과정을 마치고 어느 정도 일에 숙련되었을 때 겸임교수 기회가 주어졌다. 그렇게 공부하기 싫던 내가 대학에서 학생들을 가르쳐야 한다니 경험적 지식에 보태어 전공 책을 읽을 수밖에 없었다. 사이버대학교에서 실습 지도 겸임교수를 할 때의 일이다. 은행 지점장으로 퇴직하신 분, 직업군인에서 제대하신 분, 목사님 등 다양한 분야의 사람들이 사회복지학을 공부하고 실습하고 있었다. 나는 그분들이 신기했다. 돈도 안 되는 이 직업을 왜 공부하시는지? 또 본인의 주된 업무 분야가 있으실 텐데 왜 다시 노인복지 공부를 하시는지? 반대로 학생들로부터 내가 받은 질문은 "어떻게 그 옛날에 노인복지를 전공하셨어요?" "선견

지명이 있으셨나요?"라는 질문이었다.

우리나라가 고령사회가 될 것이라고 미래를 예견해서 이 분야 일을 한 것이 아니다. 친구의 부탁으로 자원봉사를 하게 되었고 그 길이 노인복지였다. 아무것도 모르고 시작한 일이 지금 사회에 맞는 것처럼 우리가 읽고 있는 책과 사회를 예견하는 길이 우리의 또 다른 미래가 될 것이다. 같은 일을 하는 사람들과는 같은 시각에 머무르는 것이 답답하여, 노인복지 관련 모임에 가입했다. 교수, 노년 강사를 준비하는 분, 실버사업가, 작가 등 다양한 사람들이 모여 있는 노인복지 공부 모임이었다. 그곳에서 만난 사람들과 독서모임을 결성했다. 모임의 멤버가 바뀌지 않고 서로 상황을 아는 사람들이다 보니 다른 책을 읽고 소감을 교환한다. 독서모임 끝에는 꼭 다시 자신의 생활상을 이야기하는 상황이 되었다. 다른 시각을 얻기 위해 참여한 독서모임이 제자리라는 생각이 들었다. 주제에 맞지 않는 이야기를 하는 것이 답답해 그 독서모임에 더 이상 나가지 않는다.

책을 안 읽는 것보다 독서모임에 참여하지 않으면 불안한 생각이 들었다. 누군가와 꼭 함께해야 불안감이 줄어드는 성향이다 보니 조용히 혼자 책을 읽고 생각을 정리하는 것보다 시스템에 나를 끼워 넣고 숙제처럼 책 읽기를 해나가야 안심하는 스타일이다. 책 읽기가 귀찮아지고 하얀 것은 종이 검은 것은 글자로 보이니 노인이 되어도 쉽게 책 읽는 방법을 나 스스로 찾게 되었다.

1년에 10권도 못 읽는 내가 그래도 한 주에 1권을 읽어 최소한 50권은 책을 읽어봐야겠다는 계획을 갖게 되었다. 그러려면 책의 분량도 중요하지만, 꾸준히 읽는 습관을 들이는 것이 더 중요하다고 생각되었다. 다른 사람들의 책을 읽는 방법을 찾아보았다. 어떤 사람은 책에 밑줄을 긋고 읽는 사람도 있고, 어떤 사람은 책 서평을 쓰는 사람도 있다. 다 좋아 보이지만 무턱대고 따라 할 수는 없는 노릇이다. 나에게 맞는 책 읽는 방법을 찾고 싶었다. 그러다 본질 독서라는 프로그램을 알게 되었다. 정해진 책 다섯 권을 8주간 매일의 분량씩 읽고 독서 노트 한 페이지를 적는 방식이다. 매번 책을 읽어도 머릿속에 남는 것이 없어 다른 사람들과 함께 책을 읽는 모임에 등록해서 실천해 보았다. 같은 내용의 책을 읽어도 자기 경험에 따라 책에서 느끼는 인사이트들이 다른 것을 발견하게 되었다. 또한, 하루 분량의 책을 읽고 독서 노트 한 페이지를 적으면서 나에게 적용되는 생각들을 정리하는 것이 내 삶을 돌아보는 귀한 경험이 되었다.

같이 책을 읽는 분 중에는 시간이 부족하니 새벽 이른 시간에 일어나 출근 전에 책을 읽고 삶을 규칙적으로 이어 가는 분들이 많다. 처음에는 그렇게 못하는 내가 게으른 사람 같고 뒤처지는 느낌이었다. 나는 하루의 일정에 따라 새벽, 점심시간, 퇴근 후 다양한 시간에 조금씩 읽어 나가는 방법을 찾았다. 잘하는 사람을 무조건 따라 하는 것보다 나에게 주어진 시간을 알맞게 활용하는 방법이 책을 오래 읽고 자주 읽을 수 있음을 알게 되었다.

1, 2, 3 독서법이다. 하루 20분 핸드폰 타이머를 맞춘다. 20분간 집중해서 읽고 느낀 점을 3줄만 쓰는 방식이다. 지금까지 책 읽기의 문제점은 읽기만 하고 느낀 점을 기록하지 않았다. 읽기는 읽었지만 내 지식으로 남는 것이 없이 사라지는 책 읽기를 했다. 책의 내용에 따라 빨리 읽히기도 하고 페이지가 안 나가기도 한다. 처음에는 딱 13분 14분 정도만 되면 20분이 다 지난 것 같으면서 고개를 들게 되었다. 어떤 책은 50페이지를 읽을 때도 있고 어떤 날은 20페이지도 간신히 읽는다. 책을 읽고 나면 느낀 점을 최소 3줄 이상 적는다. 느낀 점을 적지 않고 읽는 책 읽기는 힘이 없다. 그냥 글자만 읽어 내려가는 것이다.

책에서 인사이트를 얻고 나만의 생각으로 정리한다. 오늘보다 조금 더 나아지는 내일을 위해 소소한 노력을 해나가는 것이 책 읽기를 놓지 않는 나만의 방식이다. 하루에 딱 20분만 읽고 느낀 점 3줄만 써보자. 매일 조금씩 성장하는 나를 만날 수 있을 것이다. 어느 날 아침 깨닫게 된 독서법이 아닌 내 경험에 의해 알게 된 독서법으로 꼭 추천하고 싶다.

⑩

함께 읽고 함께 자라기

• 조예령 •

아이가 태어나고 집에는 살림살이들이 늘었다. 아이를 위한 가구를 샀고, 짐이 늘어 또 가구를 사고 그런 식으로 집이 채워져 갔다. 내 품에 들어오는 아가가 생겼을 뿐인데 그에 딸린 짐들은 어마어마했다. 결혼할 때 신혼집을 채우는 것만큼 아이의 물건을 쇼핑하고 사는 재미도 쏠쏠했다. 살이 쪄서, 찐 살을 못 빼서 살 수 없는 내 옷 대신 아이의 귀여운 내복과 외출복을 사며 대리만족했다. 신형이 쏟아지는 전자 제품을 보며 아이의 젖병소독기를 사고, 아이의 옷만 세탁하는 아이용 세탁기도 사고, 아기용이라고 붙여진 모든 물건들을 쇼핑했다.

그중에 제일 욕심이 나는 것은 바로 '아이 책과 교구'였다. 내 아이를 영재로 키우겠다는 당찬 포부는 아니었다. 다만 나는 책에 대한 욕심이 꽤 큰 편이다. 생각해 보면, 책 욕심이 많았던 건 나의 친정엄마도 마찬가지셨다. 어릴 적 우리 집에는 전집이 그득했다. 100여 권이 넘는 그런 전집들이 여러 질 있었고, 두꺼운 백과사전이 벽 한 면을 꽉 채웠다. 내가 꽤 클 때까지 친정엄마는 나를 무릎에 앉혀놓고, 때로는 나를 눕혀놓고 책을 많이 읽어주셨다. 짧은 동화책에서부터 길고 긴 위인전까지 엄마는 틈만 나면 나에게 책을 읽어주셨다. 내가 고등학생이 될 때까지 친정엄마는 많은 책들을 사주셨지만, 졸업할 때까지 다 읽지 못한 책들도 많았다. 내 눈길이 닿는 모든 곳에 책이 있었고, 지금 당장 읽지 않아도 언제든지 손만 뻗으면 닿는 거리에 책들이 있었다. 친정엄마는 집에 있는 그 많은 책을 다 읽어야 한다고 부담을 주지도 않았다.

그런 내가 엄마가 되고 아이들의 책장이 나의 어릴 적 책장처럼 채워져 갔다. 엄마가 되고 보니, 친정엄마가 왜 그렇게 전집을 많이 사다 놨는지 이해가 되었다. 나 또한 아이들의 전집에 홀랑홀랑 마음이 뺏겨 돌 지난 아이에게 5~6살이 되어서야 읽을 법한 책도 함께 구입했다. 책장은 금세 차고, 또 다른 책장을 사야 할 지경이었다. 게다가 요즘은 유아용 교구도 얼마나 많은지. 예쁘기는 당연하고 다 필요해 보이는 것들이 넘쳐났다. 그러다 보니 우리 집은 어린이 도서관을 방불케 할 만큼 책들이 많았다. 하지만 그 당시 집에 있는 책을 다 읽어주진 못했다. 세 아이의 식사를 챙기고 낮잠을 챙기고 집안일을 하다 보면 하루가 너무나 짧았다. 오늘 내가 책을 읽어주지 않아도 큰 변화는 없었고 오늘 책을 많이 읽어줘도 내일 또 많이 읽어주어야 하니 굳이 오늘이 아니어도 되었다. 나의 의욕과 달리 하루가 짧았고 한편으로는 하루가 길었다. 내가 어릴 때처럼 집안 곳곳에 책이 많으면 아이들도 책이 익숙하고, 책을 가지고 놀기도 하며 언제든지 책을 꺼내 펼쳐 읽으면 된다는 마음을 먼저 심어주고 싶었다. 그래서 나도 아이들도 반드시 책을 읽어야 한다는 부담을 갖지 않게 되었다.

아이들이 유치원을 다니고 학교에 다니게 되면서 조금 더 책에 관심을 가지고 규칙적으로 읽어주었다. 나는 아이들을 기관에 보낼 때 되도록 직접 데리고 다녔는데, 아이들의 일정 사이에 비는 시간에는 항상 책을 읽어주었다. 맛있는 간식을 아이들 손에 쥐여 주고 전래 동화와 창작 동화를 읽어주었는데 아이들은 특히 내가 책을 읽어주는 시간을 좋아했다. 그 이유는 내가 책을 읽을 때 연극을 하며 읽기 때문이었다. 할아버지 목소리로 읽는 것은 당연하고 심술쟁이 할아버지부터, 인자한 할아버지, 아픈 할아버지, 용감한 할아버지 등 다양한 버전으로 읽어주며 우스꽝스러운 모습도 연출하니 아이들이 홀딱 빠져 이야기를 듣곤 했다. 책 속의 그림도 같이 들여다보니 항상 아이들은 "엄마 한 번 더 읽어줘!"라고 외쳐댔다. 이렇게 읽어준 책은 집에 와서 아이들이 꼭 다시 들여다보곤 했다.

아이들은 엄마와 하는 모든 활동을 좋아한다. 같이 요리하는 것도 좋아하고 같이 블록 놀이하는 것도 좋아하고 하다못해 엄마와 소파에서 뒹굴뒹굴하는 것조차도 좋아한다. 그중 엄마가 재미나게 읽어주는 이야기를 가장 좋아하니, 나도 덩달아 신나서 읽어주었다. 게다가 내 목이 다 쉬어가도록 책을 읽은 이유는 어릴 적 엄마가 내게 책을 읽어주셨던 기억이 아직도 따스했기 때문이었다. 아이들이 우리가 함께한 포근했던 시간들을 꼭 기억하길 바랐다. 설사 아이들이 기억하지 못하더라도 내가 꼭 기억하려 한다. 덕분에 나도 아이들을 옆에 끼고 있었고, 오랜만에 옛날이야기에 푹 빠져있던 시간이었으니 말이다.

결혼 후 2~3년 사이의 터울을 지며 임신-출산-육아하느라 규칙적으로 책을 읽고 나만을 위한 시간을 내기 어려웠다. 아이들에게 꽤 많은 책을 읽어주었지만 나를 위한 책, 내가 읽고 싶은 책을 읽을 여유는 없었다. 아이들에 의해 겨우 눈을 뜨고 아이들의 생활 리듬에 맞춘 나의 생활이었으나 책에 대한 짝사랑은 여전했다. 서점에 주기적으로 가서 책을 구입할 수는 없었지만, 인터넷으로 늘 신간을 살펴보았고, 어쩌다가 한번 서점에 가게 되면 거의 수십 권씩 쓸어와 내 책장을 채웠다.

결혼하고 엄마가 되는 그 과정에서 내 책장은 더욱 풍성해졌다. 특히 임신·출산에 관한 책, 육아에 관한 책, 아이들 이유식과 유아식에 관한 책, 교육에 관한 책들이 늘어갔다. 임신해서 힘들 때, 몸의 변화에 당황스러울 때, 출산하고 아이의 영문을 알 수 없는 몸짓들이 궁금할 때 책을 펼쳤다. 어린 시절 많은 책을 구비해 주셨던 친정엄마 덕분에 궁금한 것이 생길 때마다 집 안에 있는 책들을 뒤적이면 거의 다 답을 구할 수 있었다. 문득문득 궁금한 것은 책을 뒤졌고, 숙제해야 할 것들도 책을 찾아 펼쳤다. 책을 첫 장부터 끝까지 완벽하게 읽진 않아도 필요한 부분을 찾아내어 공부할 수도 있었다. 이러한 습관 덕분에 어른이 된 후에도 궁금증이 생기면 책을 펼치는 것이 나에겐 더 익숙했다.

나에게 책은 그러한 존재였다. 그때그때 궁금했던 부분들, 해결해야할 부분들에 답을 주는 그러한 존재. 첫 장부터 읽지 않아도 상관없었다. 아무 책이나 펼쳐서 마음에 드는 구절을 읽으며 두꺼운 책에 대한 부담도 줄었다. 그리고 책에서 내가 원하는 정보만 구하기도 하고 생각지도 못한 정보를 얻기도 했다. 같은 글귀라도 내가 어떤 상황일 때 읽느냐에 따라 와닿는 구절이 매번 다름을 알기에 주기적으로 책을 뒤적이는 것도 하나의 습관이 되었다. 책을 읽을 때면 비어가는 나를 채우는 듯한 느낌도 좋아 계속 책을 뒤적이게 되었다.

세 아이를 키우며 살펴보니, 아이들의 성격은 제각각이다. 아이들이 좋아하는 것이 다양하다 보니, 우리 집에는 여러 분야의 책들이 있다. 취향이 변하기도 하고 관심사가 바뀔 때마다 우리의 책장은 날로 다채로워지고 있다. 어떠한 방식도 다 환영이다. 아이들이 책을 다 읽지 못하더라도, 첫 장만 읽더라도, 휘리릭 보더라도, 한 권만 계속 읽는다고 하더라도 말이다. 그 모든 과정이 아이들 자신을 충만하게 하고 즐겁게 시간을 보내는 하나의 방법이었다. 독서는 호기심을 해결하고 물음에 대한 답을 찾는 적극적인 활동이다. 인생을 좀 더 주체적으로 대처하는 방법이기도 하다.

결국 책을 읽는다는 것은 생각할 시간을 갖고, 그 시간을 통해 나의 취향과 안목을 발전시킬 수 있는 과정이다. 더불어 스스로에게 최선을 다하는 그 시간이 나를 즐겁게 할 것이다. 나 또한 그러한 길을 걸어가고 있으니 그 방법을 엄마인 내가 안내할 순 있지만 아이들에게 강요할 수는 없는 노릇이다. 아이들 스스로 다양한 방법을 시도하고, 여러 분야의 책을 직접 고르고 읽어보며 그렇게 우리는 함께 읽고 함께 커나가고 있다.

제4장

독서,
나를 찾는 도구

책을 읽는 그 순간, 나에게 일어나는 일들

• 한희아 •

"아야! 봄 되믄 서울로 이사가야항께 그렇게 알고 있어라잉!"

내가 중학교 입학하던 해 봄, 우리 가족은 서울로 이사를 했다. 엄마에게 이사 통보를 들은 지 세 달 만이었다. 전학 온 첫날, 친구들은 남도 사투리를 구사하며 인사하는 나를 신기한 듯 쳐다봤다. 시골 깡촌에서 골목대장을 하며 이 마을 저 마을을 누비던 나는 새로운 환경에도 적응이 빨랐다. 전학 온 지 한 달이 지날 무렵에는 쉬는 시간마다 매점에 손잡고 가는 절친도 생겼다. 새로 사귄 친구 중 윤하와 정선이는 자기 집에서 놀자며 나를 초대하기도 했다. 넓고 깔끔한 아파트에 자기 방이 있는 친구들이 부러웠다. 하루는 윤하가 우리 집에도 가고 싶다고 했다. 친구 집과 달리 내 방 하나 없는 초라한 우리 집을 보여 주기 싫었다. 핑계를 대서라도 어떻게든 피해 보려고 했지만 더 이상 거절할 수 없었다. 햇빛도 제대로 들어오지 않는 다세대 건물 1층, 우리 집에 들어선 순간 어색한 미소를 짓는 친구들의 모습에 나는 한없이 초라해졌다. 제대로 놀지도 않고 친구들이 돌아간 그날 거울 속에 비친 내 모습은 여전히 시골티를 벗지 못한 채 꾀죄죄했다.

어디서부터 뭐가 잘못된 것일까. 그날 이후 절친이라 믿었던 친구들은 나와 함께 매점에 가려 하지 않았다. 말을 걸어도 시큰둥하며 자꾸만 나를 멀리하는 것 같았다. 집에 온다는 걸 끝까지 거절할 걸, 괜히 오라고 했나 후회가 됐다. 사투리에서 벗어나려고 서울말을 연습하던 부자연스러운 내 목소리도 듣기 싫었다. 말수가 점점 줄고 웃음기도 사라졌다. 애써 친구들에게 다가가려 하지 않았다. 또 상처를 받게 될까 봐 두려웠기 때문이었다.

그때부터 학교 도서관을 찾았다. 친구들의 시선에 신경을 쓰지 않아도 되는 혼자만의 공간이라 좋았다. 읽을 책을 찾다가 〈데미안〉이 눈에 띄었다. 심심한데 잘 됐다 싶었다. 책을 읽다 보니 점심시간이 순식간에 지나갔다. 아쉬운 마음에 집으로 책을 들고 와서 나머지 장을 읽었다. 책은 홀로 있는 나에게 친구였고 피난처였으며 마음껏 뛰놀 수 있는 놀이터였다. 낯선 도시에서 새로운 학창 생활을 보내며 방황하던 '싱클레어'는 또 다른 나였다. 어떤 날은 운명적인 사랑에 빠진 '제인에어'가 되기도 했다. 내가 주인공이고, 주인공이 곧 나였다. 책을 읽다 보면 시간 가는 줄 몰랐고 외롭지도 않았다. 눈물 콧물 쏟아가며 밤새 책을 읽는 동안 나는 누구든 될 수 있었고 어디든 갈 수 있었다. 돌이켜보면 중학교 시절 홀로였던 덕분에 책을 읽으며 먼 훗날 작가가 되고 싶다는 꿈을 키울 수 있었다.

고등학교에 올라가서는 비로소 마음이 맞는 친구들을 사귈 수 있었다. 그 친구들에게는 우리 집을 보여줘도 전혀 부끄럽지 않았다. 독서를 하며 내면이 단단해졌기 때문일까, 나와 결이 맞는 친구를 보는 눈도 생겼다. 대학 졸업 후에는 직장을 다니고 결혼하고 아이들을 키우며 분주하게 살다 보니 책을 등한시했다. 아이들에게는 매일 책을 읽어주면서도 정작 나를 위한 책은 많이 펼쳐보지 못하고 있었다.

그러던 2023년 1월, 몇 년 전부터 여러 가지 책을 읽으면서 각성한 남편이 나에게 책 한 권을 선물했다. 남편이 선물한 자기 계발서는 그야말로 신세계였다. 그때부터 책을 본격적으로 다시 읽기 시작했다. 중학생 때 읽었던 책이 내 빈 옆자리를 채워주고 공허하고 외로운 마음을 어루만져 주던 단짝 친구 같았다면, 자기 계발서의 옷을 입은 책은 나에게 다른 의미로 다가왔다. 대부분 자기 계발서에서는 독서와 실행력을 강조했다. 또한 긍정적인 말의 중요성을 반복적으로 알려주었다. 재테크 관련 책들은 평범한 사람들도 부의 길로 들어설 수 있다며 여러 가지 재테크 방법을 알려주고 경제 흐름을 볼 수 있는 눈을 키워주었다. 행동하는 사람이 돈을 벌게 된다고 역설적으로 말하며 자신의 몸값을 높이는 여러 가지 방법도 알려줬다. 현재 전업으로 하고 있는 온라인 셀러의 길에 들어설 수 있도록 만들어준 〈부의 변곡점〉이라는 책도 만났다.

자기 계발과는 전혀 무관했던 나는 여러 저자들의 노하우와 경험치를 흡수하며 생각이 변했다. 생각대로 살지 않으면 사는 대로 생각한다고 했다. 생각에 따라 행동도 달라졌다. 나에게 하는 질문이 많아지면서 '진정 하고 싶은 일이 무엇인가'에 대한 해답을 찾아갔다. 책의 저자들처럼 나도 행동한다면 무엇이든 잘 할 수 있을 것 같았다. 책을 읽는다고 뭔가가 바로 이루어지진 않는다. 하지만 책은 읽는 만큼 내 안에 차곡차곡 쌓인다. 그러다가 마중물 역할을 할 수 있는 다른 내용이 더해지는 순간 내가 읽은 책의 내용들은 서로 상호작용을 일으켜 '아웃풋'이라는 이름으로 발산한다.

지난달 TV 프로그램 '인간극장'에서 개그맨 최형만 편을 봤다. 2000년에 방영하기 시작한 '인간극장'은 보통 사람들의 특별한 이야기, 특별한 사람들의 평범한 이야기를 비롯한 우리 이웃들의 이야기를 전달하는 프로그램이다. '인간극장'에서 최형만은 과거 왕성하게 활동하다가 2년 전 뇌종양으로 생사를 오가다 구사일생으로 살아난 스토리, 한쪽 청력은 잃었어도 완치 판정을 받고 인생 2막을 살아가고 있는 이야기를 전했다.

'잘 이겨내서 다행이다'하는 마음이 들던 찰나 반가운 인물이 등장했다. 그의 개그맨 후배 고명환이었다. 작년 한 커뮤니티에서 저자 특강으로 그의 강연을 들었던 터라 친근하게 느껴졌다. 서로 죽을 고비를 넘긴 경험을 해서 그런지 둘 사이의 대화를 보며 가슴이 찡했다. 어떻게든 살겠다는 의지가 강했던 두 사람은 역경을 이겨내고 두 번째 인생을 살아가고 있는 서로에게 응원의 말을 건넸다.

"형님, 지금 끝난 게 아니에요. 끝을 봤던 사람들은 이제 밑바닥에서 올라가는 것밖에 없어요. 나는 형님의 때는 아직 안 왔다고 봐요. 포기하지만 마세요. 언젠가 자기가 해 온 내공은 터질 테니까요."

3000권을 읽은 다독가답게 고명환의 입에서는 울림을 주는 주옥같은 문장들이 쏟아져 나왔다. 먼저 길을 걸어간 후배 고명환이 선배 최형만에게 해준 이야기였지만 이는 비단 그에게만 해당하는 말은 아니었다. 바로 나에게 해주는 말이기도 했다.

'나의 때는 아직 오지 않았다.'
'포기하지 마라.'
'내 내공은 언젠간 터진다.'

대화를 나누는 동안 최형만의 얼굴에 화색이 돌았다. 그의 목소리에는 '할 수 있겠다'는 자신감이 배어 있었다. 최형만은 작가 고명환의 책을 읽고 그를 찾아갔다. 책에서 찾은 희망의 메시지를 저자의 입으로 직접 전해 들었으니 몇 배 큰 힘을 받았을 것이다. 나에게도, 개그맨 최형만에게도 그랬듯 책은 절망에 빠진 사람들을 일으킬 수 있는 힘을 갖고 있다. 좋은 책은 나를 좋은 곳으로 데려다준다.

책을 통해 성장하고 새로운 사람을 만나면 다른 경험과 기회가 생긴다. 만나는 사람이 많아지면서 그들에게서 배우는 폭도 넓어진다. 삶에 활력과 자극도 생긴다. 또 한 번 나아갈 수 있는 동기부여를 받고 자신감과 용기도 생긴다. 나의 꺼진 열정에 다시 불을 지펴주고 꾸준히 나아갈 수 있게 하는 가장 좋은 방법은 사람과의 만남이었다. 책을 읽는 동안에도 책 속에서 수많은 사람들을 만날 수 있다.

예전엔 주로 외롭거나 힘들 때면 책이 떠올랐다. 이제는 형편이나 기분에 상관없이 책을 가까이하고 있어 결코 외롭지 않다. 처방전처럼 책이 내 옆에 딱 버티고 있어서 힘들 때도 책으로 자연 치유가 된다. 필요한 순간마다 길잡이 역할을 해주고 있는 책은 나에게 꿈을 찾는 도구이자 열쇠이다. 책을 읽을수록 내 마음과 머리가 활짝 열린다. 열린 문 사이로 내 안에 새로운 것들이 들어오면 책을 읽는 그 순간, 변화가 시작되고 희망이 생긴다. 물론 살면서 방향을 잃을 때도 있을 거다. 하지만 걱정하지 않는다. 길을 헤맬 때마다 책은 나에게 말을 걸어올 것이고 그 대화의 끝에서 옳은 방향을 찾을 수 있을 테니까.

2

책을 읽고 나서 나에게 놀라운 변화가 생겼다

• 김수지 •

가평에 사시는 할머니 집으로 가는 기차 안, 그때 나의 손에 들려 있던 건 〈명탐정 호움즈〉였다. 언니가 재미있게 보길래 덩달아 따라보기 시작하면서 책과의 인연이 시작됐다. 언니가 하는 건 다 좋아 보여서 따라 했지만, 손바닥만 했던 누런 종이의 〈명탐정 호움즈〉는 책이 이렇게 재미있을 수도 있다는 것을 처음 알려주었다. 이제는 절판이 되어 더 이상 구하기 어려워졌지만 이후 어딜 가든 책 한 권씩은 손에 꼭 쥐고 다녔다.

책을 좋아했지만 제대로 읽는 방법은 몰랐다. 초등학교 다닐 때는 도서관에 가는 일 자체만으로도 재미있어서 책을 많이 읽었다. 학교 선생님들이 책 읽는 나를 보며 똑똑하다고 칭찬해 주시니 더 신나서 읽었다. 중·고등학교 다니면서부터는 주로 시험에 나오는 필독서 위주로 읽었다. 그래야 할 것만 같았다. 책을 읽다 보면 공부하는 학생이 공부는 안 하고 쓸데없는 것만 본다며 혼날 것 같았다. 실제로 부모님은 공부하란 소리 잘 안 하셨는데 어린 마음에 공부에만 집중해야 한다고 생각했나 보다.

'차라리 좋아하는 책을 열심히 봤다면 지금보다 잘 살 수 있지 않았을까?' 가끔 생각해 보면 슬며시 멋쩍은 미소가 터진다. 책을 열심히 읽었어도 별반 다르지 않았을 거란 생각에서다. 왜냐하면 언니가 툭하면 '미스 포인트'라며 놀렸을 정도로 공부하는 방법을 잘 몰랐기 때문이다. 놀지도 않고 오랜 시간 공부해도 성적이 오르지 않으니, 언니는 고약한 별명으로 날 불렀다. 분하고 속상해서 그게 아니란 것을 증명하고 싶었다. 그러나 더 많은 시간 동안 열심히 공부해도 언니를 따라잡기 어려웠다. 시험 기간 동안 나보다 더 많이 놀면서도 성적은 월등히 좋으니 언니가 나를 놀려도 받아칠 말이 없어 더 오기가 생기기도 했다. 그때의 오기가 발동했는지 절박한 마음에서였는지 결국 대학 3학년 때 휴학하고 미친 듯이 공부해서 공무원이 되었다.

신입사원이 되어서도 여전히 어리바리했다. 아등바등 살았지만 제자리인 것만 같았고, 업무실적도 노력에 비해 썩 좋지 않았다. 불공평했다. 노력하는데도 결과가 따르지 않으니 억울했다. 있는 듯 없는 듯 조용히 주눅 들어 살았다. 그게 편했다. 노력해도 달라지는 것이 없으니 불평불만으로 가득한 날이었다.

엄마가 된 이후 아이를 잘 키우고 싶은 마음에 육아서를 끼고 살았다. 책에서 읽은 것처럼만 되면 더할 나위 없이 좋겠다 싶었다. 시도 때도 없이 우는 아이를 보면서 왜 우는지 책을 찾아보고 책에서 나온 대로 해봐도 소용없었다. 내 삶은 육아서에 나온 그것과 전혀 달랐다. 직장 일도 그렇더니 육아에서조차 책과 다르게 살다 보니 한없이 작아졌다. 엄마로 자격이 없는 것 같아 내가 미웠다. 다른 사람들은 잘 하는데 왜 나만 안 되는 거냐며 끝내 책을 한동안 덮어버리기도 했다. 책은 책일 뿐 나에게 적용할 점을 찾아내는 게 더 중요하지 않을까 하는 생각도 했다. 직장 생활도, 육아도 힘들기만 하고 도망치고 싶은 생각뿐이었다. 이걸 어떻게 해결하면 좋을까 고민하던 나에게 다시 해답으로 떠오른 것은 돌고 돌아 다시 책이었다. 직장 생활과 육아를 병행한다는 것은 녹록지 않았다. 이 난관을 어떻게 해결하면 좋을까 하다가 성공한 사람들의 사례를 찾아봤다. 절제와 통제, 규율, 허용과 노력, 끈기 등의 공통점을 발견했다. 하나같이 나에게 부족한 부분들이었다. 어떻게 해야 할지 방법을 찾다 보니 자연스레 자기 계발서와 연결이 되었다. 자기 계발서를 읽으면 읽을수록 나도 그렇게 되고 싶었다. 작가들이 도움을 받았다는 책들이 연결고리로 계속 눈에 보였다. 추천 도서 목록이라도 나오면 놓칠세라 읽으면서 그들을 닮기 위해 쫓아갔다. 그들을 닮기 위해서는 책을 읽는 것에서 그치지 않고 그들이 한 방식대로 책에 나온 내용을 내 삶에 적용하려 애써야 했다. 그렇게 손에서 책을 놓지 않으려 애써온 지도 어느새 3년, 무작정 책을 좋아해서 읽기만 하던 나는 많이 달라져 있었다.

첫째, 업무 능력이 좋아졌다.

물론 경력도 쌓여서이겠지만 이제는 보고서를 쓸 때 대략 어떻게 접근해야 할지 윤곽이 보인다. 예전에는 머릿속에 활자들이 둥둥 떠다니기만 했다면 지금은 생각과 단어를 연결해 적어 내려갈 수 있게 되었다. 떠오르는 아이디어를 글로 정리해 제안하여 상도 받고 성취감이 생기니 자신감도 붙어 내 목소리를 점차 드러내면서 조직 내에서도 조금씩 인정받을 수 있었다.

둘째, 나이와 상관없이 노력하면 바뀐다는 것을 믿는다.

뇌에도 가소성이란 게 있어 환경이나 학습에 따라 변화하고 적응할 수 있다고 하지만 그 말을 믿지 못했다. 40살을 넘겨버린 나의 뇌는 이제 굳어져서 어떤 노력을 해도 변할 수 없다고 생각해 왔는데 책을 읽으면서 내 삶에 적용해 보니 아니었다. 나이와 상관없이 책을 읽고 공부하면서 하나씩 나를 바꾸려 노력한다면 뇌는 언제든 바뀔 수 있다는 것을 이제는 나도 안다. 허투루 보낸 것 같은 젊은 시절의 경험까지 더해지니 예전의 부족한 부분도 충분히 바뀔 수 있었다.

셋째, 책을 좋아하는 사람이라고 당당히 말할 수 있다.

뭔가 일을 시작할 때 책부터 찾아보는 나다. 해외여행을 계획할 때도 가이드북으로 먼저 그 나라를 익혔고, 평소 업무를 익힐 때도 관련 책을 먼저 봤다. 최근 돈 공부를 할 때도 책부터 먼저 잡았다. 처음에는 단지 책과 친해지기 위해서였지만 이제는 내가 책을 진짜 좋아하는 거였다는 확신이 생겼다. 주변에서도 무언가 필요할 때 나에게 어떤 책이 좋겠냐며 조언을 구하기까지 한다. 알고 보니 지인들은 나를 떠올릴 때 '책을 좋아하는 사람'이라고 한다. 과거의 '미스 포인트'라는 고약한 별명을 듣고 자란 내가 맞나 싶을 정도로 지인들이 나를 부르는 이 별명이 그저 감사하다.

  책이 좋아 그저 읽기만 한 것이 아니라 읽은 책의 내용을 적고 그대로 실천하고자 했다. 무작정 읽기만 해서는 삶이 전혀 변화하지 않았다. 성공한 사람을 따라 하려고 방법을 찾아보았고, 기억하기에는 한계가 있으니 기록하려고 했다. 책상머리, 노트, 메모지, 블로그 등 눈에 보이는 곳마다 닥치는 대로 적었다. '이 또한 지나가리라'라는 구절을 읽고 그냥 지나쳤더라면 휘발된 하나의 문장에 불과했을 것이다. 회사, 가정, 온갖 걱정들이 마구 나를 괴롭힐 때면 책상머리에 적어둔 이 글귀 하나를 떠올려 나에게 다시 말해주면서 마구 요동치는 마음을 잡아주기도 한다. 책을 읽을수록 삶에 적용할 수 있는 내용들이 많아졌으며 기록하고 글로 쓰면서 생각을 정리하다 보면 감정이 휘몰아치더라도 예전보다 수월하게 나를 도울 수 있었다. 독서는 내 생활에서 떼려야 뗄 수 없는 존재가 되어버렸다. 누군가 나에게 재미도 없는 책을 왜 보냐고 묻는다면 앞으로 다가올 나의 인생을 제대로 잘 살아내기 위해 읽는다고 답할 것이다. 책을 읽을수록 예전보다 조금씩 나은 사람이 되었다. 책을 읽으면서 변화도 따라오는 것, 이것이 독서가 가진 힘이란 것을 이제는 조금 알 것 같다.

3

도전할 용기를 가지다

· 김은성 ·

  일이 전부였다. 어영부영 40대 중반의 나이, 내 인생에서 내가 없음을 깨달았다. 불행했다. 이제는 더 이상 불안해지고 싶지 않아 퇴사했다. 매일 아침을 즐겁고 기대되는 하루로 시작하고 싶었다. "안녕하세요? 즐겁고 기대되는 하루로 매일 아침을 시작하는 즐기하입니다." 애써 말하고 글로 썼다. 내가 쓰는 말과 글은 내가 먼저 본다고 하던가. 글로 쓰니 실제로 매일 아침을 웃으며 맞이했다. 처음에는 내가 쓴 대로 하루를 시작하려 애썼지만, 어느 순간 노력하지 않아도 글로 쓴 대로 하루를 열었다. 더 이상 불행하지 않았다.

  퇴사 후 일 년간의 나를 돌아보았다. 매일 똑같은 일상이라 생각했지만, 지금의 나는 성장해 있었다. 나의 성장은 "한번 해볼게요."라고 말할 수 있는 용기이다. '나 안 될 것 같은데'가 아닌 '그래 한번 해보자.'라는 태도의 변화이다. 이전의 나였다면 두려운 건 무조건 피하고 "못

해요."라고 대답했을 것이다. 어릴 때부터 사람들 앞에 나서는 걸 잘 하지 못했다. 사람들 앞에 나를 드러내는 것이 싫었다. 나의 존재를 부각하기보다는 여러 사람 속에서 묻혀 지내는 것을 좋아했다. 누군가의 이목이 나에게 집중되는 것이 불편했다. 회의하거나 강의를 들을 때도 뒷자리나 구석 자리에 앉았다. 회사에서도 나를 잘 어필하고 나의 성과를 보기 좋게 포장해야 하지만 나는 그러질 못했다. 누군가가 나를 칭찬하면 "아니에요. 다 할 수 있는 거예요."라며 나 자신을 인정해 주지 않았다. 이랬던 내가 나를 대하는 자세와 삶의 태도를 바꾸기 시작했다. 나의 있는 그대로의 모습을 칭찬해 주었다. 어떤 일을 시작하기 전에 나의 한계를 먼저 설정하지 않았다. '그래 한번 해보자.'라는 태도로 작은 시작을 해나갔다.

발표에 대한 불안감이 심했다. 나의 얼굴을 공개할 자신도 없었다. 몇 개월 전까지만 해도 내가 강의한다는 것을 상상조차 해보지 못했다. '내가 어떻게 강의를 할 수 있을까?' 나에 대한 자신감도 부족했다. 그럼에도 용기 내서 해보기로 했다. 엑셀 나눔강의를 시작으로 현재 정규강의 2기를 마무리하였다. 용기 있는 실행으로 나도 할 수 있다는 성취감을 맛보았다.

도서관에서 블로그에 관한 책을 읽고 작년 2월에 블로그를 처음 시작하였다. 시작은 했지만, 나의 이야기를 풀어가는 것이 쉽지 않았다. 블로그로 소통하면서 나를 응원해 주고 격려해 주는 분들이 한 명씩 생겨났다. 진심 어린 댓글들을 보면서 많은 힘을 얻었다. 꾸준한 글쓰기를 위해 블로그 백일 글쓰기에 도전했고 작은 성공을 이루었다. 글로 소통하며 공감과 배려를 배우며 즐거움을 느끼기도 했다. 그렇게 시작한 글쓰기를 통해 책 쓰기에도 도전하게 되었다. 책을 통해 위로받고 성장하는 삶을 살았기에 내 이야기를 글로 쓸 수 있는 용기를 가질 수 있었다.

어떤 것들이 나를 이렇게 변화시켰을까? 내가 선택해서 읽은 책들로 나는 변화했다. 뭘 해야 할지 모를 때 힘들 때 책은 나에게 항상 "예스"라는 긍정의 답을 가져다주었다. 주위의 부정적인 태도에도 흔들리지 않는 단단함과 나도 할 수 있다는 용기를 주었다. 힘들어만 하지 말고 걱정만 하지 말고 그냥 한번 해보라고 이야기해 주었다. 꾸준히 하다 보면 길이 보일 거라고 나를 끌어주었다. 복잡한 마음과 여러 갈등 속에서 '그래, 그냥 한번 해보자.'라는 마음의 결심을 하게 해주었고 한 걸음 내디디면서 실행할 수 있게 해주었다. 책에서는 여태껏 살아온 인생은 내 스스로의 선택에 의한 결과이며 그 마음을 바꿀 힘도 나에게 있다고 말해 주었다. 주변을 의식하고 환경을 탓하며 그저 하루하루를 보내기에 바빴다. 모든 게 내가 만든 틀에서 생각하고 행동했던 것임을 깨달았다. 내가 처한 환경과 주위 사람들 탓이 아닌 나에게서 모든 문제의 답을 찾기 시작했다. 나를 더 들여다보고 나에게서 원인을 찾다 보니 마음이 편안해졌다. 책에서 배운 대로 도저히 감당할 수 없게 느껴졌던 일들도 반복해서 시도하다 보니 용기가 생겼다. 자신 없다고 포기하지 않고 완벽하지 않아도 했던 작은 시작들로 나는 조금씩 발전해 나갈 수 있었다.

부정적인 인간관계에서 벗어나 내가 선택한 작가들과 책들로 내 주변을 채웠다. 힘들 땐 그들로부터 조언을 얻고 나에게서 답을 찾으려고 노력하였다. 그동안 느껴보지 못했던 가슴 뛰는 순간들도 만났다. 감사함을 느끼며 웃으며 보내는 날들이 많아졌다. 매일 아침을 긍정 에너지로 시작할 수 있었다. 미래의 불확실성에 불안했고 부정적이었던 생각들에서 벗어날 수 있었다. 답답하고 매일 울기만 했던 나의 예전 삶에서 벗어나 웃으며 감사하게 하루를 시작하는 지금이 너무 좋다. 감사한 마음을 가지니 세상을 밝고 멋지게 바라볼 수 있게 되었다. 모든 답은 나에게 있고 그 답을 찾는 과정에 항상 책이 있었다. 나이에 연연해하지 않고 무엇이든 시작할 수 있는 용기가 생겼다. 나를 힘들게 했던 것들로부터 도망치지 않고 당당하게 맞설 수 있게 되었다.

'삶은 선택의 연속이다.'라는 말이 참 좋다. 선택을 할 수 있는 대상은 나이다. 삶의 순간순간에 나는 선택을 하게 되고 그로 인해 내 삶을 행복하게 만들어 갈 수 있다. 결국 내 인생을 타인이 아닌 내가 만들어 갈 수 있게 된다. 주변의 기대에 나를 맞추며 주위와의 비교로 나 스스로를 불행하게 만들지 않기로 선택했다. 현재의 삶에서 감사함을 느끼며 살기로 선택했다. 부속한 경험과 지식을 책에서 배워나가기로 선택했다. 다른 사람들을 아껴주듯이 나 자신을 챙겨주고 사랑해 주기로 선택했다. 지나간 과거에 얽매이지 않고 나의 인생을 내가 스스로 그려가기로 선택했다. 그동안 잘 살아온 나를 토닥이며 앞으로 용기 있게 살아갈 나를 응원하기로 선택했다.

한번 해보겠다는 태도의 선택으로 작은 시작을 할 수 있었다. 작은 시작으로 인해 작은 성공을 맛보았고, 도전할 용기가 생겼다. 용기 내서 걸어왔던 한 걸음 한 걸음들이 쌓여 처음보다 성장한 나를 발견할 수 있었다. 그렇게 나는 현재 나아가는 중이다. 40대 중반이 되어가는 나이지만 지금도 늦지 않았다고 생각한다. 두려움에 도망치지 않고 도전할 수 있는 용기인 든든한 무기가 나에게 생겼으니, 나이는 중요하지 않다. 책에서 알려준 대로 스스로가 정한 틀에 나를 가둬두지 않고 망설였던 것들을 의심하지 않고 하나씩 해 나가보려 한다. 내 생각이 나의 인생을 만들어 준다고 하지 않았던가. 앞으로 다가올 내 삶도 긍정적인 생각으로 나의 인생을 즐겁게 만들어가자고 다짐해 본다. 오늘도 거울 속의 나에게 감사함을 느끼고 웃으며 잘 보내보자고 이야기하며 하루를 시작한다. 그 이상 어떤 큰 응원이 있을까. 도전할 용기를 가진 것 자체만으로도 이미 나는 내 삶을 내가 원하는 대로 만들어갈 준비가 되어 있지 않겠는가.

④

나다움을 지키며 살아갑니다

· 김은정 ·

혼자 방에서 고민해도 답을 얻지는 못했다. 나오는 것이라고는 두둑한 뱃살과 잡다한 생각이었다. 책은 말한다. 집 밖으로 나가라고. 걷는다. 걷다가 카페에 앉아 책을 펼 때 더없이 좋다. 특히 마음속 알 수 없는 불만이 생겨나거나 혼자 있고 싶을 때 책과 노트를 들고 카페로 간다. 아메리카노를 한 잔 주문한다. 적당한 소음과 느슨한 분위기 속에서 책을 읽는다. 와닿는 문장에 밑줄을 긋고 메모한다. 이 순간은 방해받고 싶지 않을 만큼 좋다.

어떤 문장에 사로잡혀 페이지가 넘어가지 않을 때도 있다. 줄 긋고 여러 번 읽어 본다. 페이지 귀퉁이를 접는다. 여백에 떠오르는 단어를 쓰기도 한다. 연필을 톡톡 두드린다. 연필심 끝에서 생각이 꼬리를 물고 빠져나온다. 이 시간을 충분히 보내고 나면 생기를 되찾고 얼굴이 환해진다. 혼자 있는 시간은 내향적인 나다운 모습이다. 예전엔 외향적으로 바꾸려고만 했다. 늘 부족한 사람이라고 자책했다. 하지만 작가

수잔 케인의 〈콰이어트〉를 읽고 내 모습을 받아들이게 되었다. 지금의 내가 좋다. 당당하게 혼자만의 시간 속에서 에너지를 채운다.

잘 살고 싶다는 목표가 생겼다. 돈이 없어 절절매거나 아쉬운 소리 안 하고 싶다. 저축 말고 자산을 늘리는 방법인 재테크나 부동산 지식은 전혀 없었다. 우리 가족의 앞날을 계획하고 준비하지도 않았다. 당장 눈앞만 보면서 살고 있었다. 이렇게 살다가는 두 아이를 키우고 교육시키는 것부터 버거울 거라는 생각에 머릿속 빨간불이 켜졌다. 경각심이 들었다. 걱정이 앞섰다. 엄마가 되니 사랑하는 아이를 잘 키우고 싶은 생각이 간절하다. 나처럼 포기하면서 자라지 않도록, 다양한 경험을 하면서 꿈을 꾸고 배웠으면 좋겠다. 내 능력을 키우기 위해 배우고 성장해야겠다고 결심했다. 이 생각이 자기 계발의 시작이었다.

책의 장르가 달라졌다. 자기 계발서를 처음 읽었을 때 나의 현재 모습을 객관적으로 알게 되었다. 꽤 충격적이었다. 그동안 나는 괜찮은 사람이라고 자만하고 살았다는 생각이 들었다. 머리를 한 대 얻어맞은 기분이었다. 생각의 범위도 좁았다. 포기하는 것에 익숙하고, 자기 합리화가 빠른 생각부터 바꿔야 했다.

저자는 우리 모두 잠재력이 있고, 발휘할 수 있다고 했다. 의아했다. 자기 계발서를 읽지 않았다면 살아왔던 대로 계속 살고 있었을 것이다. 그동안 자기 계발서를 읽지 않은 시간이 아까울 지경이었다. 또 부자에 대한 편견을 가졌었다. 그들은 가족을 위해 버티고 열심히 살았거나, 꿈을 붙잡고 시도해서 부유해진 경우가 많았다. 그들이 이루었고 독자인 나도 이룰 수 있다고 격려해 주니까 가능할 거라는 생각이 점점 확고해졌다. 고맙게도 그들은 자기 비결을 알려주고 싶어서 안달 나 있다. 할 수 있다! 시도하라! 변화하라! 책을 읽고 있는 우리도 이룰 수 있다고 응원한다. 처음 겪어보는 세계다.

"엄마! 우리가 소중해요? 돈이 소중해요?"

조물조물 만들기 하는 아들 옆에서 책을 보고 있었다. 집중이 되지 않아 소리 내어 읽으니 갑자기 아들이 따지듯 물었다. '소중한 내 돈'이라는 구절이 나왔기 때문이다.

"응, 당연히 우리 가족이 소중하지. 소중한 우리 가족을 지키기 위해 돈이 중요한 거야."

"왜 돈이 우리를 지켜줘요?"

"아빠가 벌어오는 돈으로 먹을 거 사고, 아프면 병원 가고, 차에 기름도 넣잖아. 또 유치원도 다닐 수 있고."

"아아. 무슨 말인지 알겠어요."

아이는 바로 알아듣고 이어서 만들기를 했다. 가슴에 안겨 옹알이하던 아기가 하루가 다르게 훌쩍 커 벌써 8살이다. 부모로서 책임감이 앞선다. 내 품에 있는 동안 편안한 가족이 되어 주고 싶다. 필요한 지원도 해주고 싶다.

씩씩하게 살았던 엄마는 본인 명의의 조그마한 땅과 집주인이 되었다. 낡은 집도, 가난도 변치 않을 것 같았는데 시간이 흐르며 점차 바꿨었다. 바뀔 수 있다는 것은 감사한 일이다. 엄마의 억척스러움이 우리를 지켜주었기에 우리 사 남매는 순하고 반듯하게 자랐다.

어릴 적 경험은 내게 힘든 기억만 남긴 건 아니다. 가치 있는 삶의 기준을 깨닫게 해주었다. 남매가 깔깔 웃는 순간이 빛나는 보석처럼 귀하다. 내가 받았으면 좋았을 다정한 말들을 아이에게 해준다. 아이와 한 번 더 안고 이야기 나누려고 여유를 둔다. 친정엄마처럼 꿈을 가지고 계획을 세워 살면 더 잘 살 수 있다는 걸 보고 배웠다. 엄마는 계획한 칠백 만원 적금 넣기에 성공했다. 봐둔 집까지 샀다. 그 시절 엄마는 자신이 할 수 있는 온 힘을 다해 자식을 키웠다. 우리는 엄마의 시간을 먹고 살았다. 이젠 나도 내 아이들과 많은 시간을 보내고 싶다. 아이들 앞에서 성장하는 엄마, 삶에 최선을 다하는 엄마로 살고 싶다.

책은 자칫 놓칠 수도 있었던 지난 삶의 의미를 되짚어 보게 해주었다. 희망을 선명하게 품으라 알려주었다. 변화 방법과 행동도 하나씩 가르쳐 준다. 실천은 내 몫이다. 우리 집 책장에 책이 쌓이는 것처럼, 우리 가족의 꿈도 채워지고 나아가길 바란다.

나답게 살고 싶다. 외향성의 기준에 나를 맞추려고 노력했지만 어려웠다. 관련 분야의 책을 여러 권 읽고 내향적인 나의 특징을 잘 알고 나서야 비로소 자유로워졌다. 카페에서 독서하기, 혼자 걷기 등 좋아하는 것으로 일상을 채우니 에너지를 지키며 나답게 살게 되었다. 책을 읽지 않았다면 혼자 있겠다고 당당하게 말하고 지금까지 날 챙길 수 있었을까? 가능했더라도 오래 걸렸을지 모르겠다. 책은 내 태도에 근

거 있는 확신을 주고, 지식과 방법을 가르쳐준다. 부자가 되고 싶은 나의 목표 역시 책을 통해 배우고 있다. 자본주의, 투자 등 읽을 책이 순서를 기다린다. 어린 시절 경험도 단지 힘들기만 한 것은 아니라고 알려준다. 그러자 과거는 새로운 의미로 채색되었다. 돈에 쫓기지 않도록 미래를 계획하고 실천하면서 살아갈 방향이 생겼다. 앞으로도 나다움을 지키며 살아갈 것이다.

5

모든 책이 스승이더라

• 안은정 •

"안녕하세요. 담임입니다."

큰아이 담임 선생님 전화였다. 중학교 1학년 여름방학을 앞두고 있었다. 교실에서 일어난 사고 때문에 전화하신 것이었다. 한 학생이 의자에서 넘어졌다고 한다. 그 학생은 넘어진 후 내 아이에게 발을 밟혔다고 진술했다. 반면 아들은 또 다른 친구와 칠판에 팝송 가사를 쓰고 있었을 뿐 밟지 않았다고 말했다. 서로 진술이 엇갈리는 상황이었다. 장장 일 년을 끌었다. 상대 부모는 변호사까지 선임했다. 왜 우리에게 이러는지 이해되지 않았다. 견디기 힘들 정도로 미웠다. 자다가도 화가 나 벌떡벌떡 일어났다. 일상이 무너져 다른 일에 신경 쓸 여력이 없었다. 그렇다고 가만히 손 놓고 있을 수도 없었다. 정신을 차려야 한다는 걸 머리로는 이해했지만, 마음이 따라주질 않았다. 어떻게든 중심을 잡기 위해 책을 들었다. 글자가 눈에 들어오지 않았다. 머리만 아팠다.

정신을 다른 곳으로 돌리기 위해 다시 책장 앞에 섰다. 책 제목을 훑어보는데 작가 홍대선의 〈어떻게 흔들리지 않는 개인이 되는가?〉가 눈에 띄었다. 이 책이 흔들리는 마음을 조금이라도 잡아줬으면 싶었다. 머리에 들어오지 않아도 소리 내며 읽었다. 데카르트, 스피노자, 칸트, 헤겔, 쇼펜하우어, 니체 등 철학자 이름이 스쳐 갔다. 조금씩 그들의 삶에 빠져들었다. 위기로 가득한 삶의 이야기가 깊게 다가왔다. 왜 우리 아이에게 이런 일이 생겼는지 억울하기만 했는데, 처음으로 단단해질 기회로 삼을 수도 있겠다는 생각이 들었다. 캄캄한 지하에 움츠리고 있던 마음이 조금 고개를 들었다. 연필을 쥐고 밑줄 그으며 본격적으로 읽었다. 상대 엄마에 대한 원망, 풀리지 않는 질문을 책 여백에 마구 썼다. 읽을수록 마음이 차분해지는 것 같았다. 내 아이에게 든든한 보호막이 되어야겠다는 생각에 주먹을 불끈 쥐었다.

"단톡방 규칙을 지키지 않아 뭐라고 했더니 그런 것 같아요."

아들이 방을 개설했다는 걸 뒤늦게 알았다. 상대의 어이없는 주장은 단톡방이 시작이었던 것 같았다. 아들과 많은 대화를 나눴다. 모든 일에는 이유가 있다고. 기억하지 못하는 사이 누군가는 나의 말과 행동에 상처받을 수도 있으니 조심해야 한다고. 자기의 상처를 그들처럼 푸는 건 옳지 않다고 말해줬다. 다시는 겪고 싶지 않은 일이다. 사시사철 때에 맞춰 옷 사고, 화장품 사며 날 위한 보상은 놓치지 않았다. 아이의 친구 관계나 관심사 같은 건 뒷전이었다. 알아서 잘하겠지 싶었다. 엄마로서 반성했다. 지금도 떠올리고 싶지 않은 기억이지만, 아들도 나도 많은 걸 배웠다. 책은 흔들리지 않게 중심을 잡아줬다.

매년 봄이면 일 년간 달성할 목표를 회사에 제출했다. 월, 분기, 반기로 매우 구체적으로 수립한다. 인생 계획을 그렇게 세워 본 적은 없었다. 퇴사하고 삶의 계획표를 짜려니 막막했다. 나 자신부터 정확히 아는 게 먼저라는 걸 알게 됐다. 작가 오프라 윈프리의 〈내가 확실히 아는 것들〉이 도움이 됐다. 책은 지금까지 살아온 인생을 돌아보고 미래를 고민하게 했다. 작가처럼 나는 확실히 알고 있는 게 뭘까 의문이 들었다. 노트에 질문을 적고 답을 달았다. 그 과정에서 조금이나마 나를 객관적으로 볼 수 있었다.

나는 타인의 시선에 갇혀 살았다. 회사에서 받은 보너스를 고가의 화장품과 피부과 시술에 썼다. 받을 때만 잠깐 좋아도 상관없었다. 얼굴에 반짝 광이 돌아야 자존감에도 빛이 났다. 자기 삶을 사느라 사람들은 타인에게 큰 관심이 없다는 걸 그때는 알지 못했다. 외적으로 꾸미면 내적으로도 닿을 줄 알았다. 깨진 독에 물 붓는 삶이었다. 또한, 고민하느라 초반에 에너지를 많이 쏟는다. 잘하지 못할까 봐 걱정이 많다. 고민하느라 지쳐서 시작을 못 한다. 나를 꺼내 놓고 생각하니 고칠 부분도 선명하게 보였다. 다른 사람의 시선을 신경 쓰느라 귀한 시간을 날리고 있었다. 잘하려는 생각에 갇혀 행동하지 못하고 있었다. 생각의 방향을 틀었다. 잘하려는 생각을 버리고 도전 자체에 의미를 뒀다. 일단 시작하고 고쳐가자고 마음먹었다. 전보다 행동하는 게 쉬웠다.

15년간 다닌 회사를 그만두니 다시 직장으로 돌아갈 마음이 들지 않았다. 조직문화, 업무, 인간관계 등 하루 8시간을 책상 앞에서 보내는 삶을 살 자신이 없었다. 그렇다고 마냥 쉴 수도 없었다. 불안한 마음을 책으로 달랬다. 다양한 책을 읽으며 한 번도 생각해 본 적 없는 걸 고민하기도 하고, 생각의 틀을 비틀기도 했다. 책 속 인물들의 열정적인 모습을 보며 반성하기도 했다. 평소에는 관심 없었던 과학서를 읽고 문학적 감성에 빠지기도 했다. 왜 관심이 생기고, 무엇을 배워보고 싶은지, 끝내 무엇을 하고 싶은지 책을 통해 나를 깊게 들여다볼 수 있었다. 예전에 친했던 직장 선배네 가족과 식사한 적이 있다. 오래된 일이라 정확한 대화 내용까지는 기억에 없다. 그러나 삶이 행복하다고 말하던 모습은 생생하다. 흔한 단어가 충격적으로 들렸다. 당시에는 남에게 보여주기 위한 가식이라고 단정했다. 그러나 며칠이 지나도록 밝게 웃으며 말하던 모습이 떠나지 않았다. 마치 들어선 안 되는 말을 들은 것만 같았다. 지나고서야 알았다. 그때 내 삶이 행복하지 않아서 떠올릴 수 없었다는 걸. 지금은 자신 있게 '행복하다.'라고 말할 수 있다. 고전을 읽으며 생각이 달라졌기 때문이다. 삶은 행복과 불행 중 어느 하나를 고르는 게 아니라는 생각이 든다. 행복을 좇을 게 아니라, 오늘 불행하지 않은 것에 감사하면 된다. 오늘을 충분히 느끼며 사는 게 중요하다.

읽을까 말까 가장 고민한 책은 유발 하라리의 인류 3부작이었다. 독서 근력이 좀 붙은 상태라 시작하면 끝을 볼 자신은 있었다. 그러나 역사학자의 책을 3개월 내내 읽는 게 지겹고, 이해되지 않을까 걱정이었다. 고민할 시간에 시작하자는 생각이 들었다. 2021년 10월부터 12월까지 꼬박 3개월간 유발 하라리의 〈사피엔스〉, 〈호모데우스〉, 〈21세기를 위한 21가지 제언〉을 차례대로 읽었다. 퇴근 후 매일 읽고, 노트에 정리했다. 한 권씩 읽을 때와 달리 시리즈가 주는 재미가 있었다. 이어지는 책의 내용은 앞에 읽었던 내용을 이해하는 데 도움이 되었다. 속이 뻥 뚫리게 하는 거침없고 도발적인 문장, 탄탄한 근거와 주장이 호기심을 자극했다. 3개월 과정으로 역사와 철학 수업을 들은 기분이었다. 살아오며 듣고, 느끼고, 생각했던 모든 것으로부터 백지상태로 돌아가 채워간 시간이었다. 무엇보다, 대서사시로 한 해를 마무리했다는 뿌듯함과 개운함이 컸다. 독서를 할수록 배우는 즐거움에 빠져들었다. 시작하지 않았다면, 이런 경험은 없었을 것이다. 생각만으로도 아찔하다.

끌고 가는 대로 끌려가는 인생이었다. 15년간의 회사 생활을 접고 내 인생을 바라보기 시작했다. 겉만 화려할 뿐 속은 텅 비어 있었다. 어디로 가야 할지 몰라 불안하고 흔들렸다. 나부터 찾아보자는 생각으로 책을 읽었다. 때론, 이해하기 어려웠고, 졸음도 이겨내야 했다. 재미없는 책은 과감히 덮고, 다른 책을 선택하기도 했다. 그러나 단, 하나! 읽는 건 포기하지 않았다. 꾸준히 읽다 보니 나를 알아갔다. 인생의 중요한 가치에 대한 나만의 답을 고민했다. 단순히 읽기만 해서는 발견할 수 없었다. 읽고, 쓰고, 사색을 거듭하니 조금씩 알 것 같았다. 자기 계발서, 고전, 소설, 사회 문화, SF, 산문까지 도움이 안 된 책이 없다. 모든 책은 삶의 '스승'이다. 책을 스승 삼아 평생 제자로 살아가려 한다. 내 인생의 길을 나만의 속도와 스타일로 무장한 채 즐거운 발걸음을 내디뎌 볼 참이다.

6

나만의 보물지도를 찾는다

• 여진미 •

새벽에 책을 읽기 시작했다. 1년 정도 꾸준하게 책을 읽으면서 나의 가치와 나를 알아가는 과정, 생각을 정리하는 힘, 나다움이 무엇인지에 대해 생각해 보는 시간을 가졌다. 일정한 시간 꾸준하게 한 독서로 블로그에 간단히 기록을 남기고 필사노트에 적는다. 읽고 기록하지 못했던 책들은 재독하려고 계획 도서 책장에 따로 분류해 두었다. 이제는 친구가 없어도 심심하지 않고 약속이 없어도 책 한 권 손에 들고 장소 가리지 않고 커피 한잔 즐기는 여유도 생겼다. 소소한 행복이 되었다. 일정 기간 글쓰기를 통해 생각을 정리하는 습관을 지니게 되었다. 책을 읽기 전과 후의 변화는 읽으면 읽을수록 새로운 세상을 꿈꾸게 되었다. 책을 읽으면서 무엇보다 발전하고 있는 것은 나에게 질문을 하고 해답을 찾으려고 노력하게 된다는 것이다. Chat GPT에도 질문이 중요하다. 질문에 따라 AI의 대답이 천차만별이다. 질문을 잘 하려면 생각의 깊이가 있어야 정확한 답을 얻을 수 있다. 내가 정말 성장하고 있는 거 맞아? 하면서도 Why에서 How로 변하는 내 생각은 어제보다 오늘, 오늘보다 내일 조금씩 더 성장하고 있다.

언뜻 새로운 아이디어가 번쩍 생각날 때 그 찰나 기록을 하지 않으면 번쩍 아이디어도 꺼져버린다. 운전 중에는 잠시 주차하여 휴대폰 음성 녹음기를 이용하고 주변에 펜과 메모지를 두는 습관이 생겼다. 다양한 감정을 경험하고 다른 사람의 삶을 공감하기도 했다. 무엇보다 마음이 풍요로워야 부자가 되고 여유가 생긴다. 더불어 건강부자, 시간부자, 나눔부자를 꿈꾼다.

새벽 기상으로 독서, 시각화, 감사 일기, 글쓰기 등 좋은 습관을 통해 발전하고 있다. 삶의 일부분에 흥미를 느끼면서 살맛 나는 지금, 만족하고 감사하다. 책을 읽으면서 책 문장을 활용하여 스스로 질문하는 힘을 연습하고 있다. 감사 일기와 긍정 확언을 100일 100번 쓰기를 했다. 확언을 쓸 때는 '어떻게 하면 확언대로 이루어질까?' 궁리하게 된다. 목표를 꾸준하게 실행하면 꼭 성공한다고 믿는다. 나는 목표를 조금 높게 잡았다. '내 형편에 실행할 수 있을까?'하는 의구심이 들었지만 100일이 지났다. 될 때까지 방법을 찾으면서 쓰는 중이다. 작심삼일일 때도 더러 있다. 지금까지 성공하지 못한 이유가 있다면 꾸준함이 없어서였다. 인제야 깨닫고 시나브로 하고 있다.

독서의 방법에도 정답이 있는 것은 아니다. 나에게 잘 맞는 독서법이 있다. 책을 읽으면 사흘 만에 결심이 무너진다. 무너지면 다시 작심삼일을 되새기며 한 권의 책을 읽었다. 내 경험상 하루 빠뜨렸다고 포기할 필요는 없더라. 예전에는 처음부터 거창한 목표를 세워 하루 만에 끝난 적이 비일비재했다. 최근에는 새벽에 하루 10분 독서부터 습관을 들여보자고 계획을 세웠더니 30분 정도로 시간이 확장되었다. 목표를 낮게 잡아야 실패를 줄이는 방법이었다. 책 읽기로 정한 시간만큼은 책을 읽는 데만 집중하고 스마트폰을 보거나 딴짓하지 않았다. 독서 습관을 들일 때 장소, 시간, 관심이 있는 책 위주로 시작했다. 남들이 좋다고 하는 고전, 자기 계발, 베스트셀러를 선택할 필요는 없다. 사람마다 수준이 다르고, 관심 분야가 다르다. 나에게 맞는 책을 고르는 것이 중요하다. 예전부터 혼자 시간을 보내야 할 때 백화점 대형서점의 보여주기식의 책을 골랐다. 이제는 조금 내공이 쌓여 눈치 보지 않고 내 앞에 놓인 문제를 해결하는 데 도움이 되는 책을 고른다. 집안 분위기를 독서하기 환경으로 바꾸었다. 자투리 시간을 이용해서 하루 10분이라도 책을 읽는다. '여유가 생기면 읽어야지, 시간을 내서 해야지.' 생각만 하다 나이만 먹었다. 꾸준하게 독서 습관이 된 사람들은 자기만의 독서 시간을 정해 읽는다. 우선순위가 독서인 것이다. 평소 책을 잘 읽지 않았던 나는 당연히 독서 습관이 형성되어 있지 않았다. 막상 책을 읽으려고 작정하면 책상 정리를 해야 할 것 같아 정리한다고 시간을 다 보냈다. 책을 펴는 순간 딴생각이 나고 잠이 먼저 달려와 나도 모르게 꾸벅거리고 있다가 책을 덮었던 적이 한두 번이 아니었다. 자연스럽게 책과 사이가 멀어졌다.

새해 목표는 항상 30권의 책을 읽겠다고 계획했다. 30권은커녕 5권도 채 읽지 못했다. 자기 계발 관련 책을 읽으면서 나에게도 변화가 생겼다. 독서에 많은 시간이 아니지만 끈기로 주말 도서관을 찾는 여유를 즐기며 그냥 쉬러 간다. 한 권을 다 완독하지 않아도 된다. 잠깐 시간이라도 책 읽고 나면 그냥 부자가 된 것 같아 뿌듯하다. 주말 도서관은 책과 여유를 부리고 홀가분한 마음으로 쉬는 장소로 최고다.

주말 아침 일찍 대형 S 커피전문점은 커피와 책으로 이야기하기 좋은 장소다. 평소 독서에 취미가 없던 나는 취향에 맞는 인생 책 한 권을 만나 시간 가는 줄 모르고 빠져들게 되었다. 인생의 방향이 맞는지 정확하지 않아 불안할 때 지혜롭게 성공한 사람들의 인생 이야기를 읽으면서 위안을 찾았고 스스로 복잡한 마음을 털어 버렸다. 책 속의 주인공이 나와 비슷하거나 다른 방향으로 살고 있는 사람들이 있다. 참고할 수 있는 데이터가 하나씩 쌓인다. 다른 사람의 간접적인 경험으로 내 삶의 모습에 적용해 보고 다양한 경험을 할 수 있다.

누구에게나 닥칠 수 있는 삶의 고비에서 쓰러지지 않고 내 꿈을 향해 달릴 수 있는 강한 멘탈이 필요하다. 그 강력한 힘은 책에서 답을 얻는다. 나를 찾는 도구는 독서였다. 이제는 누가 뭐래도 나에게 주어진 일에 대해서는 주도권자가 되었다. 학교 부모 독서 모임에서 우리는 본질에 대해 가끔 토론했다. 아무것도 하지 않으면 아무 일도 일어나지 않듯이 포기하지 않고 매일 본질에 충실히 한다면 글감이 풍부하고 어떤 주제로라도 글 쓰는 작가가 될 것이다. 책을 읽다 좋은 글들을 필사하고 내 목소리로 녹음했다. 빈 공책에 떠오르는 생각과 단어들을 끄적거려 글 쓰기 소재로 채우는 연습을 한다.

　나만의 보물 지도를 찾는다. 내 삶의 주인은 바로 나, 이제는 남의 눈치를 보지 않고 명품 가방도 부럽지 않다. 한 번뿐인 인생, 책과 같이 해도 좋다. 읽고 싶은 책들이 넘쳐나고 있다. 독서란 지식과 상상력을 키우는 보물 상자다. 〈당신의 소중한 꿈을 이루는 보물지도〉 책 속에 빠져들어 뒤늦게 앞으로 나아갈 방향성을 찾아 목표를 설정하게 되었다. 부자 그림을 그리고 세계여행도 꿈꾼다. 책에서 읽은 대로 따라 해 보았다. '이게 되겠어?' 하던 생각이 '이게 되었다로 완료형이 되었다. 꿈은 꼭 이루어진다. 내가 읽은 책에서 나만의 보물 지도를 만들어간다. 내 보물지도대로 오늘도 내 삶의 방향을 1도 돌린다. 독서는 그렇게 나를 이끌어가고 있다.

7

독서하는 뇌는 늙지 않는다

• 장미희 •

학창 시절, 독서를 좋아했다. 집에 내가 읽을 만한 책이 없던 때, 그림이 곁들여진 위인전집은 표지만 봐도 기분이 좋았다. 유관순, 우장춘, 헬렌 켈러와 같은 위인전을 읽었다. 어릴 때 〈플란더스의 개〉, 〈알프스 소녀 하이디〉 같은 명작동화들이 텔레비전에 방영되곤 했다. 같은 제목의 책을 도서관에서 찾아보는 재미도 쏠쏠했다. 가끔 친구들이 〈명탐정 셜록 홈즈〉와 같은 추리소설을 가져와서 자랑했다. 단숨에 빌려 읽고 다음 시리즈 달라고 조르곤 했다. 셜록 홈즈는 예리한 추리력으로 마침내 진짜 범인을 밝혀내는데 내가 찍은 범인과 일치할 때면 명탐정이라도 된 기분이었다. 여고 시절, 어떻게 살아야 할지 고민이 많을 때 성경 다음으로 톨스토이의 〈사람은 무엇으로 사는가〉는 큰 도움이 되었다. 사춘기 때, 나는 감성적이었고, 어떤 때는 아주 냉철해서 혼란스러웠다. 감정적이고 현실적인 엄마를 닮았는지 주도면밀하고 지적인 아버지를 닮았는지 궁금했던 적이 있다. 헤르만 헤세의 〈데미안〉

을 읽으며 현실과 이상의 조화, 싱클레어와 데미안, 둘의 우정을 통해 어둠도 아픔도 극복할 수 있다는 희망은 위안이 되었다. 책을 읽는다는 보장은 없지만 가방에 책 한 권은 넣어야 집을 나섰다. 직장 다니면서 자기 계발서나 교양서적을 주로 읽었는데 늘 같은 말처럼 느껴져서 어느 순간 식상했다. 결혼을 하고 아이가 생기니 책 읽을 시간이 없었다. 책 읽는 취미도 사라졌다.

이민 생활을 청산하고 돌아오니 모든 것이 낯설었다. 7년 전의 한국이 아니었다. 국민 의식도 시스템도 많이 바뀌어 있었다. 무엇보다 아들, 딸이 대학에 다녀야 했고, 은퇴 준비는 고사하고 당장 한국 적응이 큰 과제였다. 금융 지식이 바닥인 나는 경제용어조차 어렵게 와 닿았다. 책을 잡으면 잠이 쏟아졌다. '치매 시초인가?' 봤던 것도 잊어버린다. '뇌는 나이 들어도 계속 변화하고 성장한다는데, 나에게 '뇌 가소성'이란 것도 통하지 않은 걸까?' 책 한 권을 읽는 데 몇 달을 보낸 적도 있다. 책만 펴면 딴생각이 났다. 공연히 책상 정리를 한다. 공연히 냉장고 문을 열었다가 닫기를 반복한다. 머리를 뜯고 싶을 정도로 집중이 되지 않았다. 미라클 모닝이라는 책을 사서 읽고 시도해 보았지만, 며칠 가지 못했다. 특단의 조치를 했다. 귀국하고 2년이 되던 해 시스템 속에 나를 집어넣었다. 새벽 기상을 함께 하는 커뮤니티에 가입했다. 새벽 기상이 되니 새벽 독서가 정착되어 갔다.

새벽 독서를 통해 책 읽는 속도와 정보 처리하는 속도도 빨라졌다.

핵심을 파악하는 능력도 좋아지니 책 읽기가 즐거워졌다. 책은 나에게 길을 내준다. 가는 방법도 알려준다. 가다가 지치면 위로와 용기도 준다. 세상이 고용해 주지 않는다고 원망할 필요 없다. 내가 나를 고용하는 방법도 있다. 유튜브나 짧은 영상을 보는 것과는 정보의 질이 다르다. 관심 있는 저자의 책은 블로그나 카페도 들어가 본다. 유튜브나 강의도 들어본다. 돈 버는 방법만 배우는 것이 아니다. 그들의 삶의 태도를 배운다. 목표를 향한 열정과 끈기도 배운다. 성공적인 결과를 만들어 내는 지혜와 용기를 배운다. 아침에 일어나자마자 읽어야 할 책이 있고 평생 살게 될 라이프 스타일이 있어 행복하다.

나에게 가장 두려운 것은 무능이다. 나이가 들고 무능력해지는 것이 두렵다. 젊었을 때는 교양을 위해 책을 읽었다. 지금은 생존과 관련된 책들을 읽고 있다. 경제 관련 서적을 주로 읽는다. 필리핀에서 워킹맘이 아닌 전업주부의 삶을 살아봤다. 그 기간 아이들 교육에 집중할 수 있어 좋았다. 아이들과 남편을 돕는 일은 자처한 일이지만 나의 성장과는 거리가 멀었다. 나라는 사람은 꿈을 향해 도전하고 그 동력으로 다른 사람을 도울 수 있을 때 가장 행복하다는 것을 알았다. 차를 마시는 것도 하루 이틀이고 어울러서 쇼핑하고 여행하는 것도 1년 하고 나니 별 재미가 없었다. 나만의 전문성을 가지고 그것으로 누군가에게 도움이 될 때 행복했다. 나이가 들어 뒷방 늙은이로 있거나, 혹시 자식에게 경제적인 어려움으로 짐이 되는 건 죽기보다 싫다. 내 체력, 내 능력이 닿는 의미 있는 일을 하려고 한다. 앞으로 얼마나 살게 될지 모르지만 성장하지 않은 모습으로 버텨낼 자신이 없다. 내가 좋아하는 일, 내가 잘하는 일을 하면서 즐겁게 일하고 싶다. 오래 하려면 즐거워야 한다. 오래 해야 잘할 수 있다. 나는 책을 읽는다. 매일 조금씩 나의 목표에 다가가고 있다. 행복하고 감사하다.

"우리 엄마, 미라클 모닝하는 사람이야."
"혹시 아침에 못 일어나면 깨워주세요."
아이들에게 자랑거리가 생겼다. 아침에 일찍 일어나 책 읽고 글 쓰는 사람으로 자리매김하고 있다. 내가 어떤 직업을 가졌느냐에 상관없다. 엄마는 성장을 위해 노력하는 사람이다. 책을 꽤 읽는 아들도 내 책장을 가끔 훑어보며 '이 책은 어때요?'하고 물어본다. 100세 시대를 살아가는 우리는 손자의 손자를 보게 될지 모른다. 3대와 소통하는 할머니도 멋지지 않은가? 딸이 여행을 가면서 읽을 책 한 권을 추천해 달란다. SNS에도 넘쳐날 텐데 굳이 엄마에게 물어주는 딸이 고맙다. 요즘 대학생들은 미래에 대한 고민이 많다. 가끔 딸과 산책하며 대화한다.
"너무 걱정하지 마라. 할 일은 너무도 많다."
무엇이든 시도해 보라고 이야기했다. 20대, 뭔들 못하겠는가? 공무원은 관심이 없다는 딸에게 국민연금을 들어 주었다. 경제적인 문제에 자유가 생기면 진짜 원하는 게 뭔지 잘 생각해 두라고 했다. 그것이 돈을 벌어야 하는 목적일 테니까. 나에게 하는 말이었다. 딸은 인도여행을 다녀오면서 내가 말하기도 전에 여행 블로그를 시작해 4개월 만에 조회수 4만을 넘었다. 이런 대화를 나눌 수 있는 마음의 여유가 있어 얼마나 감사한지 모른다.

　명예퇴직 후, 은퇴한 교장, 교감, 기업가들을 많이 만났다.
"50대 뭘 하겠어요?"
"무슨 소리? 50대면 청년이지. 한창 젊을 때다."
　정색하며 손사래를 쳤다. 한창이란 말은 어떤 일이 가장 활기 있고
왕성하게 일어나는 때, 무르익는 때를 말한다. 오히려 50대를 부러워하
며 용기를 주었다. 김형석 교수님은 104세에도 강의를 하시고 이어령
박사님도 88세에 죽음을 앞두고도 글을 썼다. 미국의 45대 대통령 조
바이든은 81세이고, 도널드 트럼프 전 대통령도 77세이다. 특히 도널드
트럼프는 올해 대통령 선거에 출마 의지를 밝힌 바 있다. 우리나라는
선진국에 비해 은퇴 시기가 빠르다고 한다. 60세가 넘으면 왠지 일선에
서 물러나야 할 것 같다. 고정관념이다. 배우 윤여정은 75세에 아카데
미 여우조연상을 탔다. 미국 모델 카르멘 델로레피체는 92세에도 하이
힐을 신고 런웨이를 한다. '내 인생에 은퇴란 없다'며 피부와 몸 관리를
한다. 육체는 늙어도 생각까지 나이 들고 싶지는 않다. 꿈을 잃는 순간
사람은 늙는다. 뇌도 함께 늙는다. 늘 배우고 도전하는 사람들은 나이
가 들어도 반짝반짝 빛나는 삶을 살 수 있다.

　독서하는 뇌는 늙지 않는다. 흘러가는 세월이 야속하다고만 생각했
다.'나이 들어 더 이상 내가 할 수 있는 것이라고는 아무것도 없다' 생각
했다. 내가 틀렸다. 육체와 뇌의 나이는 다를 수밖에 없다. 신체 나이

팔팔해도 배우려 하지 않는 20대보다 조금이라도 더 읽고 배워서 오늘을 살아가는 이들이 증명하고 있지 아니한가. 육체는 비록 나이가 들었어도 생각까지 늙게 하고 싶지는 않다. 늘 배우고 도전하는 사람들은 나이가 들어도 반짝반짝 빛나는 삶을 살 수 있다. 그들처럼 나도 꿈을 잃지 않으려 한다. 내 나이 55세, 아직도 청춘이다. 나의 뇌도 그 마음에 따라 청춘이다. 책을 읽으면서 거꾸로 젊어지고 있는 뇌, 독서하는 뇌는 절대 늙지 않는다.

8

내 미래는 내가 생각하는 대로 열린다

· 장연애 ·

'한번 태어난 인생 잘 살아보지도 못하고 죽는구나.'

2023년 3월, 서울 경복궁 근처 카페에서 지인들을 만났다. 남산타워가 보이는 카페에서 맛있는 커피와 디저트를 먹고 경복궁으로 이동하는 중이었다. 체한 것처럼 갑자기 명치가 아파 왔다. 명치에서 시작한 진통은 양쪽 갈비뼈 쪽으로 범위가 넓어졌다. 생전 경험하지 못한 진통이 찾아왔고 숨을 쉬지 못할 정도로 아팠다. 결국, 몇 발자국 걸어가지 못하고 웅크리고 주저앉았다. 함께 걸어가던 지인은 나의 모습에 놀라 어찌할 줄을 몰라 했다. 지인은 체한 데 먹는 약을 사기 위해 약국을 찾아 나섰지만, 하필 토요일이라 문 연 약국이 주변에 없었다. 할 수 없이 진통을 참으며 잠시 쉬었다. 15분 정도 경과 후 언제 아팠냐는 식으로 괜찮아져서 원래 목적지인 교보문고 광화문점으로 발걸음을 옮겼다. 교보문고 광화문점에 도착하자마자 진통이 또 시작되었다. 지인은 다시 약을 사러 약국을 찾아 나섰고 드디어 약을 사서 돌아왔다.

돌아온 지인의 얼굴은 땀범벅이 되어 있었다. 내가 환자인지 지인이 환자인지 구분이 되지 않았다. 즐거운 시간을 함께하려고 만난 건데 민폐 끼치는 것 같아 미안했다. 약을 먹은 후 진통이 수그러드는 거 같아 혼자 집에 갈 수 있다고 하고 지인과 헤어졌다.

청량리역에서 춘천으로 가는 ITX를 타기 위해 지하철 1호선을 탔다. 지하철 1호선이 청량리역에 도착하기 10분 전부터 기절할 것처럼 너무 아팠고 무서웠다.

'이러다 길에서 죽는 건가? 어디에 먼저 전화를 걸지?'

청량리역에 도착하니 이정표에 경찰서가 보였다. 경찰에게 도움을 구하기 위해 허리를 웅크리고 역사를 빠져나왔지만, 경찰서는 보이지 않았고 약국이 보였다. 허리를 잔뜩 웅크린 채 방문한 내 모습을 본 약사는 "진통제로 해결이 될 것 같지 않아요. 이 근처에 병원이 있으니 응급실로 가보시는 것이 좋겠어요."라고 한다. 어떻게 걸어갔는지 기억이 나지 않는다. 몇 번이고 걷다 쉬기를 반복해서 찾아간 응급실에는 전문의가 없었다. 할 수 없이 친정 오빠가 사는 한양대학교 구리병원 응급실로 옮겨졌다.

도착 후 얼마 지나지 않아 피검사와 혈압을 재고, CT부터 시작해 여기저기 알아듣지도 못할 검사들을 했다. 50살 전까지는 국민건강보험료나 실비보험료 내는 것이 아까울 정도로 병원에 다니지 않았다. 그래서 이렇게 극심한 통증을 느낀 적은 없었던 터라 의아했다. 몇 시간 후 차트를 들고 오는 의사의 분위기가 심상치 않았다. 뭔가 큰일이 난 건 아닌지 두려웠다. CT 검사 결과를 설명해주는 의사 입에서 간과 담낭 이야기가 나온다. 살다 살다 내 간과 담낭에 이런 이상이 생길 줄 상상도 못 했다. 그러면서 이어진 말 한마디, 모양이 예쁘지 않아 간암이 의심되니 정밀검진을 해봐야 한다는 청천벽력과도 같은 소식에 주저앉고 말았다. 결혼 후 힘들기만 하고 이제 좀 행복해지려나 싶었다. 행복은 나에게 사치인가. 생전 듣지도 보지도 못한 간암이 웬 말인가. 겪어보지 않은 병명 앞에 공포는 쓰나미처럼 밀려왔다. 최근 같은 사무실을 쓰던 동료들이 간암과 췌장암 진단을 받았던 사건이 떠오른다. 그 직원들은 3개월을 채 넘기지 못했다. 장례식장에서 그들의 환한 미소에 마음 찢어진 것이 엊그제같이 생생하다. 그런 몹쓸 병에 내가 걸리다니. 나는 3개월밖에 살지 못하는 것인가. 무서웠다. 억울했다. 기왕 태어난 인생 빛도 보기 전에 스러지나 하늘이 원망스러웠다.

정신을 가다듬고 가족과 상의하여 좀 더 큰 병원인 서울대학교병원에서 정밀검사를 받았다. 정밀검진 결과는 2주일 뒤에 나온다고 한다. 지금까지 살아온 50년보다 검사 결과를 기다리는 2주일이 더 긴 것 같았다. 기다리는 2주일 동안 여기저기에서 전화가 빗발쳤다. 밥도 제대로 넘어가지 않았다. 원래도 말랐는데 살이 더 빠졌다. 혼자였으면 분명 무너졌을 것이다. 나를 걱정하는 친구들의 진심이 전화기 너머로 들렸고, 혹시 뭔 사달이라도 날까 싶어 전전긍긍하며 손 한 번 더 잡아주는 식구들이 있어 버텼다. 2주일이 지나고 검진 결과 다행히 암은 아니라고 했다. 2주일 동안 겁먹고 덜덜 떨었던 것이 무색했다. 그게 대수인가. 암이 아니란다. 3개월이라고만 생각했던 내 삶에 종료 시한이 아직도 꽤 많이 남아버리게 된 것이다. 십 년 감수했다는 말이 절로 나왔다. 추적관찰이 필요하다 했지만, 그나마도 다행이고 감사할 따름이었다. 검사 결과를 기다리는 2주일 동안 죽음에 대해 생각하게 되었다. 정말 3개월밖에 삶이 남지 않았다면 죽기 전에 하고 싶은 일이 무엇일까? 생각해봤다. 마침 큰딸이 내게 물어왔다. "엄마! 죽음이 얼마 남지 않았다고 하면 엄만 뭘 하고 싶어요?" 앞이 깜깜해서 금방 대답은 못 했지만 "3년간 스마트폰 카메라로 찍었던 사진으로 전시회 하는 것과 내 이름이 적힌 책을 내고 싶어"라고 답을 했다. 죽음을 생각하니 나를 위한 삶을 살고 싶었고 내가 하고 싶은 것을 하고 싶었다. 그런데 정말 이루어졌다. 그것도 8개월 만에.

블로그 사진을 잘 찍어 올리기 위해 2020년 7월 스마트폰 사진을 처음 배웠고 3여 년이 지났다. 2023년 12월 27일~31일까지 5일간 '일상이 여행이다'라는 주제로 스마트폰 사진 첫 전시회를 열었다. 그것도 우리나라 서울 한복판인 명동성당 내에서 말이다. 명동성당 내 전광수커피하우스 카페 선반에는 축하해주신 분들의 꽃다발과 선물로 빼곡했다. 캘리그라피용 방명록에도 축하 인사와 응원 메시지로 가득했다. 서울, 부산, 울산, 세종, 인천, 부천, 춘천, 천안 등 온라인, 오프라인 지인들이 전국에서 찾아주셨다. 내가 뭐라고 이렇게 많은 분이 찾아주셨는지 정말 감사했다. 전시장을 찾아주신 분들은 서로 아시는 분들도 있지만, 서로가 잘 알지 못한다. 인사하느라 바쁜 나를 대신해 처음 뵙는 분들끼리 서로 챙기고 소통하는 모습을 보며 생각해 본다. 창문 너머로 따스한 볕이 들고 호수가 보이는 곳, 사람과 사진으로 둘러싸인 스튜디오카페를 만들고 싶다고.

죽기 전에 꼭 이루고 싶었던 또 하나의 버킷리스트 책 출간. 2023년 12월 6일에 미니멀라이프라는 주제로 여덟 명의 작가와 함께 출판계약을 하게 되었다. 무언가를 제대로 하려면 내 주변부터 정리해야겠다는 생각을 하게 되었다. 그래서 시작된 미니멀라이프. 그 미니멀라이프 실천이 1년 정도 되었고 함께 하던 이들과 책을 내게 된 것이다. 미니멀라이프 초고를 제출하고 얼마 지나지 않아 출판사 대표님께 카카오톡으로 연락이 왔다. "혹, 전자책 내용을 좀 볼 수 있을까요? 이 정도면 꽤 깔끔하신 것 같습니다. 문맥이 전후가 잘 이어지는 것 같아요." 2021년 11월, 초보가 왕초보에게 알려주고 싶어 만들었던 사진 전자책 〈누구나 쉽게 배우는 폰사진〉을 읽어 보고 싶다고 했다. 3일 후 사진 전자책을 본 출판사 대표님은 "전자책을 쭉 살펴봤습니다. 부족한 부분 보완하면서 살 좀 붙이고 하면 종이책 출간 도전을 해볼 만함 직해서요."라고 답이 왔다. 미니멀라이프 공저 책에 이어 단독저서 사진책도 출간할 수 있게 되었다. 지금 쓰는 공저책까지 2024년에 3권의 책이 출간예정이다.

내 뜻과는 별개로 삶의 끝에 갔다 왔다. 3개월밖에 살지 못할 것이라는 두려움이 나를 각성시켰다. 다시 선물 받은 삶이었다. 이제 주어진 삶에서는 더 끌려가지 않을 것이다. 딸이 묻는 말에 감히 엄두도 내지 못한 꿈을 꺼내놓았다. 꺼내놓은 순간 꿈은 목표이자 내 미래가 되었다. 꿈을 꺼내자 내가 원하는 기회가 다가왔고, 삶의 끝에 다녀온 두려움에서 비롯한 용기가 나에게 그 기회를 붙잡게 했다. 기회는 미래를 현실로 옮겨주었다. 나의 미래는 내 생각 끝에서 오는 것이었다. 나의 미래가 생각하는 대로 열려 버렸다. 불과 몇 달 전에 말이다. 먼 훗날 오지 않을 확률이 높을 것이라고만 생각하고 저 멀리 한 편으로 치워두었던 막연함이었다. 막연함이라는 그 생각을 꺼내는 순간 먼 훗날의 기약 없던 미래가 순식간에 내 눈앞에 펼쳐졌다. 아직도 어안이 벙벙하다. 삶의 끝이라고 생각했던 그 지점에서 내 꿈과 미래가 한 번에 현실이 된 것이. 이제는 안다. 내가 내 미래를 만들어가는 의미를. 내 미래는 내가 생각하는 대로 열린다.

9

멋진 노인으로 나아가는 길이다

· 정은숙 ·

　이십 대 후반, 두 번째 계약직으로 노인복지관 상담실에서 일했다. 지금 와서 돌이켜보니 인생 대부분을 이곳에서 배웠다. 노인복지를 전공하지 않았지만, 복지관에서 일하다 보니 노인을 많이 만났고 노인에 대해 더 잘 알아야 했다. 아는 것이 있어야 상담도 하지 않겠는가. 할아버지, 할머니 모두 일찍 돌아가신 바람에 더더욱 몰랐다. 의지해야할 곳이라고는 책밖에 없었다. 노인과 관련된 책을 닥치는 대로 읽었다. 전공서는 물론이요, 이야기책까지 모두 읽어가며 노인에 대해 이해하려 했다. 노인에 대해 이해하려는 나의 노력은 현장에서 종종 벽에 부딪히고 말았다.

　상담실에서 일한 지 얼마 되지 않았을 때였다. 자원봉사를 하러 온한 노인과 민원인이 실랑이를 벌이고 있었다. 민원인도 자원봉사자와 비슷한 연배로 손주를 업은 채 소리를 지르고 있었다. 두 노인이 언쟁을 벌이는 상황에 무슨 일이라도 나겠다 싶어 손주를 업은 민원인을 상담실로 옮겨 이야기를 나눴다. 사정을 듣고 보니 민원인은 맞벌이하는 자녀들 대신해서 손주를 돌봐주는 중이었다. 몸이 아픈 데다가 집에서 아이하고만 지내기 심심하던 차에 복지관에서 노인들이 모여 무언가를 배운다고 하니 궁금해서 복지관을 찾은 모양이다. 미리 신청하지 않고 방문한 바람에 입장이 제지되었던 것인데 민원인은 자신을 잡상인 취급해 들어오지 못하게 했다며 오해한 모양이었다. 손주를 돌보며 사는 것도 서글픈데 여기에서 무시당한다 생각하니 더욱더 신세가 서럽다며 서운함에 계속 눈물만 펑펑 흘리고 있었다. 일단 민원인의 이야기를 잘 들은 뒤 공감해주었다. 마음을 가라앉히는 것이 먼저였다. 충분히 이해할 만하니 다음에는 미리 전화 한번 해보고 오시는 게 어떻겠냐는 말도 덧붙였다. 민원인이 귀가하고 나서 자원봉사자에게도 당부했다. 기관을 찾는 민원인에게는 조금 더 친절하게 해드리고, 융통성 있게 대처해도 좋았을 것 같다며 차분히 다시 교육했다. 큰 소란 없이 일이 잘 마무리되어 조용히 넘어가나 싶었다. 다음날 복지관 관장실로 불려가 호되게 혼이 났다. 이번에는 자원봉사자가 관장실로 찾아가 나를 해고하라고 노발대발했다는 것이다. 분명 전날 내 의사를 제대로 전달했고, 그 당시에는 자원봉사자도 이해하고 큰 소란 없이 귀가했는데 복지관 문이 열리기도 전에 찾아와 다짜고짜 화를 낼 일인가 싶었다. 자초지종을 듣고 보니 자원봉사자는 아무 잘못도 없는 자신을 새파랗게 어린 사회복지사가 본인을 가르쳤다는 사실에 밤새 분해서 잠을 못 잤다고 했다. 관장님은 일의 선후 관계와는 별개로 자원봉사자 노인에게 사과하고 마무리하자고 한다. 원칙대로 처리한 내가 사과해야 하는 이 상황도 어이가 없었지만 왜 저리 막무가내인지 이해하기 어려웠다.

책에서 답을 찾았다. 노인이 되면 사고의 경직성이 생긴다는 것이다. 자원봉사자로 온 노인은 전체적인 상황보다 자신의 감정이 더 중요했을 것이다. 나 또한 양쪽 노인의 입장을 완벽하게 정리한다고 했지만, 마음까지 모두 다독이지는 못했던 거 같다. 안내를 맡았던 자원봉사자가 다른 가족이랑 함께 살고 있었다면 저녁이라도 같이하면서 그런 일이 있었다고 내 욕 한번 시원하게 하고 털어버렸을지도 모른다. 친구와 전화 통화라도 하면서 그날 있었던 일을 얘기하면 달라졌을 수도 있다. 안내 자원봉사가 끝나고 집에 돌아가 혼자 지내면서 방에 누워 하루 동안 있었던 일을 생각하다 보니 나쁜 생각은 꼬리에 꼬리를 물어 더 깊은 분노의 늪으로 빠져들었던 것 아닐까. 자원봉사를 하는 사람도 노인이었음에도 나는 그 마음을 헤아려 주기보다 원칙을 먼저 이야기한 것이 마음에 걸렸다.

나이가 들면 사고가 경직될 수 있다. 전체적인 사고의 흐름이 딱딱해져 융통성 있게 사태 판단을 하기도 어려워질 수 있다. 단지 나이가 들어서라기보다 신체적, 호르몬적인 영향이 더 클 것이다. 이성적인 판단보다 감정이 앞설 수 있다. 물론 이성적이고 합리적으로 판단하는 노인들도 많겠지만 그렇지 않은 경우를 너무도 많이 봐왔다. 그럴수록 더 많은 사람과 만나고 생각을 교류하면서 경직된 사고를 유연하게 해야 하지만 쉽지 않다. 자기중심적인 사고를 하게 되면 주변 사람들이 힘들어질 수도 있다. 점점 외로워질 수 있다.

나이 들수록 친구를 비롯한 사회관계가 필요하다. 가정을 이루고 아이들 챙기다 보면 어느 순간 자연스럽게 사회관계가 좁아질 수 있다. 사람은 태어난 이상 이 세상에 혼자 왔다 혼자 가게 된다지만 지금부터라도 마음 터놓고 노년을 이야기할 사회관계를 형성해보는 것도 도움이 될 수 있겠다. 사는 동안 나와 비슷한 생각을 가진 이들과 시간을 보낸다면 덜 외로울뿐더러 혼자만의 생각이 아닌 의견교류를 통한 생각의 유연함도 함께 오지 않겠는가. 자신의 외로움을 가족에게만 의지하는 삶이야말로 가족이 제일 힘들어하는 노인의 삶의 모습이 될 수도 있기 때문이다.

나이가 들어도 유연하게 생각하면서 살고 싶다. 타인의 말에 귀를 기울일 수 있는 어른이면 좋겠다. 무조건 내 말이 맞다고 상대방을 무시하는 부정적인 성향의 사람이 되고 싶지 않다. 내가 만나는 사람들을 사랑으로 품어낼 수 있는 노인으로 살고 싶다고 다짐해 본다. 사랑을 먼저 베풀 수 있어야 그 사랑이 돌아오는 법이다. 이는 비단 노인에게만 해당하는 일은 아닐 것이다. 움켜쥐고 타인과 타협하지 않는 그런 노인으로 외롭게 살고 싶지 않아졌다. 과거의 영광에 사로잡혀 과거에만 사는 사람이 아닌, 현실에서 내가 줄 수 있는 사랑을 만들어 가려 한다. 그러려면 유연한 사고가 필수다. 생각을 유연하게 하는 데 필요한 것이 바로 책이다. 좋은 책을 한 페이지 읽고 거기서 느낀 긍정적인 말, 예쁜 말을 하나씩 익히고 바로 실천한다. 그것이야말로 스스로 자신의 생각을 너그럽게 찾아가는 방법이다. 안 읽고 안 보고 안 듣는다면 마음이 어두워질 것이다. 가진 것은 없어도 읽고 쓰는 삶에서 타인에게 사랑을 베푸는 노인, 그러면서도 자존감을 유지할 수 있는 멋진 노인이 되려 한다.

"할머니 뭐 해요?" 손주가 물어본다.
"응, 할머니 세상에서 제일 재미있는 책 봐."
나는 오늘도 마음가짐이 멋진 노인이 되기 위해 책을 잡는다.

10

책장에서 찾은 나의 꿈은 진행중

· 조예령 ·

아이를 낳기 전 나의 세상은 즐거웠고 모든 것이 내 위주로 돌아갔다. 내가 싫으면 안 하면 되었고 떼를 쓰거나 이야기만 잘 하면 대부분이 해결되었다. 학창 시절 학교에서 전교 1등을 바랐지만 공부에 대한 큰 욕심은 없었다. 그리 간절하진 않았다. 그저 열 손가락 안에만 들어도 나는 만족스러웠다.

어렸을 때 부모님의 보호 아래, 학생으로 살다가 대학이라는 느슨한 울타리 속에서 어른이 되었다. 그러다가 결혼하고 남편의 보호와 지지 속에서 천방지축으로 살았다. 나 혼자 홀로서기를 해 본 적이 없는 건방지고도 기고만장한 시간들이었다. 그런 내가 어쩌다 보니, 세 아들의 엄마가 되었고 아이들의 보호자가 된 것이다.

첫 아이를 품에 안은 순간 깨달았다. 인생은 내 생각대로 흘러가지는 않는구나! 사람의 모습을 하고 있지만, 할 줄 아는 것이라고는 별로 없는, 하지만 더 없이 작고 귀여워 어쩌지 못하는 생명체를 마주하고서 나는 당혹스러워졌다. 내가 먼저일 수 없고, 나의 욕구를 참아야 하고, 나를 희생해야 하는 상황들이 많았지만, 싫지는 않았다. 더불어 이 작은 생명체 앞에서 나는 겸손해야겠다는 생각이 저절로 들었다. 내 마음대로 행하던 모든 행동들이 이 아이에게 영향을 미칠까 두려웠다. 말 한마디도 조심하고, 입 밖으로 꺼내는 말들은 다 좋은 말로 해야겠다. 세상을 해하는 생각을 하지 말아야겠다는 다짐이 저절로 들었다. 혹여나 나의 나쁜 생각과 말, 행동들이 내 아이에게 돌아오면 어쩌나 하는 그런 두려운 마음들과 함께 말이다.

나의 꿈은 엄마가 아니었다. 엄마는 당연히 되는 줄 알고 있었고 게다가 나는 꽤 괜찮은 엄마가 될 거라고 막연히 생각했지만 엄마가 꿈은 아니었다. 아이들에게 때로는 엉뚱하고, 때로는 듬직한, 때로는 지켜주고 싶은 엄마였다. 빈틈이 많은 엄마이지만, 아이들을 더없이 사랑하고 함께 장난을 치며 시간을 공유하는 엄마가 되고 싶었다. 같이 이야기하며 웃을 수 있는 그런 엄마 말이다.

막연히 좋은 엄마가 되고 싶다고 생각했다. 하지만 매일 내게 닥쳐오는 무한한 일들을 하느라 나는 더 깊이 나아가지 못했다. 그저 아이들의 차분히 쌓이고 있는 눈부신 성장에 부러워하기만 했다.

아이들의 성장을 응원하며 나도 이렇게 있어서는 안 되겠다는 조바심이 일었다. 끝날 것 같지 않은 육아로 오늘이 어제 같고 내일이 그저 그러할 것 같다는 생각으로 하루를 보냈지만, 그 아이들로 인해 무언가를 하고 싶고 되고 싶었던 것이다.

이렇듯 세상에 더없이 소중한 세 아들의 엄마였지만 나에게 성장 욕구가 생긴 건 아이들의 성장에 질투를 느껴서였다. 아이들은 저렇게도 하루가 다르게 할 줄 아는 것이 늘고 능숙해지는데 엄마인 나는 계속 제자리였다. 오히려 퇴화되고 늙어가고 있다는 느낌도 들었다. 이대로 나이 들어간다는 건 슬펐고 끔찍했다. 늘 그랬듯 물음과 궁금증이 생겼을 때, 발전하고 싶을 때 해결해 나가던 대로 나의 책장을 들여다보기 시작했다. 부족한 듯 충분한 나의 책장을 말이다.

생각해 보니, 어렸을 때 커서 무언가가 되고 싶다는 생각을 한 것도 같다. 공부를 잘하고 싶고, 특정 직업을 갖고 싶다는 그런 생각들을 말이다. 궁극적인 인생의 목표는 아닌 단편적인 바람들이었다.

하지만 엄마가 된 지금, 여태껏 모은 책으로 그득한 책장을 바라보았다. 책장에는 첫 장만 읽은 책들, 제목만 보고 사다 놓은 책들, 책 귀퉁이를 접어놓은 책들, 형광펜을 그은 책들이 잔뜩 꽂혀 있다.

이제 질풍노도의 시기인 무서운 사춘기에 접어든 첫째를 이해하고 도울 방법이 적혀 있는 책, 밥 먹는 것에 도통 관심도 없고 체력이 약한 둘째를 도울 책, 마냥 귀엽기만 한 우리 막내를 위한 책, 그리고 이렇게 중년이 되어도 성장하고 싶어 하는 나를 위한 책까지 그득한 나의 책장이었다. 책장에 꽂힌 책들을 보며 생각한다.

'아, 결국 나는 좋은 엄마, 좋은 사람이 되고 싶었구나!'

거기에는 사소하지만 자세하게 내가 되고 싶은 좋은 엄마, 좋은 사람이 되는 방법이 무수히 많이 적혀 있고 해답이 있으리라.

"엄마는 커서 뭐가 되고 싶어? 소방차 멋진데 엄마도 소방차 될래?"라고 물었던 내 아이에게 이제는 "엄마는 이루고 싶은 거 다 이뤘어. 엄마는 너희 세 명의 엄마가 되고 싶었거든. 그리고 너희들의 엄마여서 정말 행복해! 엄마를 이렇게 행복한 사람으로 만들어줘서 참 고마워!"라고 자신 있게 이야기해준다. 매일 같은 일상이 지겹다고 투덜대도 아침에 아이들을 깨우는 시간이 행복하다. 아이들과 책을 읽고 밥을 먹고 아이들이 어지럽힌 장난감들을 보며 정리하라고 소리치는 오늘이 좋다. 초콜릿을 먹고 싶다고 세 녀석이 애교부리는 순간이 좋다. 엎드려 텔레비전을 시청하는 아이들의 작고 뽕긋한 엉덩이를 보면 그냥 지나칠 수 없다. 꼭 엉덩이를 토닥거리고 지나가는 그 순간도 소중하다. 샤워하고도 한껏 뛰어놀아 땀이 삐질삐질 난 아이들의 땀 냄새조차도 사랑스럽다.

이제는 아이들에게 당당히 '너희들의 엄마가 꿈이었다.'라고 말한다. 그리고 나의 꿈은 아직 진행 중이다. 오늘보다 조금이라도 더 아이들과 가까워지기를 원하고, 한 번 더 꽉 껴안으며 나의 마음이 아이들에게 닿길 기도한다. 나는 이 세상 마지막 순간까지 엄마라는 자리에 최선을 다하고 싶다. 더 나아가 내 주변을 밝히고 주변에 관심을 기울이며 돕는 좋은 사람으로 살아가려 한다.

좋은 사람이 되기 위한 첫걸음은 나 자신에게 당당해지는 것이다. 내가 보내는 하루하루에 최선을 다하고 그 시간이 떳떳하다면 그것이야말로 스스로에게 부끄럽지 않은 일이다. 좋은 사람이 됨과 동시에 더 나아가 좋은 엄마가 되는 길이기도 하다.

책으로 가득 찬 나의 책장 속에는 내 꿈인 좋은 엄마, 좋은 사람이 되기 위한 답이 분명히 있다. 엄마로서 언제나 아이들의 성장을 응원한다. 또한 나의 꿈은 단번에 이뤄지지 않겠지만 매일 책을 읽고 그 꿈에 성큼성큼 다가갈 것이다.

1. 한희아

　누군가 살면서 가장 가치 있고 의미 있는 일이 뭔지 물어본다면 주저 없이 '독서'라고 대답할 것입니다. 과거의 내가 책에서 재미를 찾았다면 지금의 나는 책에서 의미를 찾습니다. 살아갈 의미를 찾게 된 나는 매일 매일 경이롭고 흥미롭고 가슴이 터질 듯 벅차오릅니다. 삶을 바라보는 시각이 긍정적으로 변하니 세상도 나에게 긍정적인 대답을 들려주기 시작합니다. 이제는 내가 진짜 해야 할 일들, 집중해야 할 것들을 제대로 바라볼 수 있습니다.

　책을 읽고 글을 쓰니 절대 일어나지 않을 것 같은 일들이 눈앞에 펼쳐지고 있습니다. 책에서 알게 된 아주 사소한 습관들을 생활 속에 장착시키고 매일 가장 중요한 한 가지(원씽)를 실천하다 보니 정돈된 삶을 살아가게 됩니다. 제가 책과 사람을 만나고 글을 쓰며 성장하고 있듯이 이 책을 만나는 여러분도 지금보다 더 나은 삶을 꿈꿀 수 있습니다. 저의 경험담이 누군가에게 닿기를 바랍니다. 오늘 읽은 책이 바로 여러분의 미래입니다.

2. 김수지

직장 일과 육아에서 지치고 힘든 날이 많았습니다. 힘든 순간에는 혼자 많이 울었고, 함께 사는 가족에게 저의 온갖 감정을 쏟아내며 화를 내기도 했습니다. 아이에 대한 기대와 욕심으로 가득했던 못난 엄마였습니다. 제가 원하는 대로 아이가 커 주기만을 바라고 있었지요. 바람은 집착이 되었습니다. 아이와의 갈등은 커져만 갔죠. 그렇게 살던 어느 날 이대로는 안 되겠다 싶었습니다. 어떻게 하면 제대로 살 수 있을까 고민했습니다. 우선 가까운 가족, 특히 아이와의 갈등을 해결하고 싶었습니다. 온통 아이에게 쏠려있던 관심을 저에게 기울이기로 했습니다. 그 속에서 제가 책을 꽤 좋아하는 사람이라는 것을 알았지요. 예전에는 그저 읽는 것에 치중했다면, 요즘은 삶이 변화하는 독서를 하려고 노력하고 있습니다. 제가 성장을 조금씩 할수록 이제는 아이와의 사이도 돈독해지고 있습니다. 책을 열심히 읽었을 뿐인데 이렇게 '작가'라는 이름으로 글을 쓸 수 있게 되었습니다. 만약 지금의 삶에서 나부터 돌아보려는 이가 있다면 저의 작은 글이 도움 되었으면 하는 마음입니다. 당신의 미래를 응원합니다.

3. 김은성

안정된 직장에서 정년까지 노후를 보장받는 삶이 최고인 줄 알았습니다. 공기업에 취직해 직장맘으로 열심히 바쁘게 살아왔습니다. 잠시 멈추고 저를 돌아봤을 때 저는 변해 있었습니다. 불평불만 가득한 채 불안한 모습으로 지쳐 있었습니다. 아이는 외로움에 아파했고 예민해진 저는 신랑과 자주 싸우게 되었습니다. 끊임없이 반복되는 부정적인 생각들이 저를 힘들게 했습니다. 행복해지고 싶었습니다. 저를 우울하게 만들었던 것들과 이별하고 싶었습니다. 그래서 저는 퇴사를 선택했습니다. 힘들 때 항상 책이 제 옆에 있었습니다. 여태껏 살아온 인생은 제 스스로의 선택에 의한 결과이며 그 마음을 바꿀 힘도 저에게 있다고 알려주었습니다. 책을 통해 삶의 조언을 얻고 도전할 용기를 가질 수 있었습니다. 두렵지만 그냥 한번 해보겠다는 태도의 변화로 작은 시작을 할 수 있었습니다. 이로 인해 작은 성취를 맛보았고 저는 조금 더 성장할 수 있었습니다. 나이에 연연해하지 않고 망설였던 것들을 의심하지 않고 하나씩 해보려 합니다. 두려움에 맞설 수 있는 용기를 가지고 앞으로 다가올 제 삶을 제가 그려나가고 싶습니다.

4. 김은정

되돌아보니 힘들었던 순간에 책을 읽었습니다. 어린 시절에는 동화책 읽고 상상하는 재미에 푹 빠졌습니다. 동경한 나머지 책 속 세계에서 살고 싶었답니다. 20대에는 내가 원하는 삶의 모습을 찾기 시작했습니다. 30대에는 상담심리 책을 읽고 성장할 수 있었습니다. 40대인 지금 자기 계발서를 읽기 시작했습니다. 더 잘 살고 싶은 의지는 가족과 나를 지키기 위한 책임감에서 시작했습니다. 50대에는 어떤 책을 만날까요? 60대에는 어느 문장에서 꿈꾸고 있을까요? 이렇게 생각하니 나이 드는 게 설렙니다.

가진 게 없어도 책은 있었습니다. 그래서 희망을 놓지 않고 살아갑니다. 덜 절망했다는 말이 정확한 때도 있었지만요. 책을 읽으며 나도 모르게 방향이 틀어지고 어느새 꿈꾸고 있었습니다. 우유부단한 나는 결정할 수 있는 용기를 가지고, 지식과 태도를 배웁니다. 성장하고 있는 나를 보면 이제 책을 놓을 수 없습니다. 느리게 읽어도 계속 읽고 있습니다. 이 과정에서 나는 나다워지고 삶의 기준은 뚜렷해집니다. 뭐든지 느린 나도 읽고 있으므로 누구든지 용기 낼 수 있습니다. 책 읽는 시간과 삶을 지지합니다.

5. 안은정

치열하게 읽고, 쓰며 살고 있습니다. 왜 그토록 읽느냐고요?

우리는 직장과 가정 사이에서 자신을 잃지 않으려 애쓰며 살아갑니다. 독서는 단순히 지식을 얻는 수단을 넘어 새로운 눈으로 세상을 바라보게 합니다. 때로는 위안과 용기를 주고, 자신을 이해하는 데 도움을 줍니다. 세상에 휩쓸리지 않고, 중심을 잡기 위해 읽습니다. 책은 살아온 삶을 격려하고, 살아갈 날을 응원해주는 든든한 친구 같은 존재입니다. 책과 대화하고, 평온한 기분을 느끼며 따라 쓰고, 다른 책도 읽어보고 싶어 애타는 마음이 드는 것. 한 문장에 사색하고 고민하게 함으로써 내가 무엇을 좋아하고, 잘하는지 들여다보게 되는 것. 어제와 다를 바 없는 일상을 특별하게 만들어 줍니다. 책을 만난 후 삶이 달라진 저의 이야기가 작은 도움이나마 되기를 바라는 마음에 쓰게 되었습니다. 이 책을 읽는 분들에게도 책이 위로와 용기를 건네는 친구가 되길 바랍니다. 여러분의 삶도 희망과 꿈으로 가득 찬 빛나는 여정이 되길 마음 깊이 응원합니다.

6. 여진미

가진 것을 지키지 못했습니다. 50대에 들어서야 경제적 자유를 꿈꾸게 되었지요. 금융 지식은 생활의 필수품이라는 귀중함도 새로 배웠습니다. 책을 읽고 성공한 사람들의 이야기에 귀를 기울입니다. 책 속에서 만난 작가의 이야기가 나 같아서 빠져들기도 하고 다른 사람의 스토리로 간접경험을 해보기도 합니다. 새로운 분야를 배우다 보니 꿈이 생겼습니다. 나도 할 수 있다는 자신감과 용기가 생겼습니다. 나를 드러내보려 합니다. 책에서 방향을 찾고 답을 얻었습니다. 글에서 얻은 좋은 문장으로 생각이 확장되고 감사한 마음까지 생겼습니다. 책을 읽으니 글 쓰는 삶으로 새로운 도전을 하고 싶어졌습니다. 어느새 작가가 되었습니다.

새벽 기상, 따뜻한 보이차로 속을 데웁니다. 아무도 방해하지 않는 나만의 시간에 책을 읽습니다. 남에게 휘둘리지 않고 자신을 믿는 강한 멘탈로 목표를 향해 시나브로 나아갑니다. 저의 경험이 누군가에게 나눔이 되고 동기부여가 될 수 있기를 바라는 마음입니다. 읽고 쓰는 삶을 응원합니다.

7. 장미희

인생의 변곡점을 만났습니다. 변곡점이란 그동안 익숙하게 지내다가 새로운 환경이나 사람을 만나거나 굴곡이 생기는 한 점이라고 합니다. 커뮤니티와 함께 시작한 새벽 기상, 새벽 독서는 내 생에 전환점을 가져다주었습니다. 꿈이 많았던 20대, 열정만큼 바쁘고 힘들었던 30대, 무모한 도전으로 삶의 지평을 확장했던 40대를 거쳤습니다. 행복했던 순간도 절망적인 순간까지도 어느 것 하나 소중하지 않은 시간은 없었습니다. 50대를 준비하며 매일 아침 다이어리를 쓰고 독서로 하루를 시작합니다. 세상이 커 보일 때는 어릴 때 큰 바위 위에 앉아 마을을 바라보듯 거인의 어깨 위에 앉아 세상을 바라보고 나를 토닥여 주었습니다. 거기서 얻은 에너지로 하루를 살아 내었습니다. 엄마로 아내로 살면서 잊어버렸던 꿈을 찾아 길을 나섰습니다. 아직은 허공에 쏘아 올린 공 같지만, 목표가 뚜렷해질수록 정확도는 높아져 갈 것입니다. 점이 되고 선이 되어 면으로 되어 돌아올 것을 믿습니다. 내 삶이 더 단단하게 세워질 때 굴곡진 시간을 보내는 누군가에게 길잡이가 될 수 있기를 소망해 봅니다. 괜찮다고, 언제든 다시 시작하면 된다고 몸으로 삶으로 응원해 주고 싶습니다. 50대이건 70대이건 그 나이에 개의치 않고 내게 생명 주신 분에게 감사하며 하루를 또박또박 살아갈 것입니다. 생을 마감할 때쯤 '이렇게 살 걸', '저렇게 살 걸' 후회하지 않고 '내 삶에 최선을 다했노라'고 말하고 싶습니다.

8. 장연애

내 나이 56세. 무엇을 새로 시작하기보다 지난날을 추억하며 편안하게 지내는 모습을 생각했었습니다. 100세 시대에 56세는 지난 세월만큼 앞으로 살아갈 세월도 깁니다. 지난 세월만 추억하기에는 아직 한창입니다. 딸과의 대화를 통해 스마트폰 사진전과 책 출간을 꿈꾸게 되었습니다. 그리고 1년도 안 되는 시간 안에 모두 이루게 되었습니다. 소름이 돋았습니다. 어떻게 이렇게 빨리 이룰 수 있었을까요? 모든 해답은 책이라고 말할 수 있습니다. 책에서 꿈꾸는 것을 배웠고, 그 꿈을 시각화하여 이루는 방법을 배웠습니다. 꿈을 이루기 위한 원씽을 배웠고 실행하는 것을 배웠습니다. 책을 필사하며 부정 기운을 긍정 기운으로 교체하는 데 노력을 기울였습니다. 가족을 위해 열심히 살았지만, 그들을 지원하는 아내와 엄마만 있었습니다. 가족이 잘되면 당연히 기쁩니다. 하지만 내가 없었습니다. 이제는 내 인생의 주인공으로 살고 싶습니다. 우울증이라는 동굴에서 구원받았던 것 중 하나가 책이 었던 것처럼 나의 이야기가 누군가의 삶에 생명을 불어넣어 주는 '숨'이 었으면 하는 바람입니다.

9. 정은숙

어려서 앓게 된 장애로 인해 "시집이나 갈 수 있을까?", "혼자서 밥벌이는 할 수 있을까?" 걱정이던 엄마의 아픈 손가락이었습니다. 도움을 받기 위해 갔던 장애인 캠프에서 나보다 힘든 친구들을 돕게 되었습니다. 어느새 34년이라는 시간 동안 사회복지사로 근무하며 현장에서 일했습니다. 남을 돕는 일은 이제 천직이자 소명이 되었습니다. 대학에서 13년간 겸임교수로 재직하며 사회복지사가 되기 위해 공부하는 학생들을 가르쳤습니다. 노인을 돕기 위해 시작한 사회초년생이던 내가, 이제는 내가 보던 노인의 길에 들어서고 있습니다. 현장에서 만난 노년은 준비가 필요해 보였습니다. 준비 안 된 노후는 불안을 가져오지요. 준비된 노년을 맞이하기 위해 시작한 책 읽기와 글쓰기를 통해 긍정적인 마음으로 노인의 길에 가져야 할 마음가짐을 되새기고 있습니다. 멋진 노인이 되기 위해서는 준비가 필요하기 때문이지요. 만약 저와 같은 이가 있다면 우리의 눈높이에 맞는 우리만의 방법으로 함께 노년을 준비해가면 좋겠습니다. 그러한 실버마인드셋을 앞으로도 계속 만들어가려 합니다.

10. 조예령

"엄마 오늘은 학교에서~."

"아니야! 내 이야기부터 들어봐."

"오늘 동아리를 들었거든?"

세 녀석이 자기 이야기를 먼저 들어 달라고 아우성입니다. 자기 전이면 늘상 벌어지는 일이지만, 이 시간이 몸서리치게 행복합니다. 저는 언제까지나 세 아들 녀석의 엄마일 거예요! 그 단순하고도 명확한 사실이 때로는 힘들기도 했지만, 덕분에 더 열심히 잘 살고 싶었어요. 뒤에서 응원하는 것이 아니라, 아이들과 나란히 서서 같이 나아가고 싶었거든요. 거실에는 네 개의 책상이 있습니다. 세 아이가 각자의 책상에서 숙제하고 책 읽는 동안, 저도 제 책상에서 책을 읽고 글을 씁니다. 한 해 한 해 지날수록 깊이 있는 좋은 사람이 되고 싶습니다. 어제보다 나은 오늘의 꿈을 가지고 하루를 채워가는 일상이 썩 괜찮거든요. 사랑하는 가족과 더없이 소중한 일상을 꾸려가고 있는 이 땅의 엄마들을 응원합니다.